跨度新美文书系
Kuadu Prose Series

每个人都
可以从容

刘奔海　著

中国文史出版社

父亲的序

刘怀学

　　清明节天刚亮，突然接到小儿奔海的长途电话，要我为他即将出版的文集写篇序言。当时的我先是一惊，接着便陷入悠长深沉的回忆之中……

　　奔海生于 1973 年中秋节的前一天。他自幼聪明好奇，天真活泼，颇得家人和老师喜爱。1996 年奔海毕业于西北工业大学，当时的他风华正茂、神采飞扬，立志要去大西北建功立业，报效祖国。难忘那年的 7 月 19 日，几乎一夜没合眼的我们不等天亮就起床了——今天儿子要离开生他养他的父母，告别关中故土，要去一个远在五千里之外完全陌生的世界，作为爹娘，说不担心，那是假话。当时不比现在，国家通讯尚不发达，苦苦盼来音信，当"远方的儿子"五个字映入眼帘，我和他妈霎时泪流满面！"独在异乡为异客，每逢佳节倍思亲。"那年除夕贴在家门两旁的春联写道："望北斗思娇儿牵肠挂肚，得家书传佳音喜地欢天。"

　　我有时常常想：党和国家西部大开发的英明战略，为一代青年大学生的锻炼成长开辟了广阔的天地。奔海满腔热血、孑然一身到祖国最需要的地方去，让青春在边疆建设中发热放光，展现出有志男儿的豪迈气概！对于一个在内地长大的青年来说，奔赴大漠戈壁

1

奋斗生活，那里条件无疑要艰苦些，况且民族风俗迥异，孤身在外举目无亲。但他满腔热情，逐渐适应了新环境，先是在吐鲁番盆地的托克逊县伊拉湖中学任教十年。在异常艰苦的环境里，他默默地坚守，全身心地付出，赢得了老师和学生们的好评和喜爱。令我特别欣喜的是，在繁忙的教学之余，他笔耕不辍，陆续在全国各级报刊发表了几百篇文学作品。

因为在写作上取得的成绩，1999年，他又被组织调到《吐鲁番》杂志编辑部工作，他既认真编刊，又勤奋写作，为宣传丝绸之路上这座文化旅游名城，为吐鲁番这片火热大地的繁荣富强贡献着自己的智慧和力量。

转眼，我儿奔海已在新疆工作生活了二十五个年头，二十五年在历史长河中转瞬即逝，但它对人的一生弥足珍贵，更不要说是年轻时的光阴。又是一年春来到，院中那株枝繁叶茂的泡桐树，在和煦春风的深情爱抚中，再次缀满紫红粉白的喇叭花，散发出沁人心脾的阵阵幽香，回想儿子的成长之路，禁不住心头一阵酸楚……然而，令我欣喜的是，他终于实现梦想，自弱而强，就像这株泡桐树，虽遭风吹雨打，历尽坎坷，而今依然繁花似锦，伟岸挺拔！他用奋斗不息的坚强步伐、不畏挫折的顽强毅力，诠释了自己的人生价值，谱写出生命的华彩乐章。

这本文集，选自他二十年间创作生涯中散见于报刊的一部分文章。其中有亲身经历的人和事，有在异乡的见闻感受，纵观其作，无不印证着他不断成长、日渐成熟的人生轨迹，反映出几十年来祖国的飞速发展、沧桑巨变，以及新时代一位热血青年的抱负和信念。至于写作方面的长短得失，鉴于我未必内行，又为其父，自然不便评论。故热切盼望广大读者、作家和文学评论家予以批评指正。

目 录

第二辑 故乡在心中

第一辑
风中的故事

树 坚 强

一

小时候，我是一个喜欢花花草草的男孩子，家里的院子便是我的花园，我会在院子的角角落落栽种上各种花草，小小的院子被我装扮得五彩斑斓。春天是播种的季节，最令我欣喜的便是看到自己埋下的花种生根发芽，从泥土里探出头来。一个生命在我的手里萌发，我觉得很有成就感。

十一二岁那年一个初春的早上，我又在院子里东瞅西看，忽然发现墙角一处地面被一股强大的力量顶起，仔细一看，原来是个泡桐树芽，毛茸茸、胖嘟嘟的。它可不像那些花儿的种子发芽，先是地面裂开一条小缝，接着，一个头大身子细的嫩芽弯曲着身子从裂缝里探出头来，顶着一块沉重的泥土盖子，似乎随时都会被压垮；泡桐树芽力大无穷，它像一个大力士般挺直着身子从泥土里冒出，很大一块地面都被它掀开。泡桐树对我们来说太普通了，可我仍然喜出望外，一天三次去看它。我觉得这棵泡桐树是我发现的，它的成长就该由我负责。

这棵泡桐树在我的期盼中一天天长高，叶子也逐渐伸展开来，

3

大如蒲扇。谁知，正在它苗壮成长的时候，厄运却降临了。初夏的一天中午，我"请"来了我的几个小伙伴，高兴地带他们参观我的花园，给他们介绍我种出来的各种花儿，我的心中充满了自豪感。当然，重点给他们讲了那棵我发现并看着一天天长大的泡桐树苗。不一会儿，伙伴们便在院子里玩闹起来，玩着玩着，就开始毫无顾忌，互相打闹。我猛然意识到不能让他们在我的花园里这样放肆，刚准备阻止他们，悲剧就发生了——只听一声脆响，我的那棵泡桐树苗一下子就从根部折断，瞬间，院子里鸦雀无声，那个莽撞的小伙伴吓得站在那儿，不停地对我说："对不起对不起，我不是故意的，我不是故意的……"可有什么用呢？我气得把他们都赶出了院子，看着那棵都长了半米高的泡桐树苗躺倒在地上，叶子逐渐被太阳晒蔫，我伤心地哭了起来，我觉得它也一定在哭泣，那种伤心的感受是每一个在成长道路上遭受过挫折打击的人都能体会到的。为此，我难过了好一阵子，每天趴在那已经折断的泡桐树根旁，悄悄地对它说着安慰的话，希望它能再长出新芽。可它像一个受了委屈的孩子，不愿再把头伸出地面。

二

但只要有根在，生命就不会停止。第二年的初春，我惊喜地发现那棵泡桐树根又长出了新芽。这一次它长得更快，似乎怕再次遭受厄运，赶快让自己变得足够强壮，半年工夫它就长到了一米多高！

树越长越高，我也一天天地长大了，小学毕业，上了初中，又读高中，学习生活一天比一天紧张，回家的次数也就渐渐少了。但每次回到家里，我都要站在那棵泡桐树前，倾诉着我的心声和希望，像面对着我的知心朋友。

转眼，我就要参加高考，父母把所有的希望都寄托在我的身上。可我，却令他们失望了——高考，是我人生中经历的第一个挫折，我曾有过三次高考经历。记得第一年参加高考，那心情可真是激动不已，寒窗苦读，就为了这龙门一跃！可面对这样一场庄严的人生大考，我的心里反而没有多少紧张和压力，我自信满满，觉得心中向往的大学正在向我招手，这也许就是"初生牛犊不怕虎"吧。

终于等到了开榜的日子，看到分数的那一刻，我追悔莫及，分数离最低控制线还差几分。我痛恨自己在考场上怎么不认真仔细一点儿，别说几分，十几分我还是可以争取到的。可父母都没有责怪我，他们觉得虽然我没考上，可已经看到曙光了。母亲笑着说，就差几分，再复读一年咋样都考上了；父亲也显得很高兴，他甚至拿出了陈年的老酒，说："虽然没考上，我们也庆祝庆祝！"父母对我的要求不高，只要能考上大学就行，不管是个怎样的大学。秋天，我又走进母校，开始了我的高四生活。我想，就这样不紧不慢地学着，明年考上大学应该是十拿九稳。我学得很轻松，一天天地数着日子，盼着高考赶快到来。盼着，盼着，高考就来了。可谁能想到，高考那几天，我患了场重感冒，考场上发挥失常，竟然又差了十几分，你可以想象，得知这个结果，我们一家人的心情该是多么的失望和悲伤，就像农村干活时推着碌碡上坡，费了九牛二虎之力，眼看就推到坡顶了，却稍一松劲，碌碡又滚了下去。我几乎都绝望了，那一刻，我对大学产生了恐惧，我想大学真的与我无缘了，只是让我看到一点点曙光，那种虚幻的光芒便瞬间黯淡了下去。

那真是一个令人痛彻心扉的秋天，父母都沉默了，偶尔一声叹息都让人沉重得无法喘息。"屋漏偏逢连阴雨"，一场持续了二十多天的绵绵秋雨之后，一个凄冷的夜里，泡桐树身旁的院墙轰然倒塌，这棵泡桐树也连带着遭殃，被倒塌的院墙重重地压倒在下面。等我们修好了院墙，父亲蹲下身子，抚摩着泡桐树的断根，叹口气说："你可真是一棵可怜的泡桐树……"我当时就站在父亲身边，父亲是对树说的，也是对我说的，可我觉得真正可怜的不是我，而是父母他们。

三

又开学了，我真不想再复读了，觉得自己就没有上大学的那个命。那天，一家人正在吃午饭，我鼓起勇气对父亲和母亲说了我的想法，我说我想出去打工。父亲没有看我，他自顾自地吃着饭。许久，他才放下碗筷，叹了一口气，自言自语地说："别人能考上，为什么我们就考不上呢？"似乎在质问苍天，又似乎是恨铁不成钢。又是一阵沉默，父亲才把目光转向我，缓缓地却坚定地对我说："再考一年吧，天道酬勤，只要你付出了足够的努力，我就不信考不上！……高考对每个人都是公平的，不用看人脸色，只要分数够了，谁也别想拦住。"母亲也劝我，说这么多年的苦都受了，就差这么一点儿了，咬咬牙，再努力一年。

我又开始了我的复读之路，我怕面对那些熟悉的老师和同学，选了另一所学校。来到了新学校，我仍然觉得抬不起头来，觉得老师和同学们都在嘲笑我。我对自己越来越没有信心，要是明年还考不上该怎么办？我每天都是在这种惶恐不安中度过，根本静不下心来认真复习。

又是一个春天，一个周末我从学校回家，又走到了那棵泡桐树根前，啊，又有一棵嫩芽从树根上冒出，我蹲下身去，仔细地观察着这棵泡桐芽，它稚气却又坚强，对明天充满着希望，仿佛在对这个世界说：我还要从头开始。我被这棵小小的嫩芽深深地打动了，一种必胜的信念开始在心中升腾。

我开始振作起来，发奋努力。只要学得足够扎实，考场上就不会发挥失常。终于，我如愿以偿，考上了一所理想中的大学。收到录取通知书的那天，我久久地站在我家那棵泡桐树前，回味着走过的艰难岁月，憧憬着美好灿烂的明天。我知道，这成绩的取得，也有泡桐树的功劳，是它给了我无穷的力量。

走进了大学校园，我的天地逐渐变得开阔，我在知识的海洋里尽情地遨游，为即将走向社会努力充实着自己；我家那棵泡桐树也在奋力地生长，长得越来越高大粗壮，转眼，就有碗口粗了，树身挺直，枝繁叶茂，像一个朝气蓬勃的青年。

四

大学毕业那年，学校号召我们到祖国最需要的地方去建功立业。祖国最需要的地方，那不就是大西北吗？当时正值西部大开发，祖国的大西北一定是一个广阔的天地！我有了一种"海阔凭鱼跃，天高任鸟飞"的豪情壮志。那些天，我开始热切地关注起西部大漠新疆来，那是一块蒙着神秘面纱的疆域！新疆吐鲁番，是我最向往的地方，《吐鲁番的葡萄熟了》，听着这首歌我都垂涎欲滴！当我把这个想法告诉父母，他们都立即反对，母亲说，吐鲁番，那是多远的地方呀，像神话故事里的地方；父亲说，那里太荒凉了，听说还是个"火炉"，那里有个"火焰山"！小时候，父母都盼我们长大，盼我们走出家门在外面闯出一片天地，可真要离开家去一个遥远的地方，他们又都舍不得。

后来还是爷爷支持我去，爷爷是个老党员，虽然他已八十多岁了，但身体硬朗，说话声音洪亮。他态度坚决地说："去！年轻人只要志在四方，哪里都是好地方！"

爷爷在甘肃兰州工作生活了一辈子，退休后才回到老家，爷爷最常给我讲的，便是他的少年时代。说起小时候，便是说不尽的辛酸和苦难，军阀混战，日寇入侵，老百姓处在水深火热之中。因为家里穷，上不起学，爷爷只上过一两年私塾，十五岁那年，我那太爷爷把他叫到跟前，说家里太穷了，要让他独自出外谋生，不能在家里等死。爷爷说他难过得眼泪流了一老碗。可不离开家又有什么办法呢？母亲含着眼泪给他装上一袋干粮，带上一两件衣服，叮嘱他路上小心，照顾好自己；父亲说，往西边走吧，那边还能活命，并说他们年龄大了，出去也走不动了，只能在家里盼着他的音信。一家人抱头痛哭……

就那样，还是一个孩子的爷爷牵上家里的那头小毛驴一步一回头地告别了父母和家乡，独自一人开始了流浪。走到西安，过了宝鸡，进入天水，沿着河西走廊一路向西。那时还没有修公路，更没有铁路，他走了一个又一个山沟，讨饭吃，采野果吃，什么苦都吃过。两三个月后竟流落到了甘肃的兰州城里。爷爷到处找活干，什么苦活都愿意干，终于一个洗染坊的老板看他老实诚恳，便收留了他，让他当了一名学徒……爷爷也常给我讲起兰州的过去和现在，过去如何的荒凉破败，全城最高的楼房也才几层，还没有现在一个小镇繁华；而现在到处高楼林立，那楼高得仰头看，头上的帽子都会掉在地上——听到这，我也会把头向后仰去，仰望着蓝天。

五

父母最后还是无奈地同意了我的决定，母亲伤心地说，你可要想好，去了就回不来了；父亲说，去那儿也好，艰苦的环境更能锻炼一个人，现在全国上下都在学习孔繁森，何况吐鲁番比西藏阿里条件要好很多。那几天，我常看到父亲翻出他那本早已泛黄的地图册，翻到新疆那一页，静静地看着；而母亲则常常一个人默默地流泪。离家的前一天晚上，全家人围坐在一起，你一言我一语地叮嘱我这叮嘱我那，直到我昏昏欲睡。第二天早上起来，我发现我已整理好的背包里又被塞进了好多东西。

七月，我告别了母亲，告别了家乡，孤身一人踏上了西行的列车。欢快悦耳的音乐声响起，车轮缓缓地驶出西安火车站，透过车窗玻璃，看着夜色中华灯璀璨的古城渐渐离我远去，我也昏昏然进入了梦乡。

第二天清晨，我被车厢里悦耳的晨曲唤醒，睁开眼睛一看，火车已进入连绵起伏的群山之中，火车呼啸着钻过一个又一个山洞，那么大的一座座山脉，被铁路建设者们打通了一个又一个隧道，这是何等令人振奋和震撼的壮举啊！曾听爷爷讲过，修筑陇海铁路宝兰线的艰险，爷爷说最艰险的宝鸡至天水段火车要钻一百多个山洞……山势渐渐变得平缓，火车在山沟里蜿蜒绕行。兰州到了，这里的山，这里的水，一切都是那样的亲切，站台上人潮涌动，市区里高楼林立，和西安没什么两样。过去，爷爷走了那么久，历尽了千辛万苦、千难万险才来到这里，而我坐在火车上竟是如此的舒适和快捷。

继续西行，我在心里自豪地说：我终于比爷爷还"走"得远了。景色越来越单调，过了甘肃武威，眼前已成了开阔的荒漠景象，有时火车飞驰一两个小时也看不到一点儿人烟，偶尔一些风景如画的村庄也是一掠而过，满眼都是戈壁和荒山，我第一次真切地感受到了什么是荒凉。

这是什么地方呀！吐鲁番到底还有多远？火车这么快，竟然跑了几天几夜还没到，第一次坐这么长时间的火车，先前的兴奋激动完全变成了焦躁和煎熬。

吐鲁番终于到了，来吐鲁番之前，我就做好了充分的心理准备，可真正来到这里，我的心还是凉了半截。这里太荒凉了，荒凉得让人有一种与世隔绝的感受。更让人难以忍受的是这里的炎热，正午时分，刺眼的阳光直射着，炙热的空气烘烤着，似乎皮肤也要燃烧起来，大街上的树也都无精打采的样子，很多树叶都被烤焦了，真不愧为"火洲"啊。

我开始一封接一封地给家里写信，给父亲和母亲说我这里的环境是多么的恶劣，条件是多么的艰苦。我只是想让父母心疼我，为我离开这里做铺垫。可父母每次回信都是让我认真工作，不要想家，说国家正在大力建设大西北，一切都会好起来的。可我还是越来越坚定了离开这里的念头。

第二年五月的一天，我像个逃兵一样背上行囊，踏上了回家的列车。我该如何跟父母说呢？家门口到了，我忐忑不安地敲开屋门，父母惊喜万状，他们想不到正在唠叨挂念的远在几千公里外的儿子突然就一下子站在了面前，责怪我回家怎么也不打个电话。看着二老高兴的样子，我不忍打破这一家人相聚的幸福场面，我对父母撒谎说单位放假了。父亲忙催促母亲为我做饭，说我一定饿坏了。

快一年没见父母了，我发现他们都苍老了许多，头发花白了，脚步也蹒跚了起来。可更令我伤感的是，家里的那棵泡桐树似乎已经枯死。母亲说，去年秋天，因为家里要盖一幢小房子，选来选去，也避不开这棵泡桐树的地盘，最后父亲决定移栽这棵泡桐树，他给它在院外选了一片更适合它生长伸展的地方。可已经进入五月，阳光明媚，万木竞绿，到处都是生机盎然的景象，这棵泡桐树依然光秃秃的，像一个曾经娶妻生子而今家破人亡的光棍，我的心头更涌上了一股悲凉的情绪。

六

团聚的喜气很快就烟消云散，我对父母说，我再不去新疆了，回家种地也比在那儿好。父母的脸上开始愁云密布。

父亲终于决定要挖掉这棵泡桐树了。一天在饭桌上，父亲叹口气说："都这个时候了，那棵泡桐树还没有发芽，应该已经枯死了……当时真不应该移栽它，'树挪死'呀，算了，挖掉它吧。"家里的大事小事一向都是父亲做主，可这次他却征询了母亲和我的意见，母亲沉默了许久，无可奈何地说："这棵树都生长了这么多年了，就这么死了，太可惜了。"父亲的眼光又望向我，那眼光里有失望也有期待。我慌忙低下头去，我能说什么呢？父母表面说的是树，其实是在说我，父亲刚才的话里只说了"树挪死"，可他想说的是"人挪活"呀，而我，太令他们失望了。我低着头说："那就挖掉它吧。"

这棵泡桐树难道就要这么结束它的生命吗？我在心里默默地祈祷，希望它赶快发芽，再次向我们证明它的坚强。

那天中午，我和父母来到树下，仰起头来看了又看，仍然没有发现一丁点儿绿芽，看不出丝毫还活着的迹象。我们只好默默地挖出它的根须，把它放倒在院子里。我仔细地打量着这棵命运多舛的泡桐树，忽然，我发现它的树梢有几处已经吐出了一点儿新芽！我惊喜地大喊一声，父亲和母亲都围拢了过来，父亲懊悔地说："我怎么就这么心急呢，怎么就不能再等它一段时间呢？"说着，一家人又赶快把树扶起，慢慢地放进树坑中，又转动树身，让它和原来的朝向一致，接着，父亲又用手把它的每条根须都捋顺，让它们都舒展

11

开来，力求对这棵泡桐树的扰动降到最低。树栽好了，又给它施上肥、浇上水。一切做得迅速而又有条不紊，每个人都不敢大声说话，像是怕惊醒一个沉睡的人。

挖树又栽树"事件"发生后，我发现父亲对我的态度也温和了许多，眼神里满含着期待。几天后，我整理好行装，精神抖擞地离开了家门，我不能让父母等待得太久。

如今，我家那棵泡桐树已经长成了参天大树，每年初春时节，满枝满树淡紫色的泡桐花儿在阳光雨露中傲然绽放，那一朵朵花儿像一个个小喇叭在奏响着春天的旋律，似乎在向人们宣示着它生命的不屈和顽强；而我，也深深地扎根在了新疆这片美丽神奇的土地上，成了一个真正的新疆人。

在这里，我要为我家的那棵泡桐树和千千万万棵在恶劣环境下坚强生长的树木点赞，它们那不向命运低头、敢于战天斗地的精神深深地鼓舞着我，鼓舞着我坚强地走向明天。

风中的故事

一

风，看不见也摸不着，可它却每天与我们如影相随。脾气好时，它是轻风拂面，显得那么的温柔可亲，你似乎可以看到它满面的笑容；可发起脾气来，便狂风肆虐，像是一个混世魔王，搅得天昏地暗，你也似乎可以看到它狰狞的面目。在我国新疆的吐鲁番盆地，便有一个被称为"风城"的地方——托克逊，这是一个常年被风沙袭扰的地方，我曾经在这里经历过一段惊心动魄的岁月。

我生长在陕西的关中平原，那里是八百里秦川，风调雨顺，物产丰美，古代的帝王都喜欢在那儿定都，西安便是中国建都朝代最多、帝都历史最长的古都。可我们中国九百六十万平方公里广袤的大地，每一寸土地都不多余，哪儿都是宝地！就算再荒凉贫瘠，只要我们用勤劳和智慧去开发、去改变，将来也一定会成为一块宝地。

二

我曾经在吐鲁番盆地上被称为"风城"的托克逊县工作生活了

13

十个年头，在一个叫"伊拉湖"的小镇里任教于一所中学。没来托克逊之前，对它的了解仅限于初中语文课本上竺可桢先生的《向沙漠进军》一文："……如新疆的星星峡、托克逊、达坂城都是著名的风口。"我想，风有什么可怕的？对于没有经历过什么大风大浪的我来说，还想见识见识风的威力！

伊拉湖，名字听起来很美，但这里没有湖水，是个风口！

学校就在镇区，那天中午，在县教育局办好了一切手续，我就坐上了去伊拉湖的面包车，没想到去任教的第一天风就给我来了个下马威！从县城出发，沿着一条简易的乡村公路前行，风便逐渐大了起来，司机提醒乘客，把车窗都关好。天气越来越昏暗——车上的乘客笑着说，在这儿，风沙是春天的常客。半个小时后，车便开进了空旷的戈壁滩，狂风呼啸，飞沙走石，一下子昏天黑地，能见度只有十几米！

风越刮越大，面包车在路上艰难地行进，刚才还在说笑的人们都沉默了，大家都感到了恐惧，一个小女孩还被吓得哭了起来，妈妈把她搂在怀里，不停地安慰，但看那位妈妈，身子似乎也在发抖。听着车窗外呼啸的风声和沙砾击打车窗玻璃的噼啪声，我的心也揪了起来，我甚至担心，车窗玻璃会不会被击碎，车会不会被吹翻，我见识到了风沙的威力。

车终于开到了伊拉湖镇的十字街心，一下车，我便真真切切地感受到了风的威力，狂风裹挟着沙石狠狠地吹打在我的身上、脸上，我根本不敢睁开眼睛，一下子感到了无助和恐惧，我艰难地走到路旁一个店铺门前，有了遮挡，风才稍稍小了些，四下里望去，街面上看不到一个人，一排排破败的店面都紧闭着店门，店面外面用椽子破草席搭建的凉棚在风中发出呜呜的呼啸，鬼哭狼嚎一般，不时有一股强风吹来，只听"呼"的一声，便见草席被掀起老高，接着又"啪"的一声重重地扑打下来……

我低头弯腰顶着狂风艰难地向学校挺进，虽然只有几百米的距离，我却走了十几分钟，走进校门，心才稍微平缓了些。可放眼望去，偌大个校园空无一人，只有狂风的呼啸声在校园上空回荡。原来，因为风大，学生们早早就放学回家了，只有几名教师待在办公室里。见到了老师们，我仿佛见到了亲人，喝过一杯热茶，我恐惧的心才踏实温暖了许多。老师们笑着对我说，这风还不算太大，有时候刮起的狂风可以把人吹上天，可以把树连根拔起，甚至可以把火车吹翻！他们给我讲，托克逊有个奇形怪状的石山，位于托克逊盘吉尔塔格山山脊上，那里处于吐鲁番盆地西部的三十里风区内，经过亿万年的强风吹蚀和雨水淋溶，盘吉尔塔格山逐渐形成了千疮百孔、怪石林立的奇异景观，仿佛一座"魔鬼城"！要是在"魔鬼城"遇上狂风大作，那一定会吓得你色变胆寒、魂飞魄散……老师们讲得是绘声绘色，我却已开始色变胆寒。

学校里给我安排了一幢土坯房住宿。这儿的土坯房都成方形，墙体厚实，厚达半米！都是用生土打的土块垒成，房顶是椽木棚架，用泥草覆盖。一位年过半百的校长把我带进宿舍，他一定也想到了我会嫌它样式朴拙、土气简陋，便笑着对我说，你可别小看了这土里土气的屋子，这可是防风沙的最佳处所，再大的风沙也不怕！

从此，一个又一个狂风肆虐、飞沙走石的日日夜夜我都只能蜷缩在这个小土屋里胆战心惊地度过。

三

刚才还好好的天气，忽然一缕风卷起尘土从地面扫过，似乎一阵号角吹响，不多久，便尘土飞扬，天空也开始变得浑浊起来，人们纷纷躲进屋子关紧窗户和房门。风越刮越大，越刮越猛，天色也渐渐变得昏暗起来，最后狂风呼啸、飞沙走石，像急促的战鼓雷动，像狂怒的战马嘶鸣，地动山摇！风疾驰着，挥舞着，吹起尘土漫天扬撒、遮天蔽日；风怒吼着，发泄着，尖利的呼啸声此起彼伏，卷起沙石，击打在所有阻挡它的物体上，似乎它的心里有着极大的愤怒，要把一切撕碎，要让整个世界在它脚下臣服！这个时候，人不敢在路上走，车不敢在旷野行，唯有树，拼命地弯曲着身子，高高的树梢都快要触到地面，有些枝干脆的树便听"咔嚓"一声被拦腰折断……人们无奈而又无聊地待在屋子里，不能看电视，因为在那样的大风天气为了安全起见，电力部门首先要断电；饿了也不敢生火做饭，只能将就着吃点熟食，因为在这样的大风天气，风助火势，一丁点儿火星都可能酿成熊熊大火，造成难以估量的灾难；甚至无法入睡，也许你刚眯上了眼睛，猛然一声风的尖利呼啸惊出你一身冷汗。风声一阵紧似一阵，人们的心也随着风声一阵一阵地揪在一起，你会担心狂风掀去屋顶吹倒房屋，沙尘击破窗户堵塞房门。你的心在颤抖，房屋也在风中颤抖！我想，此刻每一个待在屋子中的人都紧绷着神经，无不惊恐万状，无不在心中一遍遍地祈祷：风呀，你小些吧，小些吧，千万别毁坏了我的屋舍、我的庄稼；我还有很多要紧的事要做，不要再让我在昏暗的屋中煎熬……

漫长的祈祷期盼，风终于小了一些，也许是它气消了，泄气了，偃旗息鼓了，似乎它觉得就是使出再大的魔法也无法给这片大地造成多大的破坏。

只要风一停，人们立即打开屋门，敞开窗户，接着把院前屋后那些被风刮来的砂石、纸片、破塑料袋以及一些树枝杂物通通清扫干净，再洒上水，又从屋子里搬出花盆摆在院中。一切准备停当，便开始又是擦又是洗，非要擦洗得窗明几净、一尘不染。清新的空气、淡淡的花香，还有那天山上的雪水融汇成的一条条小溪在潺潺地流淌，你真会相信这片大地真的刚刚经历了一场惊心动魄的风吹沙击吗？就像一个脾气暴怒的人忽然给你展现出他温柔和善的一面，可你的心里对他已产生了戒备……

打扫好屋里屋外，农人们又赶快下地，察看地里的禾苗是否被风吹倒，是否需要补种。每年的三、四月间，正是禾苗出土的时期，却也正是狂风肆虐的时候，一次大的风沙袭击，地里的幼苗常会被刮得七零八落，再找不到几棵完好无损的了。农人们只好补种一次，再补种一次，辛勤的付出到秋天总会有收获……

经历了几次狂风的煎熬后，渐渐地，每次一看到有起风的苗头或者天气预报说将要刮大风，我赶快就去街上的小卖部买些吃食，去打馕的店里买上几个馕饼，再爬上屋顶检查边边角角有无破损、是否压实。可有时一切都安排妥当，风却似乎与我开了个玩笑，悄无声息地绕过去了，我的心情却又高兴不起来，有一种万事俱备，只准备迎接战斗，却突然被抽去筋骨，英雄无用武之地的感觉……

我本来就不是英雄，我越来越想念我的家乡，特别是到了春天，我的脑海里常会浮现出关中平原上梧桐花开的美景：那一棵棵粗壮高直的梧桐树，在春寒料峭中还未来得及穿上绿衣，就迫不及待地用花来拥抱春天。那白里透着紫色、形状如喇叭的梧桐花一朵朵、一簇簇竞相绽放在空中、绽放在春光里，整个天地都成了花的世界、花的海洋。可托克逊的春天，却是一个狂风最肆虐的时节，在这里，你几乎找不到一棵挺直的树干，每棵树都扭曲着身子定格在那里，时刻保持着与风沙抗争的姿态。

我觉得，我都不如一棵树，我几次都想离开这个鬼地方。

四

　　正在我内心孤独煎熬的时候，爱情降临了，她美丽而善良，正是我的梦中情人。那年春天，一位热心的大姐为我介绍了一位女友，她叫苹，是一位小学教师，在十几公里外的一所村小任教，她的家就在那个村子里。那位大姐给我们约定了见面的时间，地点选得很浪漫，在一片沙枣林里。她详细地给我讲了沙枣林的位置，给我讲走哪条路，路上都有什么风景。

　　那天清晨，我把皮鞋擦了又擦，再打上领带，头发梳了又梳，一下子容光焕发，像换了个人一样！我跨上自行车，喜滋滋地出发了，还有什么事比相亲更令人兴奋呢！不料，天公不作美，骑了不大一会儿，我就感到起风了，不好，今天的好事难道要被这可恶的风搅黄？！我一边奋力地蹬着自行车，一边不住地祈祷：风呀，你什么时候刮都行，今天千万别刮了！可风却似乎越刮越大，我心里焦躁不已，心想，今天可能见不到她的面了，她还会来吗？我还要不要去？心里没有了动力，我越骑越慢，最后还是来到了那片沙枣林。哪有什么人啊，我蓬头垢面，沮丧地走进沙枣林，浓郁的沙枣花香扑鼻而来，那是一片幽深的沙枣林，一棵棵粗壮的沙枣树虬枝盘曲，让人一下子就感受到了生命的顽强。我四处望望，一个人都没有看到。唉，谁像我这么傻，明明看到刮风了还跑来。我不知是该骂这鬼天气还是骂她们言而无信，正在我垂头丧气地准备"打道回府"时，忽然听到有人喊我的名字，正是那位大姐的声音！循声望去，大姐正拉着苹从林子深处向我走来，边走边笑我，原来她们藏在了一处灌木丛中，我的一举一动她们都看得一清二楚！我喜出望外却也惊出一身冷汗，幸亏我没有什么出格的言行。见到苹的第一眼，

18

我真的是眼前一亮，她个子不高，却小巧玲珑，特别是一双大眼睛，里面似有一汪泉水，想不到在如此干旱、常年风沙弥漫的地方竟有如此水润的姑娘。刚开始我们都显得拘谨，渐渐地便都打开了话匣子，我给她讲我的家乡，讲我怎样来到新疆；苹也给我讲她的家庭，她说她的父母都是重庆人，父亲十几岁就一个人外出闯荡，去过建筑工地，当过搬运工，还下过煤矿，什么苦都吃过，但他都坚强地挺了过来，后来就流落到了新疆，在这个村子里落了脚。再后来，便认识了同样离开家乡流落于此的母亲，同病相怜的两人便结了婚，再后来便有了她和弟弟……我们的第一次见面谈得是那样的愉快，不觉间已是中午，不知什么时候，风竟然也停了，似乎也被我们感动……我恋恋不舍地和苹分别，骑上自行车返回学校，走在回校的路上，心里真的像吃了蜜一样甜，我暗自庆幸，多亏我顶着风赶来。

第二天，我就迫不及待地给苹打电话："我可以去你家吗?"她笑着回道："你想来就来呗，但我家里很穷。"不管是真穷还是假穷，就算再穷我也愿意！我的心里乐开了花。

我们又约定了一个日子，去见她的父母。那天早上我又骑上自行车气喘吁吁地赶到苹家所在的村口，她已等在了那儿。她带着我曲径通幽般穿过好几条村中小道，终于在一个用树枝木棍搭成的栅栏门前停了下来，看来是真穷。我跟在苹的身后，忐忑不安地走进院门，几间掩映在绿树中用土块垒成的小屋便映入眼帘，一个矮胖的老妇人一手叉腰站在土屋的门框前，女友告诉我，这是她的母亲。我心里胆怯起来，但从这位未来的丈母娘的眉开眼笑里我猜测我这个准女婿算是过关了。进入小屋，也看不到几件像样的家具。苹看出了我的惊诧，对我说："这个土坯房就是我爸刚来新疆时一手搭建起来的，当时也就是想临时避避风雨，想不到这一住就是几十年。我爸常说，'住得那么好干啥，只要能遮风挡雨就行了，人活着是来吃苦的，不是享受的。'"我一下子对我的那位"岳父"大人肃然起敬！

虽然房子很简陋，但里里外外却收拾得干净利落、窗明几净。来到后院，一块块菜畦春意盎然，"岳父"正在忙着给出土不久的蔬菜搭架，他五十多岁的样子，中等身材，古铜色的脸庞写满了沧桑，一看就知道是位饱经风霜的老人。老人上下打量了一下我，问我是哪里人，来新疆多少年了，习不习惯。他的神情严肃，看不出丝毫的笑容。

中午时分，"岳母"炒了一大桌菜，我那位满脸沧桑的"岳父"大人还拿出一瓶珍藏的老酒给我和他各倒上一杯。几杯酒下肚，他的脸上便泛起了红光，话匣子一下子打开了，他给我讲起他辛酸的人生经历，说他几十年前因为家庭的变故，父母双亡，小小年纪走南闯北，吃尽了苦头，最后流落到新疆，那时候的新疆比现在可荒凉多了，也艰苦多了。当时房子周围一棵树也没有，有一次夜晚沙尘暴来袭，早上起来，屋门已被沙石封堵住半米！他和乡亲们一起修水渠，开荒地，战风沙，斗酷暑，他相信，只要有双勤劳的手，再苦再难也不怕！老人还说，他同意女儿和我交往，就是得知我从那么远的地方来到新疆，被我的坚强意志打动……我的脸上掠过一丝羞愧的神色。

我记住了老人的那句话，只要有双勤劳的手，再苦再难也不怕！

五

我开始隔三岔五地往女友家跑，可老天似乎也觉得我们的爱情进展得太顺利，似乎也想阻挡我追求爱情的脚步，想让我吃点苦头。因为去女友家要经过一个几里地的风口，那里常会刮起八九级的大

20

风。可爱情的力量是无穷的，狂风更让我体会到了爱情的甜蜜。

那天是个星期天，早上便刮起了风，越刮越大，一个人待在学校空荡荡的小屋里沉闷无聊，我想去女友家，可这么大的风，能安全通过风口吗？我心里没底，思来想去，我决定冒一次险，闯过那个风口！我骑上自行车出发了，一上路，我便感到风真的好大，好像有一双无形的手在前面推着我，不让我前行。我紧握车把，低头俯身，使出浑身气力，奋力踏车。风口到了，我把车把攥得更紧，脸几乎贴在了车把上，可一阵一阵的狂风仍把我吹得连人带车几乎飘飞，车子晃得越来越厉害，我只好下车，推着车艰难地前行，不料，一股强风吹米，找被像扔垃圾一样刮倒在路旁的乱石沟里，车子压在了我的身上，身上还蹭破了几处皮。我顾不上疼痛，爬起来，把车推上路，继续艰难地前行……等到了女友家，一家人看到我的狼狈模样，很是吃惊，没想到这么大的风我也敢出门！又是给我倒水让我洗脸，又是仔细查看我的伤情。后来，女友便成了我的妻子。一次，她笑着对我说，她决定嫁给我就是因为那次的感动。

看来我还要感谢风。苹嫁给了我，而我却住进了她家。岳父母给我收拾出一间小屋让我安身，虽然房子狭小得只能容下一张床来，但我躺在床上很温暖、很幸福。我是个异乡人，岳父岳母也是异乡人，老屋为我们这一家异乡人遮风挡雨。

岳父母知道我喜欢吃面食，天天吃米饭的他们也常会给我下碗面条；知道我生长在一个比较优越的家庭环境里，便每天都把他们破旧狭小的土屋收拾得整洁亮堂；知道我从小没干过什么农活，总是默默地尽力把家里地里的脏活累活干完，实在忙不过来，才允许我帮他们一把。

然而，也许是这个新家和生养我的老家差别太大，也许是婚姻生活由最初的甜蜜逐渐归于平淡，或者是理想的渺茫、工作的不如

21

意，一遇到不顺心的事，我就冲着妻子发火，看这个不顺眼，看那个不顺眼。最初妻子还默不作声地忍让我，后来便也同我大吵大闹，我们当初的爱情誓言越来越显得苍白和乏力，似乎都觉得当初的相爱是一个错误的选择。

后来，妻子有了身孕，我也不懂得关心体贴她。终于，在一个狂风大作的夜晚，我和妻子在家里吵得不可开交，我说这个家庭拖累了我，我说从学校忙一天回来，还要去地里干这干那，妻子忍无可忍也反唇相讥，她说我连个房子也没有她还嫁给我，说我没什么本事只会在家里作威作福！岳父，那位平日少言寡语的老人也一下子暴怒起来，他瞪着眼睛对我吼道："你要没有责任心的话就离开这个家……"好，走就走！我翻箱倒柜收拾我的衣物，可当我背起我那个破包刚跨出家门，一股狂风袭来，我打了个趔趄，差点摔倒，那一刻，妻子一下子跑到我的身后，抱住了我……

那个夜晚，我躺在床上，望着窗外的明月，想起遥远的家乡和年迈的父母，泪水一下子溢满了眼眶……妻子轻轻地推了推我，低声对我说："对不起……你知道我是鼓了多大勇气才说出这三个字的吗？……以后，你心里不管有什么怨气，都千万别在我父母家里对我吼叫，以免他们伤心，等我们有了新房，你打我骂我都行……"我第一次对妻子和这个家有了一种愧疚感。是呀，岳父母把女儿嫁给我，不图我什么，只希望我对他女儿好。然而这最起码的一点我都做不到，他们怎能不伤心？

我擦了擦眼泪，一字一句地对妻子说，就算我心里再烦再闷再苦再累，也要在家里、在岳父母面前保持一张笑脸。于是，我们便有了一个婚姻的约定。生活依旧，烦恼依旧，但我努力地克制着自己。虽然有时感到压抑，但正是这种压抑，让我们体会到了宽容的甜蜜。后来有几次，我差点又旧病复发，但每次我刚要发作时，妻子便把食指放在嘴边，做个"嘘"的动作，笑着悄声对我说：别让我爸妈听见。我的怒气便一下子烟消云散。妻子也变得更加贤惠，她总是细心地把我随手乱扔的东西整理好，等我需要时又一一给我找出来。我喜爱写作，每次写好一篇稿子，她便是我的第一位读者，读后总不忘鼓励我：老公，我相信你会成功的！就这样，我们的爱情如一杯醇酒越品越醉人……

我懂得了珍惜拥有，也懂得了责任和坚守。

六

春天是植树的季节，这些年，人们越来越认识到植树造林对防风固沙的重要性，每年初春时节，浩浩荡荡的植树大军来到火焰山下、戈壁荒漠开沟植树，渐渐地，一道道绿色的屏障像一排排卫士守卫着我们的绿洲家园。我们全校师生带着劳动工具、扛着一捆捆树苗融入浩浩荡荡的植树大军中，来到周边的戈壁滩上植树造林，我们一坎土曼一坎土曼地砍掘，一铁锹一铁锹地铲挖，铁与石碰撞出火花，手掌磨出血泡，但一想到每栽下一棵树苗，这亘古荒原上就多了一位迎风战沙的战士，每个人都不叫苦喊累。绿色在一年年地扩展，风沙在一步步地后退……能在狂风中苗壮生长的树木都是生命的强者！在新疆，在茫茫的戈壁公路上行车，最惊喜的便是看到绿树，绿色是生命的象征，有了绿色，也便有了人烟。对于那些刚被移栽到戈壁滩上的幼小树苗，不知它们会不会抱怨：为什么要计我生长在这里，为什么要让我经受这么严酷的自然考验？

树无法选择它们的生长环境，它们被移栽到了哪里，就要适应哪里，但越是艰苦的环境，它们的生命才越有意义。

那些挺过了一个寒冬的树刚嗅到一点儿春天的气息便吐露出点

点嫩芽，鲜嫩的芽儿就像一个个刚睁开眼睛打量这个世界的婴孩，它们多么渴望和风细雨的轻抚滋润。可在"风城"托克逊，迎接它们的却是漫天的狂风暴沙，这的确太残酷了。狂暴的风沙似乎不愿意看到春天的来临，想把一切绿色都扼杀在摇篮里！

可谁又能阻挡住春天的脚步？过不了多久你再看，天地间已成了绿茫茫一片，每棵树都焕发出了勃勃生机，每片树叶都是那样的碧青亮眼！

我也是一名爱花之人，我不但是培育学生成长的园丁，还成了一名种花养花的园丁。每当我走到有花草的地方，看到那些美丽的花朵，我都会驻足观看，我要想办法给我们的校园里也栽种上这种花儿……我们的校园变得越来越美丽，鸟语花香，香气四溢。我告诉孩子们，风口里也可以盛开最美丽的花朵！我教育孩子们要热爱自己的家乡。这里生长的孩子，每个幼小的心灵里都留下了对狂风的恐怖记忆，我也要让这些最美丽的花朵盛开在孩子们的心田里，让他们在最美的校园里愉快地学习、幸福地成长，将来把自己的家乡建设得更加美好！

七

转眼，十多年过去了，如今的托克逊，县城里一座座高楼拔地而起，大街上熙熙攘攘、车水马龙；乡村里，新农村建设也搞得如火如荼，家家户户门前都是绿树成荫、花团锦簇，人们的精神面貌也焕然一新。曾经的托克逊，只是连接天山南北的古道驿站，在《西域同文志》里这样记载："托克逊，回语，托克三，九十数也。"曾经只有九十户人家，也就几百号人的一个小驿站，现在，它已发展成为一个有着十几万人口的丝路明珠！风也许想着我要把这儿吹刮得一干二净，什么东西也别留下，然而，面对勤劳、智慧、坚强的风城人，它妥协了！现在这里的风沙天气明显减少了许多，强度也减弱了许多，现在你再走在这片大地上，你会发现，这里的树也挺直了腰杆！我相信，在不久的将来，家乡关中平原上的梧桐树也会在这儿大片大片地生长，那该是多么美丽的景色啊！人们不但在逐步地征服着风沙，也在开始利用"风"。风灾让人胆寒，但风中蕴含的强劲能量，更让托克逊人为之兴奋！科学数据显示：托克逊县所处的吐鲁番盆地西北部风区全年 3~20 米/秒的有效风速约为 5000 小时，有效风能为 1000~1500 千瓦小时/平方米，风能蕴藏量每年可提供的电力相当于 22 亿千瓦时。面对如此巨大的风能资源，托克逊人并未等闲视之，而是变灾为宝，在戈壁滩上建起了一排排大风车，利用风能发电，将昔日肆虐的大风变成了"财宝"。

如今的伊拉湖，处处都是成片成片的沙枣林、榆树林，阻挡着风沙的肆虐。曾经那股荒凉的风口小镇也已旧貌换新颜，一栋栋楼房拔地而起，一行行绿树遮天蔽日，路宽了，人多了，街道繁华了。当你走进我们的校园，你一定会恍若进入花园一般，各种花儿竞相开放、争奇斗艳，校园前面是葡萄长廊，校园后面，是一大片沙枣树林。春日里，花香扑鼻，特别是沙枣林里那一簇簇一串串细小的沙枣花儿散发着浓郁的香味，深吸一口，你的心都醉了；夏日里，凉风习习，课余时间，师生们聚在葡萄架下，唱歌跳舞，欢乐的气氛感染着每一个人；秋日里，漫步在沙枣林中，一阵阵轻风吹过，那枯黄的沙枣树叶哗哗地飘落，更显出枝头那累累的沙枣，你随手就可摘上一把沙枣，一颗一颗放进嘴里，品味那干涩中的一丝甜蜜。

狂风变成了清风，学生们的脸上少了恐惧，多了笑容。

伊拉湖，旧名"伊拉里克"，维吾尔语意为有蛇的地方，但蛇在这里已很少见到了，也许是已被风吹得无影无踪，也许是它已变成了一条强龙，正在风中腾飞起舞……我宁愿相信后者。当然，这一切成绩的取得，不是在人们的祈祷中出现的，而是人们用双手和智慧改变的。

　　我很自豪，我是这一切巨变的创造者和见证者其中的一员，并且继续创造和见证着我们脚下这片热土的美好明天。

我辜负了那个冬天

我常常会想起那个冬天，那个在我失意落魄时温暖了我的冬天。

那年大学毕业，我被分配到新疆吐鲁番一个生产食品饮料的小厂，从事与我所学的无线电专业毫不相干的工作，我感到失落和苦闷，对这份工作提不起兴趣，总想着在这儿混一段日子，找一个专业对口、发展前景广阔的单位。于是，一有机会我便带着自己的毕业证书和个人简历去人才交流市场求职应聘。然而，我却处处碰壁，因为我只学了专业知识的一点儿皮毛，又没有什么实践经验。

终于在一次求职中我被当地一家保安服务公司的经理看中。经理姓王，五六十岁的样子。他看了看我的毕业证书，热情地向我介绍了他们公司的情况：这是一家主要为企事业单位培训保安人员，并给银行、商场等需要密切监视的部门销售安装一些电子报警设备的保安服务公司。王经理递给我一张名片，言辞恳切地希望我能去他们公司工作发展。然而，我却对这个公司没多大兴趣，还是继续在原单位混日子。

两年后的一个冬天，我下岗了，一下子感到没了工作的悲哀。猛然，我想起那位王经理给过我一张名片！我急忙找出了那张名片，拨通了王经理的电话。王经理愣了一下，随即对我说："好，欢迎你来我公司！"我简单地收拾了一下行囊，来到那个新的单位。我没有多少兴奋，我只是为了挨过这个漫长的冬天。

那天晚上，王经理在一个饭馆里置办了一桌子的饭菜，并且请了几位他公安战线的好友作陪为我接风。席间，王经理很是高兴，他带着自豪的口气向朋友介绍我，说我是名牌大学的毕业生，学的是无线电专业。我不敢看他们，不敢多说话，甚至大气也不敢出，低着头，心里只想着怎样蒙混过这个冬天。王经理坐在我身旁，不停地给我夹菜，劝我多吃，我一整天都没好好吃过东西了，便自顾自地吃起来，不多一会儿，菜便被我一个人吃去了大半。

时间一天一天过去，王经理一直让我跟着一位和我年龄相仿的小师傅学习安装那些电子报警设备。私下里，这位小师傅常常向我谈起王经理，说他是我们这个小城公安局一位破案经验丰富的老刑警，在他手里曾破获过数起大案疑案，被称为"神警"。几年前他又创办了这家保安服务公司。我心里暗笑道：还是"神警"！怎么就没有识破我的"庐山真面目"呢？我就那样整天跟着别人跑来跑去，根本没有想着用心去学些东西。

转眼三个月过去，我的冬天即将结束了。那天早上，王经理让我一个人出去给一个单位安装报警设备，我一下子傻了眼！愣了半晌，最后还是结结巴巴地答应了。可想而知，我什么也没干成。那天晚上，我思前想后，决定不辞而别，就像那个滥竽充数的"南郭先生"一样灰溜溜地溜走。我赶快简单地收拾了一下行装，第二天天刚蒙蒙亮，就悄然离开了那家公司。

走在大街上，我一下子茫然无措，该到哪里去呢……我打开了背包，猛然发现一个信封，打开一看，里面装有三百元钱，还有王经理给我的信，信中写道：

　　小刘，从你来公司的那一天起，我就知道你不会久留

28

的。我知道在你的心里根本看不起这份工作，你肯定是遇到了什么难处无处落脚才来我这家公司的。其实第一次见到你，我就看出来了，你除了一张文凭再也没有什么东西可以炫耀！但我想只要你踏实学习，要学会什么东西是很快的。这次我本想让你跟着别人学点技术，没想到你什么也没有学到！你荒废了这个冬天……请你记住，一个人应该有宏伟的志向，但也要有脚踏实地的作风！人生难免会有不如意，但是，无论如何我们都不能敷衍生活，虚度人生……

我一下子羞愧万分。春天在不知不觉中来到了人间，看着路旁花木上那些正在竞相绽放的苞芽，我猛然醒悟：我辜负了一个冬天。

每个人都可以从容

从小，我就特别胆小，一个男孩子，却怕一只小小的虫子。如果发现一只五彩斑斓的虫子在我身上蠕动，我一定会吓得魂飞魄散、哭爹喊娘！所以我一看到那些胆大的小伙伴捉一只虫子在手中从从容容地把玩，一定会敬而远之！我怕他们会故意、无意地突然把手中的玩物扔到我身上。

然而，我还是经不住好奇的诱惑，当看到小伙伴们像养个宝贝似的养蚕时，我也忍不住找了个小盒子，铺上桑叶，忐忑不安地养起了蚕来。然而要养好蚕，仅凭一时的兴趣是根本不行的。我每天从树上采摘桑叶，精心地挑选，细心地给它们清理粪便，并且不时地观察着它们的身体变化……看着蚕宝宝一天天长大，我的恐惧心理也一天天消除。我认真地观察着它们，轻轻地抚摩着它们，也开始喜欢上了它们……渐渐地，我可以从容地面对那些我曾惧怕过的虫子，我发现了它们的可爱……

童年在无忧无虑中度过，升入了初中，学业的压力越来越重，我的成绩也在不断地下降，小学时靠那点小聪明得来的成绩已不再持续。每次大考小考，一拿到试卷我总会心跳加速！看着那些似曾相识的题目，总也不能从容作答。经历了一次又一次考试惨败的痛苦，我终于认识到：要想考出好成绩，必须要有扎实的基本功！熟能生巧，只有熟练了，才能从容应考。我开始反复地背诵、深入地思考、大量地演算，终于，每次考试我都是信心百倍！我从容地走进考场，从容地思考答题，微笑着交卷离场。我的成绩也直线上升！那年高考，我顺利地考入了一所重点大学……

大学毕业后，我远离家乡，来到了新疆吐鲁番，我准备把自己的青春年华奉献在西部大漠的教育事业上。然而我想得太简单了！我天生语言表达能力就差，又没有经过师范院校培养，想当老师谈何容易?!

我带上自荐材料来到了当地教育局，一位和蔼可亲的局长认真地看了看我的简历，终于被我的热情和勇气感动，答应让我去一所乡村中学试讲。试讲马上就要开始了，我在教室门口木然地站着，大脑一片空白！教室里面鸦雀无声，我深吸了一口气，硬着头皮走上讲台。那是我平生第一次走上讲台、第一次面对那么多的学生！学生们都把目光投向我，教室后面十几位老师也神情严肃、正襟危坐，突然班长一声"起立"吓得我浑身哆嗦，我紧张得面红耳赤、语无伦次……真不知道那一节课是怎样度过的，课后只听学生们议论：刘老师声音太小，我们听不清楚。

我垂头丧气地离开了那所中学，就这样退缩吗？不，这不是我的性格！接着，我又来到另一所学校，可想而知，又是悲剧重演。不行，我必须努力锻炼自己！那段时间，我每天抱着书本，独自一人跑到荒凉的戈壁滩上，对着那无数块静默的小石块放开嗓门大声地讲演，日复一日，终于，我觉得可以从容地面对那几十双求知的眼睛。

我又开始了我的第三次试讲。那一节课我讲的是高尔基的《海燕》，也许是我讲得太投入、太动情，我觉得自己已化作一只勇敢的海燕，在苍茫的大海上从容地搏击翱翔……

成功了，终于成功了！我战胜了自己，我当上了一名光荣的人民教师。

　　每个人的一生都不是一帆风顺的，人们常常欣赏赞叹一个人做事的从容，其实，从容不仅是一种智慧的人生态度，有时也是一种艰辛的付出和不懈的追求。

异 乡 缘

"独在异乡为异客，每逢佳节倍思亲。"转眼，我已在新疆工作生活了二十个年头，我的身心也深深地融入到了这里，再也找不到刚来时的那种"异客"的孤独感。只是每年到了中秋时节一种悠长的思乡情绪才会从心底里翻腾出来。

我是大学毕业后孑然一身来到遥远的新疆参加工作的，那年夏天，胸怀着到祖国最需要的地方去奉献青春的豪情壮志，踏上西行的列车，列车西出阳关，满眼都是戈壁和荒山，我第一次真切地感受到了什么是荒凉……我来到新疆吐鲁番一所偏远的乡村中学任教。身处异乡，举目无亲，最渴望的便是家的温暖。每当夜深人静的时候，我常常会面对着家的方向泪流满面。

我开始一次又一次地踏上回家的列车，哪怕是站在拥挤不堪的车厢里，但只要想到家离我越来越近，心中就会激动不已。可回家的次数太频繁，就感受不到家的温暖了，我不仅没有给家人带来团聚的喜气，还给本应充满着浓浓亲情的家笼罩上一层阴影……年龄一天天地大了，可我的婚姻问题依然悬在父母的心头，他们一天天地心焦起来，便四处打听、四处托人想为儿子找个媳妇，他们只有一个要求，只要愿意去新疆陪伴儿子就行。可就这一个要求也没有人家接受，作为父母，谁会舍得让自己的女儿跑到那么远又人生地不熟的地方去？再一看我那落魄的样子，就更不敢了。

千里姻缘一线牵，我梦中的她出现了。

快三十岁的时候，我终于找到了属于我的爱情与婚姻。学校里一位热心的大姐为我介绍了一位女友，她是苹，在几十公里外的邻村一所小学任教，她父亲是从重庆老家迁居新疆的。苹娇小柔弱，美丽而善良。我们第一次见面分别时，我就迫不及待地问她，我可以去你家吗？苹莞尔一笑，说"你想去就去呗，但我家很穷"，我说我也很穷。我是真的很穷，工作几年了，挣的那点工资全花在了来往的铁路上，每次离家，还要伸手向老父要钱。

第一次去苹家我还真被她家的"穷"深深震撼。按照我们事先约好的，那天早上我骑个自行车气喘吁吁地赶到苹家所在的村口，她已等在了那儿。她带着我曲径通幽般穿过好几条村中小道，终于在一个用树枝木棍搭成的栅栏门前停了下来。几间低矮的用土块垒成的小屋映入眼帘。进入小屋，光线昏暗，看不到几件像样的家具，可我却感受到了家的温暖。

于是我三天两头往苹家跑，我给她讲虽然我现在穷酸，没房没钱，但我有理想有抱负，我以后一定会干一番大事业。我还引用孟子的"天将降大任于是人也，必先苦其心志，劳其筋骨，饿其体肤"云云。也许是看我一个人在外无亲无故，可怜我吧，和我只谈了半年时间，她便决定要嫁给我。苹嫁给了我，我却住进了她家。

自从我来到这个新家，岳父母便像对待亲生儿子一般关心照顾我。每天吃饭时岳母总是不停地劝我吃菜，有时还会用她的筷子夹上一筷子菜放进我的碗里，并笑着说："我们家都没有传染病！"看我一碗饭快吃完了，岳母便悄然走进厨房，又悄声地出来，冷不丁地一勺子饭便扣到了我的碗里……

几年后，我和妻子便在两边父母的资助下在小城里买了楼房。

34

住进宽敞明亮的楼房里，心里一下子踏实了许多，我觉得我也是这个小城的主人了。而岳父岳母，依然待在他们那个破败不堪的老屋里做着有朝一日回归故里的梦想。

岳父岳母的年纪越来越大了，地里的农活也越来越干不动了，正好在乌鲁木齐创业打拼的儿子也结婚生子，两位老人便告别老屋去了城里带孙子。过了几年含饴弄孙的生活，带大了孙子，他们便再也闲不住了，又想着要回到乡下老屋继续种地，我们都劝他们，说那屋子还能住吗，现在种地身体还能吃得消吗。终于说通了，不回去了，可他们却要在城里找份工作，说干了一辈子活，闲在家里闷得慌。于是，便任由他们像年轻人一样到处找工作。可以想象，他们肯定处处碰壁，毕竟都六七十岁的人了，正规的单位都不愿用他们，也不敢用他们。再说，现在年轻人找个工作都不容易。可两位老人硬是找到了工作！岳父找的是看大门的差事，岳母甚至还同时找到几份活儿，给一家单位职工做饭，又去另一家单位打扫卫生，还去照顾一位孤寡老人，干完这个，又赶到另一个工作地点……我和妻子常劝他们别再去干了，该颐养天年了，可他们却一天也不愿闲着，还说城里这么多的工作岗位，为什么那么多的年轻人整天游手好闲呢？岳父岳母虽然年纪大了，但在哪儿他们都干得很卖力很尽心，生怕失去了那份来之不易的工作。

年轻人有年轻人的想法，老年人有老年人的观念，渐渐地，两位老人便不愿和儿子儿媳他们住在一起了，非要出去租房住，说他们身体好好的，不需要谁照顾，自己住着还清静。可我们每次去看望他们，待在那狭小得令人难以转身的空间里，看到那简陋的生活用具，总是一阵心酸和愧疚。特别是他们租住的房子都是一些老旧的楼房，常常面临着拆迁，于是，他们在一处租住上几个月，又把那些瓶瓶罐罐生活必需品搬到下一个住处。几次给他们搬家，看到他们满头白发，却没有一个固定的住所，还像那些年轻人一样在风雨中漂泊，我和妻子的心里都很不是滋味……

妻子和我商量，说应该给父母在乌鲁木齐买一套房子，让他们住在属于自己的房子里。她说，现在我弟弟还没有能力给父母买，我们就买吧？怕我不同意，还强调说："房子是我们的，只是先让我爸妈住着。"我欣然同意，说这也是我的想法。可当我们把想法说给岳父母时，他们一致反对，说，不买不买，在这儿凑合着过几年我们就回老家养老去了。我知道，他们一定是想着我们的孩子正在上学，正是花钱的时候，怕增加我们的负担。

渐渐地回老家便成了他们的一种借口，儿女都在新疆成家立业，他们还回去干啥呀。

我和妻子觉得给二老买房不能再等了，决定一切瞒着他们进行。

我们开始留意乌鲁木齐的售房信息，既要离他们工作的地点近，又要环境清幽，终于在去年夏天，我们买了一套二手房，房子的一切手续办妥，又简单装修了一番，便把岳父岳母领进了新房。虽然他们不住地怪怨，不该给他们买房，但我看到他们在新房里看看这儿、摸摸那儿，久久不愿离去，我知道，他们一定欣喜不已。

去年的中秋节之夜，岳母在新房里准备了一大桌子饭菜，我们围坐在一起，边吃边聊。岳母不停地给我夹菜，让我别放下筷子，多吃菜；岳父特意打开一瓶尘封的老酒，给我和他都倒满杯，平日里寡言少语很少流露情感的他眼眶竟有些湿润，他端起酒杯，对我说："小刘，谢谢你给我们买房，我和你妈让你们花了那么多钱……"说着说着竟有些哽咽。我赶忙说："爸，你说到哪儿去了，这是我们做儿女的应该做的，本来是准备给你们买新房的……"岳母欢喜地说："这房子就跟新的一样，都想不到我们今生还能住上这么漂亮的房子！"岳母还说，他们再好好干上一两年，然后去新疆各地看看，看看新疆这些年的发展变化，看了新疆，再去全国看看，看看祖国的大好河山。

我又想起那些年他们租房的岁月，心里满含愧疚。我们早应该让他们安心地待在这里，把异乡当成故乡。

我在吐鲁番感受春天

又是一个阳春三月，草长莺飞，柳絮如烟。

二十年前，我从江南水乡来到火洲吐鲁番，记得刚来这里时，我最不适应的便是她的春天，狂风肆虐，沙尘漫天，多少个日夜让我惊惧不安。江南多好呀，"江南好，风景旧曾谙；日出江花红胜火，春来江水绿如蓝。能不忆江南？"然而也许是在一个地方待久了的缘故，我也渐渐地被吐鲁番的春天所感染，这里的春天也一样生动和迷人。

一进入三月，吐鲁番的气温便一天高过一天。那一棵棵在瑟瑟发抖中挨过了一个寒冬的树儿，满树满枝的苞芽开始在艳阳下迅速地膨胀、膨胀，走在树下，你似乎可以听到那丝丝的爆裂声在耳畔响起，似乎可以看到那一团团热气在苞芽上蒸腾。在吐鲁番，春天就来得这么急切！

可风儿似乎也不甘落后。

在吐鲁番盆地边缘的托克逊县便是我国著名的风城，每年春季，"风"是这里的常客，这里常会刮起八九级的大风。寒冬还没走远，风便悄然而至，好好的天气，忽然轻风从平地扬起一道沙尘——起风了；风渐渐大起来，刚发出嫩芽的树枝开始在风中抖动；风越刮越猛，天色渐渐变得昏暗起来，最后狂风呼啸、飞沙走石！像急促的战鼓雷动，像狂怒的战马嘶鸣，地动山摇！那一棵棵爱美的树儿，刚嗅到一点儿春的气息，便施上淡妆，迎接春天，可这时，又不得不拼命地弯曲着身子，树梢几乎都要触到地面。于是人们只好躲进自己的小屋里，百无聊赖，胆战心惊。朋友，如果你到过托克逊，一定会发现路旁田间的树木都扭曲着身子……

说到春天，你的脑海里一定会浮现出一幅绝妙的春雨图："天街小雨润如酥，草色遥看近却无。"然而，在吐鲁番这却几乎是个奢望，因为这里一年四季很少下雨。不但如此，春天的吐鲁番还常常"下土"，只要托克逊一刮风，尘土便自然而然地从盆地上空飘落下米……

昏黄的天底下，处处弥散着一股土腥味。那是一种极细小的浮尘颗粒，你根本看不到它的飘落，但只要你在外面走一遭，你的衣服上一定会抖落许多尘土。甚至待在房间里，关紧门窗，不到半天工夫窗台上便可画上一道印痕。于是大街上那些爱美的女士们也不得不包起头巾，戴上口罩，行色匆匆。天是昏黄的，地是昏黄的，天地间的一切都是昏黄的，可怜那些刚萌发出嫩芽的小树小草几乎都要被漫天的黄沙吞没。但过不了几天你再看，天地间已成了绿茫茫一片，再狂虐的风沙也别想阻挡住春天的脚步！再呛人的尘土也别想遮盖住春天的颜色！

天气一天天地热起来，田地里到处是农人们忙碌的身影。给葡萄开墩可是春天吐鲁番农田里最繁忙的场景：蜷身在泥土中冬眠了一个冬天的葡萄藤枝开始被它的主人小心翼翼地从土墩里刨开，牵出，抖落身上的泥土，一丝不苟地攀上藤架，用绳绑好。刚开墩的葡萄，一条条黑黢黢的藤枝像是没睡醒一样无精打采地搭在藤架上。但只要农人们给它施上肥，浇一遍水，在春风的吹拂下，几乎一夜之间，藤枝们便缓过神来，开始了又一年的萌芽生长。

每年阳春三月，几场大风和沙尘过后，便是吐鲁番杏花开放的时节，刚开始只是零零散散地开了几朵，过不了几天便会开得铺天盖地。吐鲁番人喜欢栽种杏树，说是"杏花象征着幸福"。于是，不管是在农家小院还是村道路旁、田间地头，都可看到一树树粉红色的杏花争相绽放，引得成群的蜜蜂飞来舞去、嗡嗡作响，热闹非凡。甚至在荒凉的戈壁滩上你也可以看到一两树杏花怡然自得地开放。说到杏花，我以前总以为那是妖娆的花儿，是很难在吐鲁番开放的，"杏花春雨江南"，这是江南常见的景致。但我真没想到吐鲁番的春天，杏花竟开得如此繁盛，如此烂漫。漫步杏园，馨香扑鼻，如入仙境……江南细雨中的杏花自有它的妩媚和动人，然而在干旱少雨的吐鲁番，杏花却开得淳朴而娇艳。

　　四月一到，吐鲁番的气温便急剧上升。那在春风中哗哗作响的钻天白杨，那再次焕发青春绿荫匝地的百年老桑，那葡萄架上一条条刚从泥土里伸展开身子的葡萄藤枝都开始奋力地抽芽伸长，处处都张扬着春天的勃勃生机！还有那一片片杏林也很快褪去粉妆换上绿颜——它们不是想着尽情地妩媚自己，而是要赶快结果成熟，让黄澄澄的杏儿挂满枝头，等着人们采摘品尝。

　　朋友们，不要感叹吐鲁番的春天怎么这么短暂，一个火热甜蜜的夏天正在向你张开怀抱！

火　洲

　　火洲，是新疆吐鲁番的别称。因其远离海洋，洋面上的湿润气流无力进入，西来的大西洋水汽又被天山阻隔，这里便少有雨水的滋润；加之其地势过低，气流下沉产生的焚风效应，又使得这里异常炎热，形成了北纬42°线上世界唯一的火炉，如一块燃烧着的盆地。一个地方被冠以"火"字，不免让人心生畏惧，可在这个古丝绸之路的重镇上，距今六七千年前的新石器时代就已有了人类活动的足迹。

　　夏天里，哪里都喊热，可哪里又能热得过吐鲁番？待在吐鲁番，真的就像待在火炉里，只有在这里，人们才真正感受到火一样的夏天！你看那赤褐色的火焰山横亘在火洲大地，寸草不生的山体上一道道沟壑蜿蜒曲折，真像那熊熊燃烧的烈焰，火舌燎天！唐代诗人岑参在《火山云歌》里曾写到这里"火云满山凝未开，飞鸟千里不敢来"。在吐鲁番，每年从6月到8月约有30天的最高气温超过40℃，甚至曾达到过49.6℃！正午时分，刺眼的阳光直射着，炙热的空气烘烤着，让人感到皮肤也要燃烧起来！传说古代吐鲁番的县太爷都是坐在水缸里办公。

　　在南方，气温只要上了35℃，人们便觉得酷热难耐，那种热，像闷在一个蒸笼里，浑身的汗不住地流淌，衣服粘在身上，让人喘不过气来。闷热的天气，人们也变得心烦意乱，脾气也随之火暴起来，大街上也便多了那些光着膀子招摇而过无人敢惹的壮汉。

很多从南方来到吐鲁番的人，还说这儿的夏天要好过些，炎热是炎热，却不那么憋闷得慌。

吐鲁番是火热到了极点，也干旱到了极点。这里的降水量最少时全年甚至不足 10 毫米！而蒸发量却高达 3000 毫米！我觉得一个地方要是没有雨水的滋润，就没有了生机，没有了灵性，就像一个灰头土脸的人，没有神采。可吐鲁番却是一个欢乐的海洋，这里几乎人人能歌善舞，就连五六岁的孩子也会迈着稚气的步子踏歌起舞，再把两只小手放在下巴下面，摇一摇脑袋，便是"扭脖子"舞，憨态可掬。那诙谐幽默的纳孜库姆、雄浑盛大的麦西来甫，那些手舞足蹈的舞者，每一个眼神、每一个动作都把那种在火热中的享受淋漓尽致地表现出来，观者也陶醉在他们的欢乐之中，那袭人的热浪倒被人们抛诸脑后。

吐鲁番几乎天天阳光灿烂，走在大街小巷，处处都是灿烂的笑脸，处处都是那么喧腾嘈杂，你什么时候都像置身于一口沸腾的大锅里，似乎全世界的欢乐都集中在了这里！我相信，再忧郁的人来到这里心情也会变得开朗阳光，再烦心的事儿也会在火洲这口"大锅"里烟消云散。

吐鲁番真是一个"欢乐谷"，人欢乐，树也欢乐。那一排排挺立的白杨，那一棵棵百年老桑，一片片杏林、葡萄园……每一棵树都在这里欢快地生长。

吐鲁番是一个葡萄的王国，在这里，几乎每家每户的门前院中都荫覆着一架葡萄，特别是你来到闻名遐迩的葡萄沟，满沟满坡的葡萄藤架，沟外是寸草不生的火焰山，沟里却流水潺潺，满眼碧翠，宛若世外桃源。

初春时节，万木竞绿。那些挨过了一个冬天的树刚嗅到一点春天的气息便吐露出点点嫩芽，鲜嫩的芽儿就像一个个刚睁开眼睛打量这个世界的婴孩，它们多么渴望和风细雨的轻抚滋润。可在火洲，迎接它们的却是漫天的狂风暴沙，这的确太残酷了。狂暴的风沙似乎不愿意看到春天的来临，想把一切绿色都扼杀在摇篮里！

可谁又能阻挡住春天的脚步？过不了多久你再看，天地间已成了绿茫茫一片，每棵树都焕发出了勃勃生机，每片树叶都是那样的碧青亮眼！

吐鲁番的气温便急剧上升。白杨在夏风中哗哗作响，老桑再次焕发青春绿荫匝地，一棵棵杏树也很快褪去粉妆换上绿颜，还有那一架架葡萄，开始奋力地抽芽生长，处处都张扬着生命的力量。

也许你觉得奇怪，如此干旱少雨的地方，竟会如此生机盎然，如此绚烂多彩！这要归功于一项伟大的地下水利工程——坎儿井，这项工程与万里长城、京杭大运河并称为中国古代三大工程！在吐鲁番，因为没有了天上的降水，蒸发量又极大，这里的先民们便创造性地在地下开挖出一条条暗渠，把那望眼欲穿的巍峨天山上的冰雪之泉汩汩引来。真的很难想象，没有现代化的设备，古代劳动人民是怎样在潮湿黑暗的地下，用最原始的挖掘和照明工具，一寸，一尺，一米……一直凿通了总数达 1100 多条、全长超过 5000 公里的地下河流！可以想象那一条条河流在地下汩汩奔涌的场面，该是何等的壮观！终于，它们从地下欢快地涌出，滋润着火洲大地。这就是火洲人的精神，令人敬仰，令人赞叹，令人震撼！

极端的气候必然会有极端的馈赠，干热的历练成就了吐鲁番瓜果的甘甜。五月，桑葚熟了；六月，杏子熟了；七月，西瓜、哈密瓜熟了；八月，葡萄熟了——吐鲁番的葡萄有马奶子、无核白、红葡萄、黑葡萄、玫瑰香等 500 多个品种，几乎世界各地所有的葡萄品种都汇集在了这里，堪称"世界葡萄大观园"。秋天，是吐鲁番最美好的季节，焦灼的太阳一天天地变得温和，在盆地里经历了酷热难耐的漫长夏日的人们，一下子觉得神清气爽了许多，空气里氤氲着醉人的葡萄甜香，吐鲁番的葡萄熟了。甜甜的歌儿迎宾客，秋天的吐鲁番，到处都是欢乐的海洋，盛装的葡萄姑娘在葡萄架下跳起欢快的民族歌舞，是这个季节里一道最靓丽的风景。那婉转动人的歌声，那优美曼妙的舞姿，那顾盼神飞的眼神，每个来到这里的游客无不被深深感染……在吐鲁番，葡萄成熟的季节，处处都洋溢着节日般的喜庆气氛。1990 年，为纪念丝绸之路开通 2100 年，吐鲁番决定举办"中国丝绸之路吐鲁番葡萄节"，并且从那年开始，每年的 8 月下旬至 9 月上旬都会在吐鲁番举办这个最盛大的节日，葡萄节上商贾云集、游人如织，热闹非凡。

一串串晶莹剔透的葡萄坠挂在藤架上，诱惑着每一个过往的行人，摘上一颗塞进嘴里，甜蜜的果肉汁液立刻沁入你的心脾。我不禁吟诵起清代萧雄的那首《葡萄》："苍藤蔓，架覆前檐，满缀明珠络索园。赛过荔枝三百颗，大宛风味汉家烟。"吐鲁番真是一块神奇的土地，干旱少雨，火热如焚，却在茫茫戈壁里生长出如此水润的葡萄。

谁说吐鲁番没有灵性，每一粒葡萄都是这里的精灵。

五月桑葚甜

五月，桑葚熟了。

记得小时候，最诱惑我的滋味便是桑葚的酸酸甜甜。那时，离我家不远的一家院中便栽有一棵高大的桑树，每年一进入五月，满树的桑葚便开始由青转红最后变黑，每次从那家门前走过，我都要望着那桑枝上紫黑色的桑葚垂涎欲滴。

桑树的小主人是我的好伙伴，可虽想尽情享受那酸甜可口的桑葚却不行，因为村子里几乎就他们一家栽有桑树，物以稀为贵，要吃到桑葚是有条件的：要用我家院中枣树上结的枣儿交换，我吃一颗桑葚等秋天枣儿成熟时要给他吃一个红枣，一想到这个不平等的交换，我便压制着自己贪吃的欲望，每吃一颗桑葚就想着我又要给他一个大大的红枣。

我常常想，我家要是也有一棵桑树该多好呀，有一年春天，我让母亲也给家里栽棵桑树，母亲瞪了我一眼，说栽啥桑树！

后来我才明白，有一句俗语叫"前不栽桑，后不栽柳"，说"桑"音同"丧"，有丧事在前之意；柳树无籽，有无后之意。所以人们很少在家里栽种桑树和柳树，特别是不在屋前栽桑屋后插柳。

后来上了初中，在语文课本里学习了陶渊明的《桃花源记》一文，读到其中的"土地平旷，屋舍俨然，有良田美池桑竹之属"一句，我便想象着那种世外桃源的生活该有多么美好！

其实，在古代，人们早就对桑树情有独钟。古人为了穿衣，家家种桑植麻。《孟子》曰："五亩之宅，树之以桑，五十者可以衣帛矣。"所以"桑麻"一词就专用来指农事，唐朝诗人孟浩然《过故人庄》一诗，就有"开轩面场圃，把酒话桑麻"的句子。《诗经·小雅》中说"维桑与梓，必恭敬止"，桑树的叶可以用来养蚕，果可以食用和酿酒，树干及枝条可以用来制造器具，皮可以用来造纸，叶、果、枝、根、皮皆可以入药，有生津止渴、补肝益肾、明目安神等功效；而梓树的嫩叶可食，皮是一种中药（名为梓白皮），木材轻软耐朽，是制作家具、乐器的美材。正是因为桑树和梓树与人们衣、食、住、用有着如此密切的关系，所以古代的人们经常在自己家的房前屋后植桑栽梓，而且人们对父母先辈所栽植的桑树和梓树也往往心怀敬意，后来"桑梓"就用来做"故乡"的代称。有一个成语叫"沧海桑田"，用种桑之地泛指农田，可见桑树在农人们心中的神圣地位。

古人如此敬桑爱桑，我们今人却说"桑"如"丧"！

前几天还看到一个新闻，说有一个都市小区，长着几棵郁郁葱葱的桑树，结的桑葚又大又甜，可桑树附近的一些小区居民却嫌晦气，非要物业人员砍掉。真是可笑又可叹。

不过后来我还真来到了处处栽桑的地方，那便是新疆的吐鲁番盆地。在吐鲁番的乡间小路，随处可见路旁栽植着一棵棵桑树，特别是在很多村庄，几乎家家户户门前都栽有一棵百年老桑。

五月的吐鲁番，虽已是炎炎夏日，却又处处绿荫匝地，空气中弥漫着桑葚的甜蜜气息。

五月里，采桑吃桑是最快乐幸福的事！来到一棵大桑树下，抬头看到一枝缀满桑葚的枝丫，只需踮起脚尖，便可伸手抓住一片桑叶，两只手交替着牵拉，牵拉，满枝肥肥胖胖密鼓着一个个小糖包的桑葚离你越来越近，不料刚准备采摘，几个大个的便跳离枝头，掉落在地上。你正在懊恼，却又有一颗桑葚轻砸在你的头上，真像是调皮的孩子在和你捉迷藏、玩游戏，所以采摘桑葚一定要轻手轻脚、悄无声息。

吐鲁番有个驰名中外的葡萄沟，而这时却应该叫它"桑葚沟"了！沿着平坦的柏油马路进入沟中，满沟满坡的桑树！你随处可见这样的情景：一家老小穿着艳丽的民族服饰站在家门前的桑树下，一个人举起一个树勾，勾住一根桑枝轻摇，几个人围牵着一面废旧的布单在下面欢接，幸福和快乐流淌在每个人的脸上。路上不时会有一辆摩托车一闪而过，一个巴郎子载着一个巴郎子，后座的巴郎子手里还提着两筐新摘的桑葚，喜形于色！他们是去沟外国道边售卖给那些匆匆而过的乘客的，一筐一二十元，想想也不贵，他们就挣个采摘费。在"桑葚沟"里，一边行走游玩，一边采桑吃桑，这里的每家每户可不会吝啬那几把桑葚的，你既欣赏了美景，又品尝了美味。如果你会爬树，那你就坐在树权上，忙不迭地伸手采，忙不迭地往嘴里送，只要你不折断了桑枝，没人会说你，保准不到半天时间，便可吃得满嘴满肚的甜蜜，此时，具有安神催眠作用的桑葚又开始发挥作用，令你醺醺然乐不思蜀了。

虽然桑葚功效多多，被称为"民间圣果"，可每年真正被我们吃进嘴里的只占其中很少一部分，大多数都掉落在地上，化作桑泥。但我想，随着人们对桑葚功效的深入了解，对桑葚的广泛开发利用一定会逐步展开，也希望在这个桑葚成熟的五月，越来越多的人们来到吐鲁番，品尝桑葚的甜蜜！

又回想起小时候吃桑葚的记忆，其实生活本来是那样的甜蜜和快乐，可我们有时却偏要给它附加一些沉重的枷锁。

吐鲁番的葡萄熟了

"吐鲁番的葡萄熟了，阿娜尔罕的心儿醉了……"说到吐鲁番，人们便很自然地哼唱起这首动人的歌曲。吐鲁番，是一个举世闻名的地方，因为盛产葡萄而甜蜜醉人，充满了诗情画意。

在吐鲁番，葡萄的种植历史非常悠久，据《史记·大宛列传》记载，早在张骞出使西域时，这里就种植葡萄。两千多年前，张骞一行穿越茫茫戈壁，来到干旱酷热的姑师国（今吐鲁番），却看到这里生长着水灵灵的葡萄，他们该是何等的惊喜呀！考古发现，在距今两千多年前的吐鲁番洋海古墓中竟完好地保存有一根葡萄藤，把一根葡萄藤放进墓中陪葬，可以想象，墓主人生前一定把葡萄视若珍宝。

据考证，葡萄起源于里海及地中海沿岸，那里的居民利用和栽培葡萄至少有四千年的历史，而吐鲁番的葡萄就是两千五百年前从那里传入的。谁也不知道，是吐鲁番选择了葡萄，还是葡萄选择了吐鲁番？但一旦选择，便是永远。几千年来，历经沧海桑田的变迁，吐鲁番的葡萄种植久盛不衰。新中国成立后，吐鲁番的葡萄种植业更是得到了空前的发展，葡萄种植面积从解放初期的两万余亩逐年扩大，截至目前，吐鲁番市葡萄种植面积已达 56.7 万亩，产量 114 万吨，成为我国最大的葡萄产区，蜚声海内外。

今天的吐鲁番，到处是成片成片的葡萄园，一条条葡萄枝蔓惬意地攀附在藤架上，恣意地生长。吐鲁番，有很多沟沟壑壑，其中闻名遐迩的便是葡萄沟，"新疆吐鲁番有个地方叫葡萄沟，那里盛产水果：五月有杏子，七八月有香梨、蜜桃、沙果，到了八九月份，人们最喜爱的葡萄成熟了……"对于很多游客来说，小学语文课本里描绘的美不胜收的葡萄沟，是他们魂牵梦绕的地方。葡萄沟，位于吐鲁番市区东北 11 公里处，是火焰山下的一处峡谷。这条沟南北长约 8 公里，东西宽约 2 公里。在葡萄沟里的沟沟坎坎上，一架架葡萄枝叶繁茂，就像搭起了一个个绿色的凉棚。盛夏季节，火焰山上赤红一片、热浪滚滚，葡萄沟里却流水潺潺、青翠凉爽，堪称人间仙境，火洲里的"桃花源"。葡萄的碧翠和火焰山的赤褐形成鲜明的对比，一个生命绝迹令人望而却步，一个生机盎然满眼都是欣喜。

由于这里气温高、日照时间长、昼夜温差大，所以葡萄中的含糖量非常高，尤其是无核白葡萄，皮薄、汁多、味甜，素有"珍珠"美称，其含糖量高达24%，居世界之冠，被人们视为葡萄中的珍品。

葡萄是吐鲁番的名片，这里一切的发展都是围绕着葡萄这个主题。湖南是吐鲁番的对口援疆省份，一批批援疆干部远离家乡和亲人，和吐鲁番各族人民并肩作战，心手相连，无私地奉献着自己的聪明才智。

2017 年 12 月，以湖南长沙、湘潭、常德、郴州、衡阳五座城市分别命名的五大葡萄主题公园正式动工建设，五大葡萄主题公园是围绕全力打造"城中有田、田中有城，城中有林、林中有城，城中有园、园中有城，揽水入城、拥绿环城"的田园城市模式，集现代农业、休闲旅游、田园社区为一体的特色休闲场所。葡萄廊架、曲径通幽、绿水环绕，想想不久的将来，吐鲁番将会成为一座多么令人向往的葡萄乐园！

2019 年是新中国成立 70 周年，第二十八届中国丝绸之路吐鲁番葡萄节以"幸福甜蜜吐鲁番　团结奋斗新时代"为主题，全面展示吐鲁番改革发展各项工作取得的新成果、新成效。在葡萄节上，几百种葡萄一溜儿摆放开来同台竞秀，那种场面真是蔚为壮观，让人叹为观止。

吐鲁番真是一块神奇的土地，干旱少雨，火热如焚，吐鲁番人民却用自己的勤劳和智慧造就了感动世界的吐鲁番葡萄。

讲到这里，很多人已是垂涎欲滴。过去，很多内地人感知吐鲁番，都是从品尝到吐鲁番的葡萄干开始的，吐鲁番太遥远了，我们普通百姓是很难有口福品尝到吐鲁番的新鲜葡萄的。这些年，随着祖国交通事业的飞速发展，越来越多的新奇水果映入我们的眼帘。特别是近几年新疆至内地高铁的开通，新疆与内地的联系日益紧密，刚采摘的吐鲁番葡萄通过航空和高铁运往全国各地，甚至还出口到了国外，让越来越多的人一饱口福。当然，也让越来越多的人来到了吐鲁番，与吐鲁番的葡萄真正地"零距离接触"。

又是一个金秋时节，秋风送爽，瓜果飘香。"吐鲁番的葡萄熟了，阿娜尔罕的心儿醉了……"朋友，听着这优美动听的歌声，你是否已开始打点你的行程？吐鲁番欢迎您。

火洲的冬天

在我国，有这样一个气候独特的地方，她虽地处西北，却夏季酷热，素有"火洲"之称；就是在冬季，阳光也特别地"关照"这里。这里便是闻名遐迩的吐鲁番盆地。

火洲吐鲁番的冬天是从什么时候开始的？11月，12月，还是直到来年的1月？也许没人说得清楚，甚至还有人说"火洲"就没有冬天。

秋天是吐鲁番最迷人的季节，天气终于凉爽了下来，一串串晶莹剔透让人垂涎欲滴的葡萄挂在枝头等着人们采摘，大街上，到处都是大堆小堆的西瓜、哈密瓜，空气中弥漫着醉人的甜香。

天气一天凉似一天，葡萄架上的最后一串葡萄被摘去后，长长的葡萄藤也像完成了一年的使命，舒展舒展身子，等着主人把它们从架上牵下，埋进土里。这被称为"埋墩"，那么庞大的一架架葡萄，那么粗长的一条条藤枝，要把它们一圈圈地全部盘在根部，用土覆盖严实，来不得丝毫马虎，以便让它们安然过冬。可以想象，这是一项多么繁重的体力劳动啊！可见吐鲁番的冬天也一样寒冷。吐鲁番是葡萄的故乡，在吐鲁番，农人们把每一架葡萄都看得跟自己的孩子一样，自己再辛苦再劳累，也要让葡萄藤过一个温暖的冬天。

埋墩是个体力活，也是个技术活，再粗壮庞大的枝条，那些有经验的老农，总能顺着它们的长势把它们盘成一团，且不让每一根枝条受到伤害；盘好后，先挖上几铁锹瓷实的土压上，然后开始填埋，取土是不能就近乱挖的，一定要离葡萄根远些，不能图省事就近取土而伤了根系。把每根藤条都填埋严实后，还要把土墩修整修整，使它们既实用又美观。把每一棵葡萄藤都埋进土里，农人们也累得瘫坐在地头，但望着那一行行空空如也的葡萄桩，笑容却挂在他们脸上——每个土墩里都埋藏着农人们来年的希望，现在，终于可以长长地舒一口气，再寒冷的冬天也不怕了！

　　吐鲁番的人们，真的不怕冬天！

　　我总觉得，秋天和冬天是要有一个过渡的，秋雨便是这中间的过渡。到了深秋时节，苍黄的天底下，一阵阵秋风吹过，枯黄的树叶便哗哗地飘落。叶落总让人感到凄凉，中国的文人都有悲秋的情结，"自古逢秋悲寂寥"。田野里，曾经那么生机盎然充满希望，也一下子显得空旷和辽远，忙完了秋收、挥洒完一年中最后一滴汗水的农人们，也一下子变得清闲寂寥起来，这个时候，秋雨便淅淅沥沥地下个没完没了，如泣如诉。秋天的雨是最有情感和味道的，最能引发人的思考和愁绪。一场秋雨一场寒，秋天的雨，一场比一场下得苍凉，每一场秋雨过后，会让你感到透彻心扉的清凉，身上的衣服都会再加上一层。

　　可在吐鲁番，却很少下雨。

　　火洲什么时候都是干燥的，就连人的心情也始终是干燥的，没有湿冷的秋雨，人们每天看着红红的太阳升起又落下，看着远处红彤彤的火焰山还如火焰般在燃烧，心里总是暖暖的。虽然太阳散发的热量在一天天减弱，气温都降到了零下，大街上仍然有卖西瓜的。桌上摆着一块块切好的西瓜，红红的瓜瓤上都结了冰，瓜摊旁放个小火炉，也总会有三两个穿着大皮袄的吃客，围着火炉吃西瓜，看着人都哆嗦。上学时，地理课本上讲到在我国的西北地区，早晚和中午的温差很大，人们"早穿皮袄午穿纱，围着火炉吃西瓜"，可你也许不会想到，冬天里，滴水成冰，在吐鲁番，也有人敢在大街上吃西瓜！

雪花是冬天的精灵，一到冬天，花儿都凋谢了，一棵棵掉光了叶子的树木在寒风中瑟瑟发抖，各种鸟儿也都不见了踪影，只能看到灰不溜秋缩头缩脑的麻雀聚在一起商量着如何挨过这个冬天，整个天地都变得灰暗而冰冷。这个时候，雪花这个美丽的天使便来到了人间，雪花真是有情物，她也许觉得冬天里人间所有的美都遁了形，于是穷尽心思地把自己装扮得美妙绝伦降临人间，在这个冷萧的冬日里让人们也获得美的愉悦和享受。

叫在吐鲁番，雪花却是这里的稀客。物以稀为贵，正因为稀少，火洲的人们对雪花更多了一份期待和热情。

吐鲁番的天气晴朗惯了，每个吐鲁番人的心情也爽朗惯了，偶尔哪天看不到太阳，每个人的心头也都像笼罩上了一层阴云，憋闷得慌……不知谁喊了一声，咦，下雪了！一语激起千层浪，越来越多的人们仰起头来，惊喜万状！讯息迅速地从屋外传到屋里，人们纷纷打开窗户、小孩子则欢跑出屋子，整个大地一下子喧腾了起来，每个人的脸上都含着笑，特别是那些小孩子，奔跑着，叫喊着，比过年还高兴！雪粒渐渐成了雪花，漫天飞舞，每片雪化都像一个轻盈的舞女，整个天地都成了雪花的舞台，她们在天空中尽情施展着自己曼妙的舞姿，你可以想象，她们该是多么的快乐啊！也许是苍天觉得冬天里人间太单调寂寥，于是派遣雪花这个美丽的天使下凡，为人间增添一点儿生气。而吐鲁番的人们，是最热情的迎接者。也许是太过热情，让这个冰清玉洁的天使显出了羞涩。她们只是想静静地飘落，为大地万物织盖上一层厚厚的棉被，可吐鲁番的人们太闹腾，渐渐地，雪花仙女们便隐匿了行踪。在吐鲁番，下雪也往往只是下白了大地便雪停日出。这样也好，既让人们欣赏了雪景，又不至于阻塞交通，把房屋压塌，或来年开春冰雪消融时引发洪灾……

也许有人会说，吐鲁番的冬天不美，很少能看到银装素裹的美景，可对于那些在寒冷的冬天里整天待在冰天雪地里的人们，我们不知要幸福多少。

吐鲁番，不愧为火洲，这里的冬天，没有阴郁的天空，没有冰封的大地，这里的人们，生活在火焰山的怀抱里，每个人的脸上都阳光灿烂。

库木塔格

说到沙漠，人们想到的一定是干旱荒凉、人迹罕至。我们中国，就有很多浩瀚的沙漠。库木塔格沙漠，算不上很有名，但要说与我们人类最亲近的沙漠，那一定非她莫属。这片沙漠位于新疆吐鲁番盆地的鄯善县城南，是世界上唯一与城市相连的沙漠，中间没有任何过渡地带，称得上与城市零距离接触。

沙漠与城市零距离接触，我想，最终要么人类征服沙漠，要么城市绿洲被沙漠吞没。然而，据考证，自汉代以来，这片沙漠就与这座小城世世代代和谐共处着，如一对相亲相爱的"恋人"，整日里默默地相守相伴。

库木塔格沙漠南起罗布荒漠，北抵吐（鲁番）鄯（善）托（克逊）盆地，东至哈密绿洲，西接中国第一、世界第二低地艾丁湖，面积 2500 平方公里。这片沙漠是怎样形成的？简单来说，就是两股迎面而来的风沙在这里迎头相遇而形成的——来自天山七角井风口的西南风和达坂城风口的东南风，各自经过漫长的征程，挟带着大量沙子，最后在库木塔格地区相遇碰撞并沉积而成；南面的库鲁克塔格山也促成两种方向的风力减弱和风沙的沉积，形成"有沙山的沙漠"这一独特的景观。

走在鄯善县城的大街上，远远就能看见金色大漠雄浑壮观的无

55

限风光，但壮观过后，又隐隐感到了威胁，这大片的沙漠可是在我们头顶呀。走进景区，坐上景区内的旅游观光车，驶过一道道葡萄长廊，眼前便是一棵棵上百年树龄的参天古木，青翠欲滴。泉水叮咚，小鸟啾鸣，如入仙境。更神奇的是，沙山下竟有一汪清澈的湖水，湖面上，荷叶田田，宛如江南水乡。听说，这里的荷花是用专门从湖南选育的优质荷花种子种植的，想不到在温润的南方生长的荷花在这干旱沙海之地竟也生长得楚楚动人。可用不了几分钟，观光车竟又驶入一座寸草不生的沙山前，你的眼前实实在在地耸立着一座上百米高的金色沙山来！可她的起伏是平缓的，线条是柔和的，并不让人感到堆砌和突兀之感。

爬沙山是一项有趣又锻炼身体的娱乐活动。不必观望和犹豫，脱去鞋袜，卷起裤腿，你可以一下子撕去平日里矜持的伪装，像个孩子般光着脚丫兴奋地向沙山冲去，宣泄心中久积的情感。每天穿着硬邦邦的皮鞋走在硬邦邦的马路上，总会有一种冰冷坚硬的感觉，突然一下子踩进松软温热的细沙里，那种体验真是妙不可言，一脚踏下去，细腻的沙子瞬间从四面八方涌向脚底脚面，有一种被幸福包围着的感受。

终于爬上了山顶，啊，眼前是一望无际的沙丘，此起彼伏，整个大地金黄灿烂浑然一体，仿佛锦色的衣裙在大地上飘舞。转过身去，俯视大地，整个鄯善县城尽收眼底，一小块绿洲小城被大片大片寸草不生的沙丘环抱，像一位母亲怀抱着她的婴儿。

你可以无比惬意地躺在沙山顶上，眼望着蓝天白云，那样的踏实温暖，就像小时候躺在妈妈的怀里……在人们的印象里，沙漠是那样的可怕，我们世世代代在征服着沙漠，在向沙漠进军！而看到眼前的景象，却分明看到了我们慈爱的母亲：多少人在她上面踩踏、玩耍，她一点儿也不生气，只是微笑着一瞬间便平滑如初；再看那山下的一小块绿洲，那鳞次栉比的楼群，多么像一个个在母亲的呵护下正在茁壮成长的孩童——诚然，母亲也会发威，我们也曾经历过黄沙漫天飞沙走石的恐怖景象，但那一定是我们人类的无知和贪婪触怒了我们的母亲。真想就这样永远永远踏踏实实地躺着躺着，最后和大自然融化在一起……

沙漠冲浪是一种惊险刺激的旅游项目，去过沙山多次，我是最近一次才"冒险"坐上了冲浪车。这种车外表普普通通的，其实底盘和车身结构都做过专门的加固处理，坐在如坦克一般的冲浪车上，司机叮嘱我们一定要系好安全带，抓紧扶手。出发了，当车子在陡峭的沙坡沟壑之间左右盘旋、上下翻腾时，你才会真正体验到这些越野车强劲的性能。而驾驭这些钢铁猛兽在陡峭的沙坡和沙沟之间轻松自在穿行的司机，自然有着更加彪悍的性情。车子在一个个沙坡间攀爬俯冲、左转右突，总会让人产生车子即将倾翻的错觉，人们紧紧地抓着扶手，惊吓得屏住了呼吸，但却总能化险为夷。我想，正因为车下是柔滑的细沙，才让这些冲浪的司机无所顾忌，尽情地炫着他们的车技。要是在坚硬的山丘间行驶，早就翻车了，颠也能颠出车外。可在这些如慈祥的母亲般的沙丘上疾驰，就算翻车，也不会给我们造成多大的伤害。我们都是她的儿女。

冲浪车飞驰在库木塔格核心景区西南侧的一处沙山下时，一幅幅生动形象的沙雕作品浮现在眼前，有出使西域的张骞，有持节不屈的苏武，有柳中屯垦的班勇……远望着那连绵起伏的漫漫沙丘，我仿佛看到了一双慈母的手，不管历史风云如何变幻，人间世事何等沧桑，这只慈爱的大手都以她亘古不变的姿态，轻抚着她脚下的这片土地，轻抚着生长奋斗在这片土地上的子民……

在中国"干极"感受幸福

要论干旱少雨，新疆吐鲁番盆地的托克逊县是干旱到了极致，这里年平均降水量仅有 5.9 毫米，是全国降水最少的地方，被称为中国的"干极"；要论风沙的危害，托克逊县的人民体会最深刻，这里是中国著名的风城，狂风曾吹翻过火车。听我这样介绍托克逊，你一定会说，这哪是人待的地方呀！可托克逊却是连接天山南北的古道驿站，西汉时这里就有了城市，南北朝时就是高昌国的西城镇，显而易见，托克逊作为一个城镇，历史远远长于乌鲁木齐。

不必说这里盛产香甜爽口的瓜果，也不必说这里的人们每日喝着从天山上流淌下来的清冽甘泉，单是看看这里神奇壮美的自然景色，你都会感到幸福不已。

我们先去托克逊的红河谷看看。红河谷，又叫红山沟，位于托克逊县克尔碱镇的白杨河峡谷内，是由黑色第四纪沉积物覆盖第三纪赭红色泥岩，河水切割冲刷形成的一条峡谷，谷深十余米，宽百余米，蜿蜒十余公里。远远望去，一个红色的河谷蔚为壮观！这里虽不会给我们山清水秀、海阔天空的画境，却有着一种荒凉与巍峨的美！红河谷的名字听起来就神奇而浪漫，而当你真真切切来到这里，看到那历经亿万年的沉积形成的层次分明的泥岩覆盖，又被缓缓流淌的河水经过亿万年日积月累的切割冲刷，终于形成如此开阔

58

的河谷，把地底下亿万年的秘密一览无余地展现在你的眼前，你的心里又该是何等的震撼！河谷里流水潺潺，桃树、杏树以及各种灌木杂树野花野草随水而生，生机盎然；谷两岸，赭红的岩面肃穆而凝重，仿佛在向人们诉说着大地沧海桑田的变迁……

我想象着傍晚时分，漫天的晚霞染红了天际，一对恋人相偎在红河谷，互相许下"爱你爱到地老天荒地久天长"的誓言，那该是一幅多么和谐生动又温暖幸福的美好画卷。

出了红河谷，不远处便是盘吉尔怪石林。盘吉尔怪石林位于托克逊盘吉尔塔格山山脊上，平均海拔 1200 米。是由风蚀和溶蚀作用形成的峰林地貌，被称为"盘吉尔塔格"，维吾尔语意为"像多孔窗子的山"。这里处于吐鲁番盆地西部的三十里风区内，风力强劲，风速快，8 级以上大风日占全年天数的三分之一。经过亿万年的强风吹蚀和雨水淋溶，盘吉尔塔格山逐渐形成了千疮百孔类似太湖石、又如珊瑚般造型的峰林地貌。这种地貌也是我国唯一的一处火成岩风蚀地貌。顺着山沟向上攀登，沟越陡峭，山石越奇异。峰顶上，怪石林立，大大小小、形态各异的风凌石耸立在峭壁之上。你可以把这片石林看成一个植物园、动物园或者我们人类的乐园，在这片乐园里，每块风凌石都活了，成了各种有生命的植物、动物和人，他（它）们无拘无束，喜怒哀乐都淋漓尽致地表现了出来，栩栩如生，妙趣无穷，使人浮想联翩。

《西域同文志》中记载：托克逊是回语，托克三，九十数也。九十户居之，故名，转音为托克逊。在这个狂风肆虐的地方，风也许曾想把这里的一切吹得一干二净，可如今，这里的一切不仅没被吹走，还发展成了一个拥有十余万人口、各项事业蒸蒸日上的工业强县。这里的人们把他们生活的这片热土称为"幸福驿站"。面对着幸福的人们，风只好无奈而自嘲地留下怪石林这个印记，以供游人赏玩。

因为干旱少雨，在新疆，要想看到青山和草原似乎只有去雨水相对充沛的伊犁河谷，可在最干旱的托克逊，这个愿望也可以实现！

一个阳光灿烂的日子，从托克逊县城出发，沿着平坦的柏油马路向着西北方向驱车进发。车在路上飞驰，山影逐渐变得清晰，变得高大，不多久，便可以看到云端耀眼的雪峰。柏油马路逐渐变成了沙石小路，天空是那样的明净，瓦蓝瓦蓝的，一团团一朵朵如棉絮般的白云在天空中缓慢地变幻着各种形态，你尽可发挥你的想象，每团每朵云都可幻化成你记忆中的景与物，有静有动，活灵活现，令你浮想联翩。地势越来越高，云团云朵越来越低，越来越浓，在地面上投下一大片一大片的暗影。终于，大山清晰地展现在你的眼前。沿着砂石小路继续向山里进发，你会发现山体逐渐披上了绿色，先是星星点点的绿，越往里走，绿色越浓，越深，越碧翠，空气也越发的清新湿润，原来美被藏进了深山！那是一种藏在深闺中的大家闺秀之美，清丽，温润，又圣洁。相对于山外的干旱、酷热和死寂，来到山里的草原牧场宛如进入人间天堂！满眼的青草望不到边，如一巨幅的绿毯在山地间铺开，绿毯上密密地织着嫩黄碧青的酥油草，一朵朵黄色、蓝色、红色、紫色的小花点缀其间。还有那一顶顶蒙古包散落在草原上，远远望去，就像绿草丛中一个个大大的白蘑菇。抬起头来，往远处看，连绵的雪山，苍翠挺立的松塔掩映在皑皑白雪中，云雾在山腰缭绕，一切是那样的雄壮峻秀又宁静安详。

你一定想象不到，在看似荒凉死寂的大山深处，竟会隐藏着一个世外桃源。置身于此，你可以把自己想象得无比高大，你可以顶天立地气吞山河；你也可以把自己想象得无比渺小，渺小到只是一粒尘埃，幸福地在天地间飘浮游走……

戈壁绿洲里的"安乐窝"

在天山南麓，吐鲁番盆地的西部，静卧着一个叫托克逊的小城，她因极度干旱被称为我国的"干极"，又因多风被称为"风城"。然而，世世代代的托克逊人却安乐祥和地生活在这里，生活在他们的安乐窝里，生生不息……

初到托克逊的人，看到路旁村落里那些样式朴拙、造型简陋的矮小土坯房屋，第一印象一定会觉得它"土气"，然而，你可别小看了这些土气的房子，这可是祖祖辈辈居住在这儿的托克逊各族儿女的"安乐窝"。这里的土坯房都成方形，墙体厚实，有些厚达半米！都用生土打的土块垒成；房顶是椽木棚架，用泥草覆盖。

春天，是一个多风的季节，特别是在托克逊这个著名的风城，风沙更是肆无忌惮、为所欲为！然而，不用怕，你尽可悠闲地待在这些土坯房子里欣赏精彩的电视节目或者品茶看报，优哉游哉。要在晚上，你也不必担心，放心入睡！再大的风对这种矮小厚实、其貌不扬的房屋也是奈何不了的，不像在内地中原一带，要是遇到七八级的大风，你听吧：房顶瓦片的碰撞滑落声、屋门的咣当声、门窗玻璃的嗡嗡震动声一齐发作，这个时候，再华丽的房子也难抚你内心的惶恐和不安。

只要风一停，你再走进这些农家小院，那可又是一幅迷人的小院春色图：一树树杏花争相绽放，花朵间是三三两两辛勤的蜜蜂忙忙碌碌采蜜的身影，和煦的阳光，清新的空气，春天竟是这样的美好……

四月一到，托克逊的气温便急剧上升。院中葡萄架上一条条刚从泥土里伸展开身子的葡萄藤枝开始奋力地抽芽疯长，门前的桑树也已经绿荫匝地！这时候，那些馋嘴的小孩子便开始成天仰起小脸，看着那满树或青或白或紫或黑的桑葚一天天成熟饱满。刚一进入五月，那些大大小小的孩子便迫不及待地爬到树上，忙不迭地采摘着一颗颗硕大的桑葚又忙不迭地塞进嘴里。

六月又是杏子成熟的季节，一颗颗黄澄澄圆溜溜的杏子挂在枝头、藏在叶间，像在向你招手又像和你嬉戏，让你垂涎欲滴……

天气一天热似一天。

七月八月是托克逊最炎热的季节，也是这里最甜蜜的时节。吐鲁番盆地素有"火洲"之称，在这里，夏天的气温常会高达40℃以上，地表温度会达到80℃～90℃，在沙地里甚至可以烤熟一个鸡蛋！然而正是这种奇热的天气才造就了这里的瓜果甜蜜醉人。再炎热也不怕，我们这儿的土坯房可是一个防暑的佳所，不用开空调，不用吹风扇，外面阳光再刺眼，屋里你也凉爽自然。一到傍晚，你再看，各家各户都会在门前院落葡萄架下支起一张床来，还有些人干脆抱个毛毡爬上房顶，眼望满天的繁星，在徐徐凉风中酣然入睡……

秋天到了，天气渐渐凉了起来，这是一个收获的季节，每到这个时候，幸福的微笑总是写满农人的脸庞。这时候，不管你走进哪家的院落，好客的主人招待你的都少不了葡萄和瓜果，在葡萄架下摆上一张桌子，摘上几大串葡萄，再切开一个西瓜、哈密瓜，再累再渴也会顿觉神清气爽。

转眼就进入了冬天，院中葡萄架上的最后一串葡萄被摘去后，长长的葡萄藤也被它的主人一丝不乱地与架分离，盘在根部，埋进土里。这个时候，你再走进这些农家小院，看到那些光秃秃的葡萄架孤寂地交错在寒风中，你的心里也许会涌起一阵阵人去楼空的凄凉之感，可别忙着感叹，敲开屋门，主人会立刻把你迎进暖意融融的屋子里——在这里，哪怕再穷困的人家，冬天屋子里也是炉火旺旺，说不定主人还会给你拿出窖藏已久的西瓜、哈密瓜来让你体验体验"围着火炉吃西瓜"的别具风味……

一架葡萄、一棵桑树、一片杏园、几间土屋，这便是托克逊各族儿女祖祖辈辈庭院生活的全部！千百年来，托克逊各族人民战风沙，熬酷暑，用自己的智慧和汗水谱写了一首首人定胜天的壮丽诗篇！

然而，人们有时毕竟无法战胜自然。勤劳勇敢的托克逊各族儿女有时又不得不承受离别家园的痛楚和伤感……

托克逊虽然是一个干旱少雨的地方，但因这里特殊的地理环境，夏天常会发生洪涝灾害。红河谷位于托克逊县城与克尔碱镇之间，距县城五十多公里，因河谷两岸以红色土壤为主而得名。这里依山傍水，地貌独特，风景秀丽。

河谷里有一个名为艾格日的村子（艾格日，维吾尔语，意为弯弯曲曲），村子里有学校，有卫生站；村子外面有 1700 亩耕地，种植着小麦、高粱、花生、葡萄等作物，人们日出而作，日落而息，过着幸福甜蜜的生活，堪称世外桃源。

然而，1996 年 7 月的一场洪水，彻底改变了这里人们的生活和命运，农田被淹，村庄被毁。政府首先将该村受灾最严重的部分村民疏散到托克逊县伊拉湖乡、博斯坦乡。同年 11 月，该村全部搬迁至托克逊县郭勒布依乡喀拉布拉克村以东托克逊至吐鲁番公路两侧，取名英阿瓦提村（维吾尔语，意为新村），曾经的红河谷人又在新村过上了安定幸福的生活。

今日的红河谷，到处是被遗弃的房舍，然而，人去花还开，特别是每年春暖花开时节，谷内杏花怒放，香气四溢，引得成群的蜜蜂飞来舞去嗡嗡作响，热闹非凡——它们总是快乐的，是永远也体会不到曾经的主人重返故里，看到眼前物是人非触景伤情的留恋和伤感。

也许多少年以后，这里再也找不到人们居住过的痕迹，但在人们心里，那儿永远是他们的故乡，是他们留下最美好记忆的地方……

交河故城

　　在吐鲁番，有一座交河故城，它是我国乃至世界上最大最古老、保存最完好的生土建筑都市遗迹，素有"东方庞贝城"之称。

　　交河故城位于吐鲁番市区以西 10 公里处的名叫雅尔乃孜的河谷中，雅尔乃孜沟是远古时期的一次洪水冲刷而形成的一道河谷。一条洪流滔滔奔涌，疾驰间，便被一处高地阻挡了脚步，于是，它兵分两路夹击而行，不多久，洪流又合二为一。就在这分合之间，这块高地更加突兀了出来，经过河水亿万年间不断地冲刷、切割，一个长约 1600 米、中间最宽处约 300 米呈柳叶形的河心台地便形成了，台地周围形成了几十米高的断崖。这个河心台地被两条小河怀抱着，像一块宝地，人们给它取名"交河"。

　　在这块河心洲上建立城市，要追溯到公元前 2 世纪，当时吐鲁番的车师人发现这块河洲地势高耸，又被水环绕，"住在这块高地上可以高枕无忧了"。我想，这些车师人一定经历过连年的战争，经常受到外敌的侵扰，他们急切想找一块易守难攻的险峻之地。当他们发现交河这块高台时，一定喜出望外。也许，就是在一次与敌作战中，这些车师人攀上了这座高高的土台，顿觉视野开阔，他们觉得这是一块宝地，可以居高临下，御敌于城外。在那个年代，河水是一座城市的天然屏障。交河故城四周崖岸壁立，有一夫当关万夫莫开之险。

应该在这块宝地上修建一座国都。可这么高险的地方，怎么修建呢？他们一改过去在地上建造的传统，决定采用"减地留墙"的方式，因地制宜向下开挖，既适应了当地炎热的气候，又节省了建材，省去了搬运之苦，还隐去了行踪，不易被敌军发现。这些车师先民们一寸一寸向地下挖土，挖出四壁后，再加上屋顶即可居住。

他们规划好城市的布局，分布好各个功能区，掏挖出寺院区、官署区、民房区、手工作坊区等。

与其说这些先民是交河城的建设者，不如说他们是交河城的雕刻师。他们用他们智慧的双手在这个高高的土台雕刻了一座当时古丝绸之路上最为繁华的城市之一。唐西域最高军政机构安西都护府最早就设在交河故城。

可这里自古就是著名的军事要塞，兵家必争之地，越是地形险要，越是要你争我夺！当时有"户七百、口六千五十、胜兵八百六十五人"。八百名士兵，而要攻破城池却需要数万人甚至十余万人，可以想象，那一次次战争的惨烈，交河城下，尸堆如山，血流成河！在将近两千年的历史中，一个民族退出交河，另一个民族又潮涌而来，在原来的房址再向下挖，就这样不断地掏挖雕琢，硬生生地把交河城打造成一个巨大的沙盘雕塑。其建筑工艺之独特，不仅国内仅此一家，国外也实属罕见。

交河城最终还是走向了衰亡，在它的历史上，曾经历过无数次的战火硝烟，一次次的城破民迁，它都昂然挺过，可它却没能躲过1389年的最后一劫，一个名叫黑的儿火者的东察合台汗国汗对吐鲁番发动了一场"圣战"，攻破了交河，一把火烧毁了交河城，还强迫当地居民放弃传统的佛教信仰改信伊斯兰教。在精神与物质的双重打击下，交河终于走完了它生命的历程。到明永乐年间，这座延续了 1600 年的古城彻底沦为一片废墟。

战争是残酷的，而对一个刚刚降生到这个世界上的可爱的孩子更是残忍无比。1994 年，考古学家在故城"官署区"的台地附近，发现了一片古墓群，二百多座仅有半米长的长方形墓穴整齐地排列着，里面埋葬着二百多个不满两岁的婴儿。没有姓名，没有墓志，这一发现让考古学家们疑惑不解，为什么要把死去的婴儿集中葬在官署区。这些婴儿是在同一个时期死亡的吗？一些学者猜测，可能当时当地出现了一种神秘的传染疾病，夺去了这些幼小的生命。可为什么这些婴儿被集中埋葬在官署旁边呢？更多的学者认为，这些幼小生命的骤然凋零可能是战争导致的，车师国遭受着一次次战争的侵扰，人民痛苦不堪，悲痛的车师人为了不让自己的子孙受到外族人的凌辱，在城内中心的行政机构官署上，举行了一场惨烈的祭祀誓盟。根据古代活人祭祀的制度盛行来看，这些婴儿可能是被当作了祭品用于祭祀。还有一种说法是在敌军攻城之前，交河人担心自己的孩子落入敌人手中，纷纷自行了断。不管这些婴儿是被敌军屠杀还是被自己的亲人杀死都让人不寒而栗，这是何等的残忍啊！

据附近的居民讲，在电闪雷鸣的夜晚，这里常会有婴儿的啼哭声，听起来让人毛骨悚然，难道那些婴儿的啼哭声穿越了千年？科学家们研究发现，故城的土层里含有大量的沙粒，那种沙粒很粗大，呈青灰色，它里面的磁含量比其他的沙子高出许多倍，那片婴儿墓的墓穴中也大量存在这种沙粒。科学家结合这一现象分析，很可能是这些含磁的沙粒与雷电相互作用，产生了天然的录音效果，记录下了当时古城内婴儿的啼哭声，在雷电天气又通过某种特殊的媒介释放了出来，人们才会听到千年前的婴儿啼哭声。不管这些哭声从何而来，但我们可以想象到这些婴儿集体死去时的悲惨场景，那哭声让人的心在颤抖、在滴血。

今天的交河故城，已经是全国重点文物保护单位，虽然它已废弃了六百余年，但人们至今依然可以在故城里寻找到一些鲜活的印迹。两千多年过去了，两条河水依然缓缓地流淌，环抱着这座交河故城，似乎在安抚着它累累的伤痕。

一个夏日的午后，我和几位友人相约去交河故城下游玩，我们在故城下的一个农家乐喝酒吃肉，醉意微醺时，我一个人走了出去，沿着河道缓步向前。河水很浅，很清澈，我索性脱下鞋子，手提鞋子下到河床里，水刚没过脚踝。我忽然想，这么浅的水肯定起不到阻挡敌军的作用，也许，古时候河水很大。踩着大大小小的石子蹚过河道，行走在故城的高台下，沿着一条绕"城"柏油小道前行，林荫蔽日，流水淙淙，凉爽宜人，这里真是火洲吐鲁番少有的一处避暑胜地，被称为"情人谷"。可抬起头来，仰望着几十米高的土台，寸草不生，大大小小的土块已经从墙面上裂开，滚落下来，散落在墙根，破败，荒凉，寂然无声，我忽然想象着古时候人们躲在高台上的土屋里，整日里提心吊胆的场景，禁不住悲叹一声，要是没有战争，谁又愿意爬到那么高的土台子上过活呢。

在一处墙根下的石碑上，刻有唐代诗人陆龟蒙的《乐府杂咏六首·孤烛怨》："前回边使至，闻道交河战。坐想鼓鞞声，寸心攒百箭。"写的是一个幽怨的女子思念在远方征战杳无音信的丈夫，从一个刚出使边塞回来的边使那儿打听到丈夫去了西域的交河作战，她坐在昏黄的油灯前，恍惚间听见战马嘶鸣、战鼓擂动，只觉得有数不清的利箭一齐射向心头……

第 二 辑

故乡在心中

不老的母亲

　　转眼，母亲离开我已整整两年了，可我依然沉浸在失去母亲的悲痛中，难以走出那个冬日的阴霾。

　　两年前的今日，和平时一样，我上班、下班，傍晚，一家人围坐在一起吃饭，我的心头没有丝毫不祥的预感。忽然，老家的哥哥打来了电话，他声音低沉而颤抖着说，妈的情况不好，我猛然一惊，忙问，妈咋了？哥哥说，妈在院中洗衣服时突然晕倒，现正在抢救……妈已停止心跳和呼吸一个小时了，正在做心肺复苏，你快回来吧。随即，哥哥便挂了电话。啊，我的大脑一下子一片空白，等我反应过来，禁不住趴在那儿失声痛哭，妈，您昨天晚上还给我打电话，说这几天天气很冷，让我和孩子都穿暖些，可这一刻，您却已经停止心跳和呼吸一个小时了……我想象着母亲躺在那里，已一个小时无声无息，啊！难道您就这样永远地离开我们了吗？抢救，也许还有希望，我知道那希望已经十分渺茫，但我仍抱着那一丝希望，希望奇迹能出现。我隔一会儿问一下哥哥，妈的情况怎样？他都是回答，还在抢救，每问一次，我的心都在颤抖一次，我希望，听到的永远都是这个回答……一个小时后，哥哥哭着告诉我，妈走了……

　　我连夜地收拾行李，乘飞机，又坐班车，半天的时间，便从几千公里外赶到了家门口，我的泪水又一次涌出了眼眶……往常回家，到家门口喊一声妈，总能看到母亲欢欢喜喜地从屋子里迎出来，可这一刻，门框上却已挂上了一方白纱，院子里有很多乡邻在忙碌着，我抹着眼泪快步走进屋里，看到了放在屋子角落里的一口冰棺，我哭喊一声"妈"，一下子扑倒在冰棺上……

我跪在母亲的灵前，愧疚，自责。母亲一直说身体大不如前了，我也只是随口安慰几句。妈，我疏忽了您一天不如一天的身体，总相信着来日方长。失去了才知道珍惜，妈呀，您怎么走得这么突然，让人猝不及防……

泪眼中，一幕幕往事又在眼前浮现。我又想起了童年里的那些难忘的岁月。

我出生在二十世纪七十年代初。小时候，父亲在离家几十公里外的县城里教书，年幼的哥哥也随父亲外出求学。家里就剩下妈妈和我。那个时候，农村还实行农业合作化生产，我常常想起母亲在生产队里劳动拉架子车的场景：母亲拉着装得满满的架子车，低头弯腰在前面使劲地拉，三四岁的我，也跟在车后面，看母亲快要拉不动了，便帮母亲推车，可说是帮母亲，其实常常是母亲怕累着我，把我也放在车上，自己一个人拉。在生产队里，母亲干活是最卖力的，可每年从队上分的粮食总是很少。我常常想起和母亲一块儿去村里的磨面坊磨面的情景：母亲把一袋麦子倒进一个木盆里，把里面的杂物拣得干干净净，然后给里面倒一点儿水，用一块干净的抹布一遍一遍地搅拌擦洗，把每一颗麦粒都擦洗干净，又装进袋里放在一边。等着轮到我们磨了，她便下到磨面机下面的面池里，麦粒从机子上面的斗子里徐徐漏下，磨出，母亲半跪在下面把刚开始磨的粗面接上，递给站在上面操作机子的人，这样磨了一遍又一遍，直到最后几乎没剩下多少麦麸。母亲知道什么时候漏下的面粉最白，什么时候面粉最黑，她把不同的面粉分开来装。磨面机停了，她要把下面的兜子轻拍上一遍又一遍，让每一撮面粉都能漏下来……

每次蒸馒头，母亲总是要蒸黑白两种，黑的是她吃的。记得一次母亲甚至用麦麸蒸了几个馒头，一天晚上，我非要尝尝是什么滋味，她便给我掰了一小口，我咬在嘴里，嚼着真是难以下咽，母亲笑着问我："是不是不好吃？"可我咧着嘴说："好吃。"为了能填饱肚子，我们吃各种野菜，吃槐花，吃苜蓿，甚至有些树叶也用来充饥。母亲的手很巧，再简单的食材，她也能用那仅有的几样调料调拌得可口美味。

最快乐的是母亲带着我去几十公里外的县城里看父亲和哥哥。那时，从村子到县城的路都是土路，母亲骑上自行车驮着我，有时甚至牵着我、抱着我步行，对我来说，是一路的新奇和快乐，可现在想想，母亲受了多少累。

记得有一次，母亲带着我从县城回家，快到家了，遇到了一个赶马车的大爷，大爷便让我们母子坐上马车，把我们送到了家门口，大爷要走，母亲硬是留他吃了顿饭。偶尔也有坐车去的时候，但那可不是现在的班车，而是生产队里的拖拉机。那时，还实行农业合作社，生产队里有一台拖拉机，常会去县城里运送农产品、拉运生产物资，可我们却坐得很少，因为要去的人总是很多，母亲心里总想着别人。

后来，实行了家庭联产承包责任制，有了自己的土地后，母亲的干劲更大了，常常是起早贪黑。

小时候，我最怕的便是黑夜。母亲白天忙碌，晚上也有很多事要干，那时我常在夜里惊醒，小手一摸，不见了母亲，便吓得大声喊叫。母亲似乎和我有心灵感应，只要我一哭喊，不一会儿她便慌慌张张地跑回来，把我搂在怀里，不停地哄着哄着，那时候我既委屈又幸福。

每个孩子的成长，当然离不开挨打。挨打是我童年里另一个深刻的记忆，那时候，我在村子里是出了名的倔强，为此，也没少挨母亲打。可现在想起，却没有丝毫疼痛的记忆，每次母亲打我，都是打在我身上，疼在她心里，往往是我还没哭，她先哭了。记得好多次，母亲气得不让我吃饭，不让吃就不吃，我知道，她把好吃的东西都给我留着。

说到挨打，我又想起了一件母亲虽然没有打我，但我的心里却比她打我还要难过十倍的事。小时候的我们，根本不像现在的孩子，可以整天看电视、玩电脑游戏，童年最让我们兴奋的就是看电影了。每年，镇上的电影放映队会来村子里放映几场电影，能看上电影，对我们孩子来说那简直比过年还高兴。

通常村里要放电影，在电影场总是人头攒动、灯火辉煌，所以我一发觉哪儿有风吹草动便常以为要放电影了，非要母亲带我去看，结果总是高兴而去失望而归。

那是一个冬日的傍晚，我和几个小伙伴正在村道玩闹，忽然隐约看到不远的邻村有一处地方灯光点点，我想肯定是要演电影了，便飞跑回家，硬拉着母亲要去看。母亲说那不是在演电影，但我就是不信，一定要看个究竟才心里踏实。终于她拗不过我，生气地背起我，说："走，要是没有非揍死你不可！"但我不怕，挨顿揍怕啥，要是看了电影那可要高兴好几天呢！我趴在母亲瘦弱的背上，伏在她温热的耳边，能感觉到她急促的喘息。然而走了不多远，在走过一处结有薄冰的路面时，一个踉跄，母亲摔倒了，双膝着地，摔得很重！而我一点儿事也没有。我吓坏了，心想，妈妈该不会起不来了吧？母亲把我放下，一声不吭地揉了一会儿膝盖。我开始后悔自己不该任性着要来，便小声对母亲说："妈，不去了。"母亲没说话，抱起我，脚步蹒跚着继续向前走，一直走到邻村的村口才停了下来。在这里，可以很清楚地看到那真的不是在演电影，原来是一家在过丧事——已经能闻到空气中弥散着的酒菜的香气。也许是怕别人笑话我们母子，母亲走到一个黑暗的角落，把我放下，用手撩了撩被雾气打湿的头发，静静地站了两三分钟，然后低声问我："回家吧？……"

我一天天长大了，渐渐体会到了母亲的辛酸和不易，她既要种好家里的几亩田地，又要照顾好我的吃饭穿衣，还要牵挂远方的哥哥和父亲，经常是顾了这头顾不上那头。在农村，一个女人，干什么事常要求到别人帮忙，男人一根烟能解决的事，不知母亲给人说了多少好话；更有让母亲委屈伤心的，那个年代，人们饥一顿饱一顿，农村里什么好事哪顾得了女人优先，反而因为你是女人，常常会受气、受罪……

后来，父亲为了照顾家里，调到了离家较近的学校，我们一家团聚的日子多了。可因为父亲没太在农村待过，地里的农活都不会干，别人家都是男人是田地里的主力，可他一干活就和母亲生气。渐渐地，母亲便不等父亲下地，独自一人把地里的活干完。她要争口气，就算她一个女人，农活也不能落在别人后面。

哥哥和我也都渐渐长大了，有力气了，可以帮着母亲干活了，可母亲不到万不得已，总是不让我们干，她说学习要紧，让我们好好学习，长大后能跳出农门，不再受她这份苦。

母亲说，她小时候就是因为家里贫穷，姊妹多，她又是家里的老大，没上过几天学。现在有条件了，无论如何，也要让我们弟兄俩上大学。在学习上母亲不能帮我们什么，她便在生活上尽量让我们吃饱穿暖。

终于，哥哥和我都相继考上了大学，我们都劝母亲该好好歇歇了，母亲却说，她现在干劲更大了，要种好地，供我们上大学！

大学毕业后，我远离家乡来到了新疆吐鲁番参加工作。然而，当我踏上吐鲁番这片火热的土地时，我的心却凉透了，现实和理想相去甚远，我开始变得消沉，想着离开这儿，不再回来。我给母亲说，让父亲托人把我调回老家去，可离家时泪流满面对我千叮咛万嘱咐的母亲却反对，她说好男儿志在四方，说新疆虽然远，却也是个好地方，让我安心工作，不要想家。

可我的心就是安不下来，一次又一次地回家。那个深秋的季节，我又一次回到了家里，可只待了几天，我就待不下去了，只好决定还是回去。离家前的那一晚，我躺在床上辗转反侧，夜静悄悄的，只有淅淅沥沥的秋雨在低泣，似乎还能听到梧桐树叶飘落的声音，像是在叹息……

第二天清晨，母亲早早起来为我准备早饭，她哭着对我说："儿呀，去了再不要轻易回来，哪儿不是人待的地方……"

母亲啊，我明白，您不希望您的儿子总是这般懦弱的模样，您希望看到一个顶天立地有所作为的男子汉的身影！

我下定决心，踏踏实实扎根吐鲁番。我勤奋工作，努力进取，同时我也喜爱写作，业余时间笔耕不辍，也常会发表一些小文章，后来，还出版了一本散文集，我给父母寄了一本，父亲说，母亲很爱看，天天都在翻看。可母亲并没有过多地夸赞我，却对我说，文章还要再写细些，写深入些，只要懂得生活，就会写作。没想到，没读过多少书的母亲还懂得这么深刻的道理。

母亲也渐渐地老了，她常自言自语道：唉，老了，想起那些年，怎么就那么大的气力，干活从不知道累！十几年前，教了一辈子书的父亲也终于退休回家，我和哥哥便都劝母亲不要再种地了，让他们来城里生活。可母亲就是不肯，她说，种地种惯了，不种反而心里慌得难受，再说现在都是机械化，比过去也省力多了，还说城里东西那么贵，自己种粮种菜吃着舒心。

母亲是一个性格开朗、爱唱爱乐的人。听母亲讲，她小时候曾被选入镇上的戏曲班子，在乡间到处演出。我们小的时候，日子那么艰难，母亲哪有闲暇顾及那些，终于，哥哥和我都成家立业，母亲没什么负担了，她便和村子里的一些戏曲爱好者组成一个自乐班，闲暇时走村串户给人们唱戏助兴，母亲甚至还学会跳广场舞，我心里还想，母亲怎么就不老呢？这些年，母亲的头发白得越来越多，她隔上一段时间就要染发，我就对她说："妈，您现在还染啥头发？人老了头发自然就白了。"母亲总是苦笑着说："白头发总让人看着不舒服。"

谁知，一场大病却差点夺去了母亲的生命。

那是十年前一个初夏的傍晚，哥哥突然打来电话，让我回趟家，说母亲突发脑溢血，已经住院几天了，现在还时而清醒时而昏迷。他说母亲清醒时让不要跟我说，说我那么远，工作又忙，她应该没事，让我先不要回来。可哥哥觉得还是要告诉我，怕给母亲和我留下终生遗憾。我一下子呆住了……我赶回家，看到病床上的母亲——她哪里是平日里的母亲，她躺在病床上，看到我回来，一丝微笑从脸上露出，拉住我的手，几滴泪水却从眼角滑落……哥哥说，母亲刚发病时已经口不能言，手不能动，头低垂着，腿脚僵直，幸亏及时送到医院，且出血量又不大，要不然我们也许就和母亲生死永别了……我仔仔细细地看着母亲，看着最爱我、我最熟悉的亲人——长大后，还从来没有这么近距离地凝视过母亲。母亲真老了，可您还不到六十岁啊，儿子还没有好好孝顺您呢。参加工作前，总说等挣了钱要如何如何回报您，可这些年我却为着自己的前途和小家庭奋斗着，哪里好好想过您？连听您一句唠叨也觉得心烦；现在结婚了，生子了，工作也好了，刚准备让您过幸福生活了，您却成

77

了这样!……可转念又想,要不是母亲这次生病,我还以为母亲永远健康,对母亲的身体永远都无忧无虑。是啊,这些年忙于经营自己的小家庭,自己所谓的事业,疏忽了母亲,总想有的是机会报答母亲。可母亲从无怨言,打电话总说家里都好,不用担心,让我把公家的事干好,把孩子管好。

母亲在病床上躺了一个多星期,我和哥哥才在医生的指导下扶着她下床开始挪动脚步,她每走一步都是那样的生疏和艰难……母亲哭了,哭得很伤心,她说,好好的一个人,怎么就成了这样……母亲可以出院了,医生一再叮嘱,千万不能再劳累了,否则再一发病将不堪设想!

我又要离家回单位了,母亲止不住地哭泣,她说儿子那么远回趟家,却没吃上她做的一顿饭……

母亲开始天天坚持不断地活动锻炼,就是晚上躺在床上,也活动着手脚。一年多过去了,母亲的身体已基本恢复。但毕竟不比以前了,她也总说自己现在是个废人,没什么用了。母亲嘴上这样说,可她只要能动,总不肯闲着。她甚至还收回了病后只好承包给别人耕种的田地,她说,儿子都刚买了房,趁着现在还能干,要再干几年,为儿孙们减轻负担。

谁知,几年后,父亲又患了脑梗,一下子便行走不便了,于是照顾父亲的重任便落在了母亲身上。父亲住了几次院,每次他的情绪总是很低沉和烦躁,母亲便开导他,给他讲那些得了重病又恢复健康的病例,让他学会乐观面对生活。出院后,每天早上,母亲都会牵着父亲的手出去锻炼,可父亲在家里待惯了,老是不愿意出门,母亲又常常因为督促父亲锻炼和他生气,母亲常对父亲说,你要是像我这样勤锻炼爱活动,早就恢复好了!母亲多想父亲身体快快恢复呀,可她再急却又无能无力。我们就安慰母亲,让她首先把自己身体照顾好，父亲能锻炼到什么程度就什么程度吧，我们甚至想，最好的结局就是父亲走在母亲前面，父亲有人照顾，母亲最终也可以解脱出来，那时，一定要让母亲的晚年过得幸福充实。

可我们又不在家待，只是嘴上安慰一下母亲、劝劝父亲，家里所有的责任和重担全都落在了逐渐衰老的母亲身上，看着父亲的身体一天不如一天，她心急却又无奈，也变得越来越烦躁，看到什么都说闷得慌，甚至把院子里的树一棵一棵挖掉，每次我回家探亲，一看到母亲表现出一点儿烦躁的情绪，我便责怪她，一天有啥烦的？我哪用心体会过母亲的心境啊。

两年前的那个秋天，我又回老家探亲，看到母亲用的手机屏幕太小，看起来太费眼睛，我硬是给她买了一部智能手机，那时我大概已经意识到可以为母亲做的事不能再等了。我给她一遍一遍地讲怎样使用，可毕竟上了年纪，练习摸索着用了几个月，母亲才基本掌握了各种功能的用法。母亲最高兴的就是看我在微信朋友圈发的那些我写的所谓的作品，母亲还学会了给我点赞！

每次打电话，母亲总是叮嘱我，说孙儿正在长身体，让我一定要给孩子吃好、穿暖，她知道我性情急躁，总是说她最放心不下的是她的孙儿，告诫我教育孩子要有耐心。母亲常悔恨地对我说，你看现在这些年轻的父母，把孩子都爱成啥了，说我们小的时候，她真是对我们关心得太少，爱得太粗疏……我说妈，您别这样说，回想起小时候的生活，我真的觉得很幸福。

母亲啊，您昨日还叮嘱我这叮嘱我那，为何今天就撇下我们永远地离去？您昨日还说，您和我爸一切都好，让我安心工作，为何今日您就与我们阴阳两隔？母亲啊，最令我愧疚的是您去世前一个月过的最后一个生日，我竟都忘记了，当我猛然想起，赶快给您拨去电话，您却笑着说，生日有啥过的，过一年少一年。只要我儿是在忙工作，忘了妈的生日，妈也高兴……母亲您不是还说现在社会发展这么快，变化这么大，等到开春后，看我有没有时间带您和我爸出去转转看看，一生要强的母亲啊，您为什么就这么轻易地倒下，这么无声地离开了这个世界呢……

家里人来人往，嘈嘈杂杂，可我谁也不想见，晚上，乡邻亲友们一个个都离开了，我走进厨房，家里我最熟悉的地方。小时候，母亲站在锅灶旁炒菜煮饭，我坐在下面帮母亲烧火，厨房里飘散着饭菜的香味，我期盼着母亲的那一声令下："饭好了，吃饭吧。"长大了，离家了，每次回到家，厨房更是能品味出家的味道的地方，母亲总是在厨房里变着花样给我做着我最爱吃的饭菜，可此刻，来家里帮忙做饭的邻里大嫂大妈只在厨房里做了一天饭，这里就已经是凌乱不堪，碗碟到处堆放。她们人多手杂，这里也毕竟不是自己家的厨房啊，怎能像母亲一样把一切整理得井井有条。我拿起舀子，准备在水缸里舀一瓢水，啊，水缸里竟漂着一只老鼠！没有了母亲，家也不像个家了，再也吃不上母亲给我做的最好吃的饭菜了……

我们整理母亲的遗物，都是母亲收藏的我们穿过的衣服鞋袜、洗得褪色的床单被套，想不到的是竟积攒了一百多条毛巾——村子里谁家过红白喜事，母亲总是随叫随到，过后，主人便会给帮忙的乡邻每人一条毛巾作为答谢，她去世的前几天还去村里一位刚过世的百岁老人家帮忙，她还给我打来电话，笑着说村子里最长寿的老人去世了，活了一百岁，无疾而终，可说着又叹口气，说要是每个人都这么长寿多好……

母亲啊，您还不到七十岁，怎么就这么仓促地离开了我们呢？您给我们留下了一个永远不老的母亲形象，我每次想起您的音容笑貌，仿佛就在昨日，悲痛难抑。

母亲，您去了哪里……

父亲的归宿

自从母亲去世后，父亲的日子就一天比一天艰难。

在我小时候的记忆里，父亲就像是家里一个匆忙的过客。那时，他在离家几十公里外的县城教书，每个星期回一趟家，记忆中他总是骑个自行车，风风火火地回家，风风火火地出门，好多次，他收拾着准备去学校，母亲的饭都快做好了，他也来不及吃一口，看着表说："来不及了，我不吃了。"说着便匆忙推上自行车跨出家门，母亲则望着他的背影怪怨道：有什么着急的？在父亲心里，自己一顿饭不吃没啥，耽误了给学生上课责任可就大了。

父亲当了半辈子的教书先生。他高中毕业正赶上那个特殊的年代，没能上成大学，于是回村在我们那个村办小学当了一名民办教师。父亲勤奋努力，教学成绩突出，几年后便被招录进了公办教师的行列并被调进城里的学校。听母亲说，父亲刚从农村来到城里教书，吃的是从家里带去的黑面馒头，穿的是补丁加补丁的衣服，穷酸的样子常常让城里的孩子笑话。可渐渐地他便赢得了学生们的尊敬。

虽然一家人每个星期只有周末那一两天的团聚时光，可我却不盼望父亲回家，甚至是怕他回家，因为只要他一回来，家里的空气便骤然凝固。父亲动不动就会大发雷霆，我和哥哥犯一点儿小小的错误也会被他训斥上半天。我在家里不敢大声说话，不敢乱说乱动，呼吸也变得小心翼翼。

在哥哥十一二岁的时候，父亲便把他带到城里上小学，他想着城里的教学质量高，让哥哥从小就接受良好的教育。

到了我该上初中的时候，父亲已被调到了离家三十里外的一所交通不便的农村初中教书。别人是从农村调到城里，父亲却从城里调回农村，而我，也极不情愿地和哥哥被父亲带到了那所初中上学，我上初一，哥哥上初三。因为每天都要面对父亲，对他的畏惧感也渐渐地淡化了。我也才发现，父亲在学校里和同事、领导的关系处得很紧张，他常常为一些小事情和人争吵得脸红脖子粗，他心里不高兴马上情绪就表现出来，看不惯什么马上就要说出来，从不顾及别人的身份、地位和情面。虽然父亲的教学成绩总是优秀，可他却受人排挤，遭人嫉恨。我一天天地长大了，青春叛逆的我越来越抗拒父亲，我不愿和父亲说话，更不愿听他给我谈人生、讲道理，只要他一说这些，我便不耐烦地说："爸，你再别说了，这些我都知道！"

初二那年，我和父亲之间终于爆发了一次冲突，也是因为我做错了一件小事，父亲却把小事变大，夸张地批评我，但他越说我越听不进去，我终于大声对他吼道："我不在这儿上了！"说完，头也不回雄赳赳气昂昂地跨出了校门，父亲指着我的背影怒吼道："你滚！再也别回来！"可我"滚"出去没多久，父亲便骑着自行车追来，追上我，慌忙把车停在我前面，用平和的语气对我说："别再跑了，爸再也不说你了……"

父亲脾气再坏，但他毕竟是我的父亲，我也常常会被那浓浓的父爱感动。最令我难忘的是父亲骑着他那辆都快要散架的自行车驮着我和哥哥奔波在家与学校的那段路上的一幕幕场景：我坐在车的前梁上，哥哥坐在后座上，父亲气喘吁吁地蹬着车子……坐在车子上，我们弟兄的心里都是心疼和不忍，于是，每次在父亲出发前，哥哥便带着我先走，我们走着跑着，希望减轻父亲的负担，但每次不到一会儿父亲便赶了上来。

跑着跑着，哥哥和我相继都跑到了高中，上了高中，父亲就再也无能为力了——我们不在父亲身边学习，不再让父亲驮着上学，也不再需要忍受他的坏脾气，自然感到轻松了很多。尽管那时家里经济不宽裕，但父亲对我们在学习上的需求都是尽可能地满足，需要什么辅导书，他跑遍大大小小的书店也要买到；自己和母亲生活再苦，也要给我们带足生活费。

后来，我们弟兄都如愿以偿地考入了理想的大学，笼罩在我们家的愁云终于一扫而光。

我和哥哥去大学报到前的那天晚上，母亲做了一大桌子菜，一家人围坐在明亮的灯光下，吃着，说着，笑着，父亲喝了很多酒，他喜极而泣，对母亲说："两个儿子终于都走出家门了，往后家里就剩下我们两个了。"母亲笑着回道："谁愿意和你待在一起，往后你就一个人待着吧。"

我和哥哥大学毕业，走向了越来越广阔的天地，在老屋里陪伴父母的日子是越来越少。父母越来越老了，身体一天不如一天。

可谁能想到，父亲偏偏会患上脑梗，变得行动不便。

刚住进医院的那几天，父亲像个小孩子一样哭着闹着说他不在医院住，说他的病不用看，非要回家，好说歹说，终于安静了下来。可给他输液时，他的手老是爱动，一动手上就起个大包，护士又要给他扎，有时输一次液要扎上三五次！那天，父亲的手上又起了个大包，那位小护士赶来后，一边为父亲拔针头，一边故作生气地嗔怪父亲："老爷子，你手再动就给你把手绑起来。"一旁的母亲也在不停地责备父亲，说："你一辈子还教育学生，让学生听话，给你说了多少遍'手不要动'你就是记不住！"父亲难为情地叹口气："唉，我怎么就记不住呢？"小护士听到母亲说父亲教了一辈子书，马上又对父亲开玩笑道："老爷子，你看你一天没精打采的，您把以前批评学生的精神劲拿出来，这样谁还敢批评您！"这时，父亲笑了，但随即又苦笑着摇了摇头……

前面几天，我曾一个人伺候了父亲几天，我虽已步入中年，却是第一次伺候病人，虽然伺候的是自己的父亲，可一两天后我也开始变得不耐烦起来，动不动就对意识已不很清醒的父亲发脾气。

在医院里住了一段时间后，父亲可以下地让人搀扶着挪动脚步，医生说这病以后就要经常锻炼，逐渐恢复。出院后，我们给父亲买了一根拐杖，想着他拄个拐杖走路更稳当些，锻炼锻炼以后就不需要别人去搀扶，自己想走到哪儿都方便些。可不料父亲却不愿拄拐，似乎也不会拄拐，每天早上，母亲陪着他外出锻炼，他总是一只手提着拐杖，让母亲牵着他的另一只手，拐杖起不了作用，反而成了他的负担。

半年过去了，父亲走路依然需要别人陪在身边看护。

拄拐杖这么简单的事怎么就学不会呢？我决定陪父亲走一走，教会他拄拐杖。

那天早上，我扶着父亲走出家门，边走边教他拄拐杖的方法和要领，怎样迈步，手脚怎样协调，边说边给他示范和演练，手把手地教他。可父亲的手脚反而像木偶一般，更不会走了，很自然的一个动作变得生硬和呆板。父子二人就这样一步一步地挪到了村外的大路上，我便不耐烦地给父亲讲："爸，我再不扶你了，你一个人自己边走边摸索吧，你现在就想拐杖就是你的依靠！""依靠"两个字我说得很重，我想只有他懂得了依靠拐杖，才能得心应手地使用拐杖。说着，我便放开父亲的手，让他自己走。父亲低着头，什么也没说，又是提着拐杖向前挪动脚步。我心想，等他走累了，自然会拄着拐杖休息。我陪在父亲两三米远的周围，观察着他走路的状况，以防他摔倒；渐渐地，看他不需要搀扶也可以走，我便慢悠悠地走在前面，父亲蹒跚着艰难地跟在后面，只是每和他之间的距离拉开十来米远时，我便停下来，望着父亲等着他跟上。父亲走得越来越慢，我停留等待的时间越来越长，有几次，我看到父亲的身体已开始摇晃，可他依然提着拐杖。父亲眼瞅着我，我知道，他是想让我过去扶他，我很是恼火，心一硬，我偏不扶你！我就不相信你学不会拄拐！

可父亲就是不会。望着父亲蹒跚的身影，我的心里泛起一阵一阵的酸楚。

父亲时而清醒，时而糊涂，他大概从不会去想，要是母亲有一天离他而去他该怎么办。可那一天真的无情地来了。在那个寒冷的冬天，母亲正在洗衣服时再次突发脑溢血，猝然长逝……这个世界上唯一能容忍也不得不容忍父亲坏脾气的人走了。

埋葬了母亲，我们把老屋收拾好，那天晚上我和哥哥把父亲扶出家门，扶上停在门口的哥哥的车里，锁好家门，来到了城里哥哥的家里。我对父亲说，爸，现在谁照顾你都没有我妈照顾得好了，父亲悲凉地点了点头。可父亲在哥哥家只待了不到半年，就嫌闷得慌，哥哥只好又把他送到了附近的一所敬老院里，隔三岔五过去看看。

我离家远，只能隔几天给父亲打去电话问候一下，父亲都会说："我都好，吃得好，睡得好……"

父亲是卑微的，却又是坚强的，他一生奔波劳碌，风雨中支撑着我们这个家，他说他一生最不愿向人低头求人办事，为此吃尽了苦头，但为了我们弟兄上学，又不得不看人脸色。父亲吃了多少苦，受了多少罪，情郁于中，有时难免发之于外。如今，我和哥哥都走出了家门，有了好的工作，但正当他需要生活照顾和精神慰藉的时候，我们不是去走近他，开导他，却远避他，憎恶他……

去年秋天，我回老家探望父亲，父亲住在一间狭小的房子里，房子里摆了两张单人床。在房子最显眼的墙上，贴着一张奖状，是由教育部、人力资源社会保障部颁发的"乡村学校从教 30 年教师荣誉证书"。

看到我回来，父亲显得很高兴，他说，我回来了就睡在另一张床上，陪着他。我心想，这间小房子就是我回来的家了。那天晚上，我陪着父亲说了很多的话，一直聊到深夜，我觉得几十年来都没有和父亲说过那么多的话。

当母亲忘记了我的生日

　　小时候，我是不关心日历的，每年快到我生日的那几天，母亲便开始每天这样笑着告诉我：孩子，再过几天你就过生日了。于是，我就盼着算着生日的到来，母亲把我的生日看得比什么都重要，我渐渐地感到生日是一个人成长过程中很重要的日子，过一个生日，就长大一岁。

　　过了一个又一个生日，我终于长大了。大学毕业那年，我离开家乡来到了遥远的新疆参加工作。虽不在父母身边了，但一年中我的生日依然是他们记得最清楚的日子。每年生日那天，母亲早早就会打来电话，提醒我今天是我的生日，问我怎么过，让我买点好吃的东西，自己给自己过个生日。母亲从来没有忘记过我的生日。

　　可母亲还是到了忘记我生日的那一天。那天我早上起床就开始等母亲的电话，可直到吃过早饭准备上班去，母亲也没有给我打来电话。中午下班回家，依然没有等到母亲的电话，我心中感到了一丝不安，家里会不会有什么事？赶忙给母亲打去电话。接到我的电话，母亲显得很高兴，她问我这问我那，却偏偏没提到今天是我的生日，我心里感到很失落、很疑惑，母亲怎么真的忘记了今天是我的生日？四十年从来没有忘记过，我甚至还有意从侧面提醒母亲，然而，母亲始终没想起今天是我的生日。最后，我终于忍不住了，说："妈，您忘了吗？今天是我的生日。"说完，电话那头一下子寂然无声，母亲一定是被我这句话惊住了，我能想象到母亲惊愕的表情。突然，她大声地说："啊，今天是我儿的生日！我怎么就忘了呢?"接着，她大声地喊父亲，说今天是儿子的生日，我们咋都忘了呢?!

那天晚上，父亲又给我打来电话，他一开口便自责道："我和你妈怎么都没有想起今天是你的生日，以前从来没有忘记过，你的生日，是我们一年中最重要、记忆最深刻的日子，今年怎么都忘了呢……"父亲说，我打过电话后，他和母亲都痛哭了一场，自责不已。我的心中一阵难过，懊悔自己不该给母亲说那句话，忘了就忘了，也许他们忘了，再也不会想起，我一说，却让他们伤心不已。

转眼，又一年我的生日快到了，我的心里一天天地紧张起来，我担心父母又会忘记我的生日，要是真忘了，我也不再提醒他们了，就让他们糊里糊涂一天天过吧。可我总觉得生日要是没有了父母的祝福，过着便没有多少意义。

生日那天清晨，我还在睡梦中，便被一阵电话铃声吵醒，一接听，父亲先祝我生日快乐，接着便说，你妈一个月前就开始天天念叨你的生日，她生怕又忘了你的生日，也不知道从哪儿看到学来的"倒计时"这种计时方法，让我给她做了一个倒计时牌，放在家里最显眼处，上面用粉笔写着离儿子生日还有几天，她每天早晨起床后的第一件事便是走到倒计时牌前，擦去昨天的天数，写上今天的天数……我静静地听着父亲的叙述，脑海里浮现着慈祥的母亲蹒跚的身影，一股浓浓的母爱在心中涌动……这时，母亲接过电话，说："妈现在虽然老了，给你们做不了什么了，但我儿的生日是无论如何不能忘的，如果糊涂到连儿子的生日都会忘记，那我一定是太老了，脑子老糊涂了，也躺在床上手脚不能动弹了，需要儿子来照顾了。"我猛然一怔，心里泛起一阵酸楚和愧疚……

母亲是在一个寒冷的冬日里洗衣服时突发脑溢血去世的。转眼，母亲都离开我快两年了，我的心里，最愧疚的是她去世前过的最后一个生日我竟忘记了，第二天当我猛然想起，赶快给她拨去电话时，母亲却笑着说："生日有啥过的，过一年就少一年，只要我儿是在忙工作，忘了妈的生日，妈也高兴。"

　　子欲养而亲不待，母亲啊，您在我的心里定格成了一个永远也不再衰老的形象，每当想起，便泪流满面，悲痛难抑。

母爱不咸

那是多年前的一个冬天，母亲不远千里从老家来我这儿看她的孙子，几年不见，母亲苍老了许多。

一来到家里，母亲什么事都想给我们做，首先便是我们的一日三餐。每顿饭母亲都变着花样做我小时候爱吃的饭菜，虽然她老人家做得很用心，可饭菜的味道和我记忆中的美味还是有了很大的差距，特别是觉得饭菜太咸。你想，过去一顿饭难得一两样菜，而现在，饭桌上总是摆得满满当当，再像过去那样，每天盐的摄入量肯定超标。我对母亲说盐不能吃得太多，吃多了对健康不利，母亲总说，她也知道，但总觉得饭菜里少了盐吃着就没味儿。母亲做了几天饭后，我便对她说："妈，您歇着吧，还是我来做饭。"就这样便"剥夺"了她做饭的权利。

那天我做好饭，端上桌，一尝一点味儿也没有，这才想起忘了放盐。母亲一听我说饭里没放盐，赶忙走进厨房抓来一小把盐，先给我碗里撒了撒，我一搅，一吃，太咸了，便有点生气地对母亲说："妈，给你说过多少次了，少放点盐，你看，咸成这样，还能吃吗!"说着我又对她加重了语气，说我自己会放盐，让她不要什么事都替我去做。母亲的手一下子僵在那里，她自责地说："唉，习惯了……"我的话一出口，立刻觉得不该这样对母亲，想想母亲又能在我这儿待几天，她又能给我碗里再放几次盐，给我再做几件事，就算再咸，但是母爱不咸，不能因此而让母亲伤感。

我又想起了小时候的一件事来，那时候人们的生活都很贫困，野菜甚至树叶都是餐桌上的"常客"，但只要有盐巴，母亲总能让一家人吃得很幸福。记得那是一个雨天，家里只剩下几个黑乎乎的馒头，虽然很饿，但那馒头仍然令我难以下咽。母亲悄悄地走出家门，过了一会儿，只见她衣裤上满是泥巴回了家，但手里却还紧攥着一个小纸包，里面包着一点点盐巴，那是母亲跑到邻居家借来的，她在回家的路上还摔倒在了地上。母亲对我说："孩子，给馒头里夹点盐就好吃些。"那大那个馒头的滋味我竟回味到了现在……

我的心里愧疚万分。尽管我每天都尽可能地多陪母亲，可母亲却变得郁郁寡欢，整天叹息着，唉，人老了，不中用了……她只在我这儿待了不到一个月就回了老家。

小时候，父母的爱是我们幸福的港湾，我们一天天长大，父母也渐渐老去，我们开始厌烦他们的唠叨，总是和他们争吵，埋怨他们思想的落伍和守旧，甚至开始排斥他们的爱，觉得再也不需要那老掉牙的父爱母爱，但父母对我们的爱却从未改变。

小时候总想长大后要怎样回报父母，可不知道，等父母老了，接受他们咸咸的爱也是对父母的一种爱……

一棵枣树的故事

一

　　我的脑海里，常常会浮现出老家那棵枣树高大苍老的身影。前些天，父亲打来电话，一开口便说到了家里的枣树，说那棵枣树今年还结了一篮子红枣。我可以听出话筒那边父亲如孩子般高兴。可话音刚落，他的语气又变得伤感起来："枣树真老了，看来都难挨过这个冬天了……"说着，父亲长叹了一口气，似乎陷入了无尽的惆怅。

　　父亲说，那棵枣树是他小的时候奶奶栽植的，他现在还能想起当年栽树的情景。我总是由奶奶想到枣树，由枣树想到奶奶。奶奶出身于书香之家，读过不少书，小时候，常听奶奶说，那时的学堂里就她一个女孩子。一说起这些，奶奶总是满脸的笑容，显得很幸福。旧社会，能进学堂读书的女孩子可真是少之又少，一群男生围着一个女生，可以想象，奶奶在学堂里一定是被众人关爱的对象。一个受过关爱的人，一定会把这种爱加倍地付出。

二

　　我几乎搜索不到奶奶生气时的记忆，她任何时候对每个人都是

92

慈祥地微笑着。记得我还是个懵懵懂懂的孩童时，奶奶就坐在老屋的土炕上教我读：人之初，性本善，性相近，习相远……一边读，一边一字一句地给我讲解，奶奶讲得很细致、很生动，现在，我仍能回想起奶奶讲解时的语调和神态，我相信，奶奶要是教书，一定是最好的老师。可我一个小孩子的兴趣不在那儿，我最喜欢的是听奶奶讲故事，奶奶讲的都是些鬼怪狐仙之类的故事，在她的故事里，那些鬼怪狐仙都是善良的、温情的，有些像蒲松龄老先生写的《聊斋志异》里的鬼狐故事。所以，年幼的我，并不觉得可怕和恐惧。每天晚上，我都是躺在奶奶的土炕上被这些奇异温暖的故事陪伴着入眠……

我在奶奶讲的故事里无拘无束地一天天长大，上了学，便受到学校和老师们的约束，但我接触的世界逐渐地开阔起来，每次回到家里，我便把学校里的大事小事讲给奶奶听，有几次奶奶还让我给她讲学校里学到的知识，我便拿起课本一本正经仔仔细细地讲给她听，奶奶听着，笑着，讲到最后，我问她："奶奶，你听懂了吗?"奶奶便不住地点头："听懂了，听懂了，孙儿讲得真好。"

奶奶给我讲过那棵枣树还是小苗时被她发现并被移栽到院中的情景。那时，她还很年轻，一个秋日的午后，她带着只有几岁的父亲下地干活，偶然间在路边发现了一棵枣树苗。当时它只有一尺来高，弯着个腰，紧抱着身子，灰头土脸的样子。在我们家乡，枣树是很普通的树，肯定谁也不会在意它的存在。可奶奶在意了，她看到多少人在它身上踩踏，甚至多少次被车轮碾过，可它依然坚强地活着，便停下来怜惜地看了它一眼。正在奶奶犹豫着该不该带它回家时，它却挂住了奶奶的裤脚，奶奶一下子被它感动了，她觉得这棵小枣树一定是想跟她走，不想再受践踏。于是，她决定把它移栽到家里。奶奶小心地一点一点刨挖，尽可能多地挖出它的根须，挖好后，又不敢丝毫耽搁，快步把它带回家里，栽在老屋后院的墙脚。没想到这棵枣树长得很快，第三年竟结了几颗枣。奶奶说，这棵枣树一定是带着一颗感恩的心在生长结果。

三

在我的脑海里已无法想象这棵枣树是怎样由一个弱小的身体变成了庞然大物：只见它树皮裂开一条条沟壑，粗壮的树身上是两只伸展的臂膀，有一种直插云霄的气概！其中一枝还高高地伸向院外，像是在向路人招手示意。

每年秋季，那红艳欲滴的枣儿高悬枝头，引得每位路人都要驻足观望。特别是那一群群孩童，整天仰起小脸对着那累累的枣儿叽叽喳喳，还有些大点儿的孩子常会捡起土块对着树梢使劲抛去，更有些胆子大的会爬上墙头，去采摘那一颗颗珍珠玛瑙般的红枣。而奶奶只是坐在枣树下担心地对爬到墙头和树上的孩子们喊："快下来，快下来，别摔着了！"然后笑眯眯地看着孩子们满载而归……

"卸枣"是我们家最盛大的节日，这一般是在天气晴好的中午时分进行。在我小的时候，都是哥哥爬上枣树摇枣，我在树下拾枣。拾枣我都是要先拾院外的，因为只要哥哥一爬到树上，院子外面一下子就会聚拢来一群大大小小的孩子，我怕跌落在院外的红枣都被他们捡去，只要哥哥在树上奋力一摇，"唰啦"一声，枣儿便雨点般地砸落在地上，我们一群孩子像一群小猴子般欢叫着、捡拾着，这个时候，一个比一个眼疾手快，那是最令我兴奋和紧张的时刻，我觉得我有十只手都不够用！每次"卸枣"我总要埋怨：为啥要把枣树栽在墙根，害得我要在院外和小伙伴抢拾！

等到哥哥从树上安全地下来，我们便开始在院子里捡拾那一地的红枣，每个角落都要翻找一遍。看着那一大筐红艳艳的枣儿，全家人都乐得合不拢嘴……这个时候，奶奶总会笑着说，给邻居们都送上些吧，妈妈便会盛上一碗，让哥哥送去；又盛上一碗，让我送去……

每年都要经过几次"卸枣"才能卸完一树的枣子，但每年的最后一次"卸枣"时奶奶总要让我们留一些枣子在树上。奶奶说，冬天，那些寒风中的麻雀无处觅食，给它们留几颗枣子过冬吧。给麻雀留红枣吃？我那时觉得很可笑。其实那些枣儿都被我悄悄地一天一两个打下来吃掉了。

四

可有一年深秋时节，树上那零星的十来个红枣却让一个和我同龄的孩子十多年来不忘它的甜蜜。小的时候，人们的生活还很贫困，秋冬季节，村子里常会看到一些衣衫褴褛、背着一个破口袋挂着一根木棒沿门乞讨的人，我们称之为"要饭的"。大人小孩只要一看到他们要上门乞讨，往往是慌忙关上屋门，"要饭的"吃了个闭门羹，便只好悻悻地去另一家碰碰运气。但奶奶却从不让我们那样做。

每次，只要"要饭的"走到家门外，哪怕穿得再脏再破，奶奶也一定会出门把他们迎进家里，让他们喝口水，家里只要有吃的东西，一定要给他们带上一点儿；如果正赶上我们吃饭，奶奶便一定要留住他们，让他们也能吃碗热饭。

村子里，"要饭的"最爱光顾的便是我们家，我觉得也是院子里那棵枣树在招引着他们，好多次，我都看到"要饭的"眼望着枣树一步一步踅摸到了家门口。

那是一个深秋的傍晚，天阴沉沉的，一个三十来岁的妇女带着一个八九岁的小男孩来到了家门口。这是一对"要饭"的母子，奶奶立即把母子俩迎进了家门，把家里的火炉烧得通红。母子俩烤着火，冻僵的手脚一下子有了活色。这时奶奶发现小男孩已冻得发起了高烧，便赶忙找了点药给孩子喂下，又让母亲给母子俩做了两碗热气腾腾的面条。年轻的妈妈流着泪不住地感谢。吃了饭，那位母亲便要带着儿子离开，奶奶忙说："外面这么冷，这样不能走，等孩子病好了再走。"硬是把母子俩留下，一留便是三个日夜，直到小男孩病完全好了。临走的那天早上，奶奶在屋子里这儿找找那儿看看，我知道，她是在找可以给他们带的吃的东西，可翻来翻去，却没什么东西可带。忽然，奶奶对我说，孙儿，你去看看院子里的枣树上还有没有红枣，我知道，奶奶是要给他们带，我很不情愿地走到院子里枣树下，仰头望了望，便对奶奶喊："奶奶，现在枣树上哪还有红枣呀！"奶奶笑着说："你再仔细看看，我知道孙儿的眼睛最尖！"小孩子是最经受不住夸奖的，于是，我又仰起脸来，在树梢上仔细地搜索，"这儿有一个，那儿还有一个……"边喊边准备爬树。自从哥哥离家读书后，爬树便成了我的专利，奶奶蹒跚着也赶到树下，看着我爬树，一再地叮嘱：慢点爬，小心着……我竟摇下了十几颗红艳欲滴的枣子，我们把红枣捡拾聚拢在一起，谁也不舍得吃一颗。奶奶从中取出一颗，看看我贪婪的眼神，似乎做了很大决定般地又取出一颗，便赶忙包好，给那个小孩带上。

送走了母子俩，奶奶仍放不下心来，不停地念叨着母子俩。

一直以来，父亲对奶奶的善良颇有怨言，但也只是抱怨奶奶两句，只是母子俩走后的第二天早上，父亲突然对奶奶说，家里他放了十元钱，怎么不见了？并一下子提高了嗓音，说一定是被那娘儿俩拿走了，让奶奶以后再不要把"要饭的"带进家里，说我们都快揭不开锅了。听父亲这样说，奶奶不高兴了，她让父亲再好好找找，说不要因为别人穷就胡乱地猜测他们，说人穷志不穷。她责怪父亲不应该把可怜的母子俩当小偷看待。父亲劝告奶奶，说别再可怜别人了，世上那么多需要帮助的人，你可怜得过来吗？奶奶只是轻轻地摇了摇头……

奶奶似乎没有吸取教训，她总是说，那娘儿俩不会拿钱的……就算拿了，也不能因此就把所有上门乞讨的人关在门外。

我不知道是什么原因促使父亲决定砍断枣树上那伸向墙外的枝干，大概是因为它破坏了奶奶的宁静。可奶奶却开始变得郁郁寡欢，整天看着那断臂的枣树发呆。奶奶的年纪越来越大，渐渐地便行动不便了，整日坐在她的土炕上向窗外张望。我个知道奶奶都看到了什么，心里都想些什么……

五

我也一天天地长大了，去离家越来越远的地方求学读书。人常说"离家三步远，另是一重天"，一个人出门在外，我深切地体会到了孤独无依的滋味，但我也遇到了很多好老师、好同学、好朋友，得到了他们以及许许多多陌生人的引导和帮助，更多地感受到了家之外的温暖。我的心里一直记着奶奶教我背的"人之初，性本善"，也一直以"勿以善小而不为，勿以恶小而为之"这句古语来要求自己的一言一行。那年深秋，奶奶度过了她第八十三个风雨岁月后，溘然长逝。临终前，父亲跪在奶奶的床前，泪流满面地说："妈，请您原谅儿子，那年丢失的十元钱，其实不久后我就找到了，可我一直没给您说……"奶奶笑了，慈祥地闭上了双眼……

当我从学校赶回家里，奶奶已经下葬了，看着凌乱的老屋，想着奶奶慈爱的容颜，我眼泪止不住地流了下来……那天黄昏，一阵凄冷的秋风吹来，院中那棵枣树上还零星挂在枝头的红枣"噼啪"着掉落下来，像在悲戚，又像在叹息，我一个一个捡拾起红枣，放在一个小篮里，然后，提着这一篮红枣，默默地来到奶奶的坟头……

在以后的人生道路中，父亲常常教育我要像奶奶一样做一个善良的人，他说，人这一生，做一两件善事并不难，难就难在一辈子做善事，一辈子用善意的眼光体察这个世界……

六

日子在人与人的相互温暖中一天天消逝，我从没想过当年的那个小男孩会再次走进我们家。

父亲说，几年前的一天，家里突然来了一个和我一般年纪的小伙子，小伙子说，十几年前，他曾和妈妈来到我们家乞讨，是奶奶收留了他们，并说如今他已大学毕业并参加工作，但仍念念不忘当年奶奶和我们一家人对他们母子的恩情，这次是特意来表示感谢的。当他得知奶奶已去世多年，也让父亲带他来到了奶奶的坟头……

小伙子说小时候和妈妈出门乞讨，每当走到人家家门口，都要做好被人关在门外的心理准备，更令他难过的是，还常常被人呵斥驱赶，虽然受尽了辛酸和屈辱，但妈妈却常常教育他"人穷不能志短"，说他们没有办法生存只能乞讨，但无论如何也不能干偷偷摸摸的事……父亲说，听了小伙子那些伤心的往事，他的心里也满含愧疚。

小伙子说他永远也忘不了那个温暖了他的冬天，忘不了奶奶慈祥的笑容，说他和妈妈离开我们家后，每当他累得不愿再走时，妈妈就会从布袋里摸出一个红枣，郑重地递给他，是那一个个红枣鼓励着他一步步走回家里。在后来的人生道路上，每当遇到困难挫折时，他就想起那一个个饱含着爱的甜蜜的红枣，心中便一下子充满了信心和力量！并说他现在也在尽自己的所能帮助需要帮助的人，温暖需要温暖的人……

爷爷的清明节

爷爷已经去世十多年了，我仍会常常想起爷爷，特别是一到清明节，我的脑海里便会浮现出爷爷带领我们一大家族人上坟的情景。

小时候，每年清明节的那天，早上太阳一竿子高的时候，爷爷便会让家人逐个去通知我们那些本家族人去上坟。等到人陆陆续续来齐了，便都穿上孝服，爷爷领头，父辈们端着祭祀的果品饭菜，最后面是我们一群孩子，长长的队伍浩浩荡荡地出发了。走在田间小路，满眼都是绿树嫩草、青青的麦苗，虽然天气总是阴沉沉的，还不时地飘起小雨，但我们小孩子却还是掩饰不住内心的欢喜。到了那一个个我们也不知道是哪位祖上的坟前，围着坟头转上几圈，接着便跪下来磕头，大人们大哭，我们在后面假装着哭泣。等到祭祀结束，那一盘盘贡品便给我们小孩子分享。后来渐渐长大了，离家求学，功课越来越繁重，清明节我就常常不能回家给祖辈们上坟祭祀了。

那年深秋，奶奶去世了，爷爷的身体一下子变得很差，连走路也要人搀扶。后来每年清明节上坟爷爷就不能去了，但他还是要儿孙们通知家族里的每个人去。没有爷爷领着，我们的上坟队伍冷清了许多。

爷爷的身体每况愈下，可他仍然会有时拄个拐杖到亲人的坟地里走一走、看一看。一天早上，爷爷拄着拐杖从田地里回来，把我和父亲喊去，生气而悲伤地说，奶奶的坟头陷了一个坑洞，也没有人去看一眼……我们赶忙扛上铁锹来到奶奶的坟前。奶奶的坟头在一块麦田里，也许是麦田冬灌，坟墓的一角开始塌陷，陷成了一个大洞。我们默默地给奶奶修好了坟头，又在坟前给奶奶磕了几个头，烧了纸。

大学毕业后，我离开家乡到遥远的新疆参加工作，每次给家里打电话，我都会问起爷爷，爷爷的身体一天不如一天。又是一年的清明节，听父亲说，那天爷爷的精神又似乎好了许多，他又让家人逐个把一大家族人召集起来，并且他又要亲自去上坟，亲人们只好搀扶着爷爷缓慢地行进在上坟的路上……

那年夏天，我带着一岁多的孩子回到老家，见到爷爷，他的身体已经很差了，几乎都坐不起来了。离家的前一天中午，爷爷让堂弟把我叫过去，还说要让我把孩子带上（爷爷和三叔一家在一起生活），可我抱着孩子过去后，爷爷却没说几句话，神情显得很阴郁，我不知道爷爷有什么重要的事要给我说，陪他坐了一会儿，气氛很肃穆。和爷爷告别时，爷爷抱起嘴里只会咿咿呀呀的曾孙，艰难地露出一丝笑容说："下次回来就见不到太爷爷了……"说着又转向我，缓慢地说，"去了以后好好工作，爷爷老了（去世了），也不要回来，等你回来，爷爷都埋到地里了……只要在清明时给爷爷烧张纸钱就行了……"我本想笑着安慰爷爷几句，可我也似乎预感到了这是和爷爷的最后一次见面，不知该怎样和爷爷告别，也许这是最后一次告别。我走后不到一年，爷爷就去世了。

记得在我八九岁时的一个深秋时节，爷爷把我带到刚给太奶奶修好的坟墓前，指着墓道口的对联，给我讲什么是"九泉之下"，那时我还是懵懵懂懂，可现在经历了一个个亲人离开人世后的悲痛，我懂了，那是地底下最深最深的地方，也是我内心最深最深的地方，那里深藏着对亲人们最深切的追思和怀念。

又一个清明节到了，小时候爷爷带领我们一大家族人上坟扫墓的一幕幕情景又浮现在我的眼前。

野 外 婆

外婆已去世快一周年了，一直想静下心来给她写些文字，可总是被一些琐事打扰。终于，决心一定要写成这篇文章，我怕过不了多久，外婆也会在我的脑海中淡去。

外婆活了八十六岁，算高寿了，但她却苦命了一辈子，被禁锢了一辈子，没享卜一天福。

听母亲说，外婆很小就做了外公家的童养媳，她的家在哪儿，叫什么名字，没有人知道。可以想象，在那个年代，童养媳的地位是何等低下，实际上，小时候的外婆就是外公家被人呼来唤去的丫鬟。那时候，外公的母亲一直瘫痪在床，外婆一进外公家门，侍奉曾外祖母的担子就落在了她的身上。从我记事起，我就记得我那曾外祖母整天躺在床上，外婆每天给她翻身擦洗，端屎端尿，不敢有丝毫怠慢，直到曾外祖母去世，外婆一直侍奉了她三十多年，几乎是寸步不离。

外婆共生养了十个子女，母亲为大，前面九个都是女儿，最小一个舅舅只比我大几岁。在人们传统的思想里，总想生个男孩传宗接代，可谁会想到妇女所要经受的痛苦，所要付出的辛劳？

小时候，我最高兴的就是去外婆家，因为家里人多，有那么多的姨妈还有舅舅陪着我玩，但对外婆和外公来说，要把那么一大家子人养活起来，其中的艰辛可想而知，记得每次吃饭，外婆总是等一大家子人吃过后自己才吃，常常是只能吃上几口锅底的剩饭。

我几乎没见过裹着小脚的外婆闲着，记忆中她家的前后门总是敞开着，即使家里没人，门也很少上锁，因为家里孩子多，一会儿这个出去了，一会儿那个回来了，有些乡邻也为了图方便，常会从她家的这头穿到那头，家里好像成了自由市场，但别人很自由，外婆却没有自由，整天在吵吵嚷嚷中围着锅台转。

后来姨妈们相继出嫁了，外婆终于可以享几天清福、过几天舒心的日子了，可没想到，更大的不幸又降临到了她的身上，一次不慎跌倒，她的一条腿骨折了，躺在了床上。还好，在一个骨科名医的精心治疗下，她的病腿又奇迹般地好了。可她没有吸取教训，仍然一刻不愿闲着，不料又一次摔倒，摔得更重，彻底走不了路了，母亲便和姨妈们商量，轮流着把外婆接到家里住。可后来，她们又都抱怨外婆太"野"，都希望她整天待在房子里，过饭来张口衣来伸手的日子，可外婆总嫌闷得慌，都摔成那样了，还要在地上爬来爬去，想干点事，想找人说会儿话，于是，便一而再再而三地从房前屋后的台阶上摔倒，摔得越来越重！

去年夏天，我回老家探亲，去看望外婆，老太太坐在家门口的一个草垫上，满头的银发在头上胡乱地蓬松着，一滴浑浊的泪水从眼眶中滚落，旁边放着一个破碗，里面是一点儿剩饭，苍蝇围着乱飞。

我问外婆哪儿疼，她说，哪儿也不疼，就是闷得慌，想找人说会儿话。正说着，舅舅光着膀子骑着摩托车从外面一直骑进家门，在门口差一点儿就从外婆的病腿上碾过，外婆伤心地叹道：唉，一点儿人情世故都没有……

离开了老家，我常会给母亲打电话，每次都要问起外婆，母亲便会说，哪个姨妈又接走了外婆，最后总要埋怨她太野，说她总是从家里往外爬，说每家每个人都很忙，谁又能时时看着她，陪着她？

　　一个月后的一天，我又给母亲打电话，问到外婆，母亲伤心地说，你外婆一天一天地在痛苦中煎熬，不知什么时候是个尽头……没想到没过多久，就得知了外婆去世的噩耗。那天一早我又给母亲打电话，等了好久，才接通，电话那头，母亲低泣着说，你外婆昨天老了……老了？去世了？我一怔，虽然我早就知道会有这一天，但我的眼泪仍止不住地流了下来。我安慰母亲别太难过，母亲止住了哭泣，她说就是想到外婆辛苦了一辈子，却没能享上一天福，心中就难抑悲伤，说着又哭出了声。

　　外婆是从家门前的台阶上摔下去离世的，刚被一个姨妈送回家还不到一天时间。那天中午，她一个人孤独地坐在家门口，一屋子的人在打麻将，她口渴，沙哑着声音呼唤舅舅给她倒碗水，可也许是舅舅没听见，也许是正忙着打麻将顾不上，谁想外婆便从门前高高的台阶上一头栽下来，等人们慌忙把外婆抬到床上时，她已不省人事，过了许久，才又吃力地睁开眼睛，只断断续续地说了一句话：我现在——自由了。随即便永远地闭上了双眼。

我那三个姨母

我常常想起我那相继去世的三个姨母来。

外婆有九个女儿，母亲为大。记得小时候，我最高兴的就是去和我家在同一个村庄的外婆家，因为有那么多的姨母陪我玩。后来她们相继出嫁了，但都嫁在附近几个村庄，平日里你来我往，很是亲热！那时候，我最盼望的便是姨母们到家里来，最高兴的也是到姨母家去！她们总是把自己认为最好吃的东西给我带来或者给我留着，我们家要是有什么事需要帮忙干，她们宁肯放下自己的活儿也要赶来。

我渐渐地长大了，也才慢慢明白我那些姨母其实自己的日子都不好过，妈妈常说，她们一个个怎么都那么老实！其实她们是太纯朴。我常常想，等我长大后一定好好报答她们。

大学毕业后，我来到离家几千公里外的西部边疆参加工作，好几年才能回一趟家。

那年冬天，是我第一次回老家探亲。回家的第二天中午我就兴奋地骑着自行车去十几里外的镇上赶集，说是赶集，实际上是去看我在镇上工作的女友。途中正好要经过五姨所住的村庄。我想，见过女友回来一定到五姨家去看看。谁知，回来时太阳已快要落山了，因为急着赶路，我便没有去五姨家。晚上，五姨打来电话说，她看到一个小伙子好像是我骑着自行车从她们村经过……第二天中午，五姨竟带了好多我最爱吃的东西来看我。午饭做好了，她却急着要走，说家里还有好多活儿要干。送走了五姨，我深深地自责，我决心第二天就去她家看看。

第二天早上，我买好了东西刚准备出发，突然一个电话打来，说五姨人已经不行了。我一下子还没有回过神来，愣在了那里……等我反应过来，我分明看到五姨熟悉的身影刚从门前走过，她那爽朗的笑声分明还在耳畔回响。

五姨是突发脑溢血去世的。虽然以前就查出过有一些病，但我总觉得，五姨家里那么忙，还要忙里偷闲在那么冷的天来看我，她的死与我有很大的关系。

五姨去世还不到一年，老家又打来电话，告诉我二姨差点离世的消息——也是突发脑溢血！幸运的是，又抢救了过来，后来，竟奇迹般地像好人一样！不过医生说，再也不能劳累了，否则再犯病命就保不住了。每次我给老家打电话，都要问起二姨的身体情况，母亲总是说："你二姨现在完全像个好人！"于是，我便在心里祈祷二姨千万不要有任何闪失，等回家后一定去看望二姨，给二姨买很多营养补品。这样持续了半年时间，去年夏天，我终于又一次探亲回老家。到家后，母亲难过地说："妈没给你说，你二姨半个月前已经下葬了……"我愣在那里，眼泪止不住地流了下来。

这一次回老家，我决定再忙也要抽出时间看望我剩下的五个姨母，给她们买点好东西，表达一下我作为外甥的一点儿心意。听母亲说，这些年，姨母们都明显苍老了许多，儿女们没出息不争气，烦心不如意的事一件接着一件。那些天，天可真够热的！母亲就劝我："这么热的天，就别去了，只要你对你姨妈有这份孝心就行了。"但我还是坚持去了。最后就剩下两个最小的姨母没去，母亲心疼我，又说："别再去了，你那两个姨妈比你也大不了几岁，以后有的是机会。"想想假期马上就要结束，我便没有再去。

　　谁能料到，去年年底，老家又打来电话说，我那七姨竟查出是癌症晚期，活不了多久了。春节刚过，便传来了七姨去世的噩耗……

　　我呆呆地站了很久，欲哭无泪……

不息的蝉鸣

炎炎夏日，耳边每天都是一只只蝉儿此起彼伏的嘶鸣。蝉是夏天的精灵，夏天没有蝉鸣似乎就少了一种韵味，让人感到死寂般的闷热。可小时候却不懂得听蝉，听着它们扯着嗓门喊着"知了，知了"，不知天高地厚的我们觉得它们才不知天高地厚。

夏日的傍晚，是捉蝉的好时机，我们一群孩子提着大大小小的袋子，沿着村外的渠沟小路前行，只要是有树有草的地方，都是我们搜寻的目标。这个时候，蝉蛹刚开始出洞，地面上会出现许多隐秘的小孔，有经验的我们一看便知孔里是否有蝉蛹。只要用手对着小孔轻轻一戳，洞里便豁然开朗。有的洞很浅，一只肥胖的蝉蛹正坐在洞里向上观望，这时你只要向洞里伸个手指头，那个渴望光明的小家伙便像遇到救星般四肢抱住你的手指，你只要往上轻轻一提，它便落入你的手掌；也有些聪明的蝉蛹，它刚抓住你的手指，便发现情况不妙，爪一松，又掉进洞里，死也不出来，如果洞很深，我们便只好放弃。当然，捉那些已爬出地面，正在草丛中、树身上爬行的蝉蛹是最容易不过的了。夜很深了，我们提着沉沉的袋子，听着袋里沙沙沙的抓挠声，心情愉快地回家去了。

可怜这些小生灵，还没有蜕壳展翅，还没有享受一天光明，便成了我们的囊中之物。蝉蛹是如此普通，如此渺小，甚至在我们眼里它都算不上生命，我们把它放在油锅里煎炸后当作美味享用，或者用它来喂鸡喂猫喂狗，现在想来，它们忍受着何等的疼痛呀，可它们忍受着，忍受着，到死也一声不吭……

那些逃过了我们魔爪的蝉蛹连夜开始它们的蜕变——"蜕壳"。我没有见过蝉蜕壳的全过程，只是有时清晨出门，看到那还没有完成蜕壳的蝉蛹，攀附在杂草或树干上，背部裂开，浅绿色或乳白色的新蝉从裂缝中鼓出来，一动不动，样子丑陋得吓人。那些刚从壳里爬出来的蝉翅膀很柔软，是不能飞的，它们缓缓地爬向高处，接受阳光的洗礼，很快便变成了能飞的黑蝉。

夏日里，我们最快乐的是去田野里捉黑蝉。炎热的中午，我们一群小孩子三五相约带上我们在长竿顶上固定一个塑料兜的捕蝉工具溜出了家门，我们蹑手蹑脚地走到一棵大树底下，循着蝉声举起竹竿，把袋口悄悄地靠近正在树枝上尽情歌唱的黑蝉，只听"吱"的一声，受到惊吓的蝉儿刚要飞走，便掉进我们的透明圈套里，蝉儿在袋子里乱飞乱撞，这时，只要迅速地放下竿子去袋里抓，蝉儿很少能逃走。我们兴冲冲地提着一小袋"捕获品"，在野地里挖个洞，把它们塞进洞里，又用柴草把洞口堵上，点火，烧烤。那一只只可怜的蝉儿在洞里哀鸣，我们却在洞外欢呼雀跃……然而，蝉声依旧，似乎在向我们示威，表达它们的愤怒；又像在嘲笑我们，嘲笑我们妄想禁止它们歌唱。

我渐渐地长大了，很少再去捉蝉了，特别是后来读了法布尔的《蝉》，讲到蝉的幼虫要在地下生活四年甚至更长的时间，然后才能来到地面上蜕皮成为成虫。成年的蝉只能在阳光下歌唱五个星期，在这短短的时间内它们要交配、繁殖，然后死亡。"四年黑暗中的苦工，一个月阳光下的享乐，这就是蝉的生活。"我被深深地震撼了，

110

不禁对蝉儿产生了一种莫名的同情与感伤。

由乡村走进城市，由幼稚变得成熟，我看到了精彩奇幻的世界，听到了奢华美妙的音乐，我越来越感到自己的渺小和卑微，渺小得如同蝼蚁，卑微得不敢把头抬起，任人宰割，任人欺凌。在这个充满着竞争和欲望的社会里，那单调聒噪的蝉声我似乎再没有听到过。生活在繁华喧闹的都市，看倦了马路上川流不息的车辆，厌烦了大街上摩肩接踵的人流，受到工作和生活双重挤压的我，常常感到身心疲惫、毫无激情，对任何事物都熟视无睹、麻木不仁。

再次听到气势磅礴的蝉鸣，已是十几年后的事了，那时正值盛夏，烈阳高照、大地葱茏。而我，却在人生的道路上遭受了一次次的挫折打击、嘲笑和冷遇，我的心情沮丧到了极点，整日愁眉苦脸、唉声叹气。我又回到了家乡那个生养我的小村庄。

一天中午，我昏昏欲睡，忽然屋外隐约传来一声蝉鸣，仿佛是一声号令，顷刻间几乎所有的蝉儿都鸣叫了起来，击鼓作战一般，它们喊着"知了，知了"，仿佛我的伤痛它们都已知晓——什么痛苦我们都经历过，你那一点儿挫折又算什么呢？啊，小小的蝉儿都在给我呐喊鼓劲吗？我的精神为之一振，一下子走进了蝉的世界，那声声嘶鸣的"知了——知了"，我再也不觉得它是那样的刺耳和聒噪，那小小的生灵，在深厚的泥土里，在无边无际的黑暗里，经历了太多的磨难，不安的躯壳和灵魂，积聚了漫长的等待，承受了炼狱般的煎熬，可它们，却从没想过放弃。我的的确确被这声声嘶鸣的蝉声深深打动，它宣泄了怎样的一种热烈和兴狂啊，我忽然觉得这才是世间最动听最恢宏的音乐！

捉蝉已成了遥远的记忆，听蝉却又成了我心灵的享受。

我相信，蝉是真正快乐的，它们弱小但不渺小，在黑暗中便默默地求索，在阳光下便尽情地歌唱！尽管它们在经历了暗无天日的漫漫长路后只能拥有一个多月的阳光，即使短暂的欢乐之后又要面临死亡，它们也不感伤悲哀。只要有阳光，它们就要歌唱，为这个夏天而歌，为整个天地而歌！

啊，那声声不息的蝉鸣……

苦涩的西瓜

在我很小的时候，农村还实行农业合作社，记忆最深的便是每年生产队里都会种上大片大片的西瓜。

夏天里，远远望去，碧翠的瓜田里满地都是圆滚滚的大西瓜，可我们这些普通社员的孩子平时只有眼馋的份，只有等到卸瓜的时候才能吃上几大块西瓜。记得每到生产队里卸瓜的时候，大人们都来到瓜地里，摘瓜的、抬瓜的、过秤的、装车的……这个时候瓜田里是最热闹的，喊叫声、欢笑声、吵闹声不绝于耳，那是生产队里最盛大的节日。而我们一群孩子是不能去地里的，我们在地头不远处玩闹，可眼光却瞅着地里抬瓜的妈妈，看着妈妈们抬着一筐西瓜从地里出来，便眼巴巴地看着她们，等着她们在地头偷偷地摔破一个，掰成几瓣向我们招手，每当这个时刻，我们便像鸟雀般呼啦一下飞过去，一人接过一瓣西瓜，又倏尔消失得无影无踪。

而生产队里队长的小儿子却什么时候都可以在瓜地里尽情地吃瓜，总是把肚子吃得圆鼓鼓的。他叫小胖，比我小很多，大概四五岁。夏天里，他整天只穿个短裤，有时连短裤也不穿，光着屁股到处跑，队里那些叔叔一看到小胖，常会笑着喊道："来，小胖，让叔叔看看你的'西瓜'熟了没有？"小胖便慢腾腾地走过去，那些叔叔便用手指在他的肚皮上弹两下，发出"咚咚"的声响，然后笑着说："西瓜熟了!"

我们一群小伙伴对小胖在队里受到的"优待"很是嫉妒和愤愤不平,我们几次商量要对小胖下手,打他?吓他?甚至还想出了更恐怖的计划……可这些计划最后都没能实现,现在想来,多亏没有实现。

十岁那年,农村开始实行包产到户,我们家也分到了几亩田地。自己家的地里想种什么就种什么!我幸福地想着,"妈妈,我们也种西瓜!"我央求母亲,我首先想到的是种西瓜,想象着我们的地里种上满地的西瓜,想吃多少吃多少!母亲笑着对我说:"孩子,西瓜不是谁都能种的,种瓜要有很多技术,我们什么都不懂,种什么瓜呀。"刚分了土地,母亲鼓足了干劲要大干一场,首先要让我们吃饱肚子,哪能把那么金贵的土地拿来当试验田种西瓜。粮食是农民的根本,种小麦和玉米是最稳当的。我们地里种的小麦、玉米一年比一年高产,终于能吃饱肚子了。在我十三岁那年,母亲终于答应在地里种上两亩西瓜,满足我可以尽情吃瓜的心愿。

初夏时节,母亲在即将成熟的麦垄里种下了一窝窝西瓜,收割了麦子,瓜苗也长出了两三片叶子。施肥,浇水,瓜苗越长越旺,瓜蔓越扯越长,几天不见,竟长出了一米多,结出了毛茸茸的小西瓜,顶着一朵小黄花。那时,我上初中,哥哥上高中,终于盼到放暑假了,瓜地里已看不到一片空地,西瓜也长到了拳头大,花纹清晰可见,我高兴极了,催促母亲赶快给我们在瓜地里搭一个瓜棚。棚搭好了,我和哥哥便卷起铺盖住进了瓜地里"看瓜"。白天,我们在瓜棚里看书、写作业,累了便在瓜地里转转,看看西瓜又长大了多少;晚上躺在瓜棚里,呼吸着新鲜的空气,聆听着静谧的瓜田里昆虫的鸣叫,可以看到满天的星星,真是无比的畅快。

可母亲种瓜不是为了让我们弟兄俩在瓜地里享受快乐时光的,

她也想着瓜蔓上多结些瓜、多卖些钱，供我们弟兄好好上学。

父亲一直在学校里教书，几乎不懂得怎样种地，母亲也没有什么种瓜经验，我们的瓜地里只是瓜蔓长得旺盛，西瓜却稀稀拉拉的，结得很少。不过，我们的邻地里也种着西瓜，他们家是个种瓜能手，那位我们喊"狗子叔"的男人便常会到我们瓜地里来给我们指点指点，什么时候追肥，什么时候浇水，怎样防治病虫害……我们把希望寄托在了他的身上，对他是十二分的信任。可感激渐渐地就变成了不满和愤怒！我们的瓜地好像成了他家的瓜地，他可以随便地在我们的地里摘一个西瓜来吃，我和哥哥还发现地里的大西瓜接二连三地不翼而飞，我们觉得，肯定在我们熟睡的时候被他偷摘了。我们弟兄俩连看瓜的经验都没有，他一个大人要偷我们的瓜真是太容易了。不行，他偷我们的，我们也要偷他的！

虽然他们地里满地的西瓜，一个比一个大，跨过地垄就可以摘一个大西瓜来，可我们都没偷过东西，有贼心却没有贼胆，我们在愤怒中等待着时机。那天中午，天气非常炎热，地那头他们家的瓜棚里是两个比我们还小的小孩看瓜，我们觉得机会来了，弟兄俩越想越生气，越说越激动，被愤怒冲昏了头脑的少年终于做出了最愚蠢的决定。哥哥说，我去！我去摘他们地里的瓜！还没等我反应过来，他已跨过地垄摘了一个大西瓜，可他刚抱起西瓜，就听到地那头传来一个小孩的喊声，"偷瓜了！偷瓜了！"哥哥愣住了，抱着西瓜呆呆地站在那儿，我又惊又急，小声对他喊，快过来！快过来！哥哥这才慌忙抱着西瓜跨过来，慌乱中，西瓜还摔落到地上，血红的瓜瓤溅了一地。完了，完了，我和哥哥躲进瓜棚里不知该怎么办。

不一会儿，那两个小孩就跑了过来，指着我们大喊："你们偷我家的西瓜了！"两个小孩有什么怕的？我壮着胆子也装腔作势地对他们喊："谁偷你们瓜了，再说我打你！"

一个小孩飞快地往家跑去，喊他们家大人去了。

我和哥哥都知道，要大难临头了。可事已至此，后悔又有什么用呢，不多久，那个小孩便叫来了大人，哥哥挨了打……父母得知此事后，也狠狠地训了哥哥，但心里也气不过，找他们理论，也差点被他们殴打……那是我们最耻辱的往事，一生抹不去的耻辱。

从那以后，我们两家成了仇人。

看到人家瓜地里满地的西瓜，而我们的却只稀稀拉拉地挂着几个瓜蛋，这本来就很令母亲失落和郁闷，现在，我们又给她惹出了这样的事，母亲更是伤心不已，她几次都想把瓜蔓拔掉，可每当她抓起瓜蔓准备拔起时，又抚摸着那可怜的瓜蛋，叹口气。

盛夏的一天中午，我和哥哥正在瓜棚里睡觉，忽然一阵吵嚷声把我们惊醒，看到"仇人"的瓜地里有好多人，那个"狗"（从那以后，我便把那个仇人叫"狗"）像疯了一样操起锄头便在他家瓜地里一阵乱砸，我和哥哥都吓坏了！要不是地里几个人看到后赶忙阻拦，他似乎要把地里所有的西瓜都砸烂。一个个成熟、快成熟的西瓜被砸得稀烂，红红的瓜瓤暴晒在烈日下，瓜地里血红一片。这么好的西瓜就这样被破坏被浪费，真是太可惜了，可我的心里又觉得解气，有一种终于报仇雪恨的感觉。后来得知，他们一家人因为什么事争吵，那个"狗"便把愤怒发泄在了一个个"无辜"的西瓜身上。

七八月份正是西瓜成熟的季节，看着别人家的西瓜一车一车从瓜地里拉出去卖掉，我们一家人也心急如焚，盼着我们家的西瓜快快长大。那天中午，天气非常炎热，母亲在瓜地里摘了十几个西瓜，让我和哥哥用架子车拉到瓜地不远处的公路边去卖。第一次卖东西，我们弟兄俩的心情格外高兴。

我们把西瓜整整齐齐地摆在路边，然后往瓜摊后面一坐，便睁着一双期盼的眼睛注视着来来往往的人流车流……

过了好一会儿，一位骑着自行车的中年男人放慢了车速，朝我们喊道："小伙子，西瓜咋卖?"哥哥赶忙说，一毛钱一斤；看到那人犹豫了一下，我又忙说，叔叔，八分钱一斤吧?哥哥瞪了我一眼，让我别乱说话。中年男人在瓜摊前停了下来，便开始挑瓜，挑好瓜，他对我们说："如果是生瓜，我可不要。"我立刻底气十足地说："一定是熟瓜!"我太想把这些瓜换成钱了，随即我又补充道："没有一个白籽!"没想到中年男子笑着问我："真的没有一个白籽吗?敢和我打赌吗?"我犹豫了一下，又看了看那个西瓜，确信是已经熟透的瓜，便说："我敢打赌!"中年男子看了看我，笑着说："好!如果没有白籽，我给双倍的钱；如果有白籽，我可就白吃了。"我忐忑不安地答应了。

瓜切开了，红瓤黑籽，的确是个诱人的西瓜。然而，的确有不少白籽在里面……吃完了瓜，中年男子看着我笑着说："真是个好西瓜，我不会白吃的……孩子，要记住，'每个成熟的西瓜里都有白籽'。"

我记住了那句话。在以后的生活中，我的确没有发现一个没有白籽的西瓜；不仅是西瓜，在这个世界上，我几乎找不到一个没有瑕疵的东西；人生也是这样，再幸福的人生里也总会有一些细小的苦涩。可是，几个白籽并不影响西瓜的甜蜜，可生活中的那些细小的苦涩颗粒却可以发酵，甚至可以冲昏我们的头脑，让我们失去理智，做出悔恨终生的傻事。

微　笑

　　微笑，多么温馨柔美的词汇！微笑是赞许，是安慰，是宽容，无疑，在微笑中成长的孩子是幸福的。然而，它却是我心中永远的伤口，永远也无法弥补的伤口。

　　我是一个在农村长大的孩子，小时候，父亲在外工作，母亲在家务农，家中还有一个大我三岁的哥哥。那时家庭的重担几乎全压在母亲肩上，在我幼时的记忆里母亲总是疲惫不堪地从田地里回来，又急忙给我们做饭洗衣。母亲从未对我和哥哥微笑过，那时的大人们大都对孩子缺乏耐心，几乎都是一种态度：吼！稍不留神，嫩嫩的屁股蛋上就会印上巴掌或者枝条的痕迹——那时的孩子谁不是从这种伤痛的经历中长大的呢？

　　父亲只有到周末才能回家一趟，而我们并不盼望父亲回家，父亲是那样的陌生、令人惧怕。也许是长年在外奔波劳碌，心中郁积着太多的烦闷，父亲总是阴着脸，有时我们一句话说错，父亲便会大发雷霆。父亲一发火，我和哥哥便赶快跑向后院奶奶的小屋里避难。奶奶是唯一给我们微笑的人，她是那样的慈祥，让我们感到无比的温暖。然而奶奶在我十几岁的时候便溘然长逝，永远地离去了。童年里，我和哥哥不会玩、不会乐，只有我们弟兄俩形影不离。

　　在我六岁的时候，母亲把我送到了村办小学，一位年轻的女老师——王老师拉起我的手微笑着对我说："欢迎你，小同学。"语气里含着亲切的怜爱和温馨，那一刻，一股暖流涌入我幼小的心田，我的性格开朗了许多，那年的六一儿童节我还在全校师生面前唱了一首儿歌，获得了阵阵掌声。那时候，王老师成了我一生中最好的老师，最美的老师。可是不到一年，我便遇到了另一位又凶又狠的老师，他总是板着脸，学生们犯点错误，那可怕的教棍就会毫不留情地落到头上手上！我又变得胆怯内向，不敢和人说话，不敢去大庭广众之下……

我不会和小朋友玩，整天坐在教室里除了学习还是学习，我想着考试我一定要考第一名。那次语文考试我终于考了全班第一！我兴奋地飞奔回家，等着母亲微笑着夸奖我，然而我失望了。母亲看了看试卷，平淡地说，七十几分有什么可骄傲的？脸上没有丝毫微笑。我由伤心变得愤怒，和母亲大吵起来，最后我跑出家门沿着田野中的小路飞奔，竟跑掉了一只鞋，碰掉了一个脚指甲盖……母亲终于找回了我，当晚，我发了高烧，母亲背我去医院，又给我做荷包蛋吃，然而，在以后的日子里，母亲仍然没有对我微笑过。

后来我的学习成绩直线下降，面对老师的冷漠、同学的排斥，我渐渐地成了一个默默无闻的学生。最后，高考连着考了三年才上了一所专科院校。毕业时我自愿到遥远的西部参加工作，先是到一个工厂，在生产车间我才发现自己动手能力极差，什么都不会干！几年后，我又来到一所偏僻的乡村中学教书，走上讲台我又发现自己不会微笑，我的课受到了学生们的冷落，说我整天板着脸。我怪怨我的父母，是他们造成了我自闭的性格，但渐渐地我明白了，父母其实是深深地爱着自己的孩子，但却不懂得用微笑来表达。

最近我读到一本德国小卡尔·威特所著的书——《后天神童》，这是一本被称为全球教育典范的书。书中小卡尔·威特讲到自己出生时身体状况不佳，被医生判定为弱智儿，但经过父亲适当的早期教育后，他成了享誉欧洲的全能天才！很多人问他："威特先生，小时候你父亲是怎样教育你的？有什么秘诀？"他总会这样回答："秘诀就是宽容和微笑。"

是啊，微笑，多么温馨柔美的词汇！里面却有我曾经的渴望和缺憾。

哥　　哥

前不久，回到离别几个年头的老家探亲，当我看到才四十出头的哥哥已两鬓斑白的憔悴身影，心里不禁一阵伤感。哥哥是一名教师，一直带高三毕业班，工作的压力，生活的重担，让他过早地显出了几分苍老。

我又想起了和哥哥的一些往事。

哥哥大我三岁，然而，小时候，我最不屑于叫他"哥哥"。那时，父亲在很远的县城教书，母亲带着我们弟兄俩守着家里的几亩薄田。一个农村妇女，既要面对繁重的体力劳动，又要时时操心我和哥哥的吃饭穿衣，经常是顾了这头顾不上那头。母亲整天只是埋头劳作，很少给我们笑脸。我是一个倔强任性的孩子，童年的记忆里，几乎都包含着挨打：被母亲打。年幼时，每次只能呆呆站着等着母亲打；后来，渐渐长大了，我便学会了逃跑，一看情形不对，母亲要打我，我就赶快跑。我想我要跑得远远的，就算一天不吃饭、晚上不回家我也不怕！让母亲好找，看以后还打我！但我的计划常会落空，因为哥哥。每次我前腿一跑，哥哥后腿就会跟上追，跑不了多远，我便被"擒获"。那时我恨死了哥哥，我想我要快快长高，看你还能追上我！我那时就经常一个人偷偷地练习跑步。

被母亲打的原因，常常是因为我在学校里惹是生非，和别的同学打架。而我又偏偏身体单薄，每次和别人打架，我总是吃亏。开始，打架吃亏了我还会告诉我那和我同一个学校比我高几级的哥哥，希望哥哥能为我出口气，不想哥哥非但不帮我出气，还训斥我，回家还要告诉母亲，又免不了一番斥责甚至一顿打。后来我打架便再也不敢告诉哥哥了。我开始练习打架摔跤的技巧，然而哥哥却对我看管得越来越严，像一个影子时时跟着我，我越来越烦他，开始有意地躲开他。

小学，初中，高中，我的学校生活就这样在哥哥的监视下一天天有惊无险地过着，时间一晃我便升入了高三，然而，谁能想到，高三那年，哥哥竟和我坐在了同一张桌子前。

哥哥的高考路很曲折、很坎坷。

那年，是哥哥第一次参加高考，我们全家都把希望寄托在他身上，希望他首战告捷。好不容易挨到了开榜的日子，没想到他却以五分之差名落孙山！父母都没有责备哥哥，他们想只差五分，复读一年咋样都考上了；然而，第二年的高考，哥哥还差一分，一年只提高了四分。父亲叹口气说，再去读吧，明年应该考上了吧；谁知第三年高考，哥哥发挥失常，竟然又差了十二分！悲伤、绝望一下子笼罩在我们一家人的心头，父亲压抑着悲伤，强作笑颜自嘲道：看来大学真不是我们上的……哥哥也灰心地说，我再不考了。

父亲高中毕业正赶上国家高校停止招生，不满二十岁便走上教书道路，半生奔波、半生辛劳。如今，他的学生一个个走进大学，他却只能在心底里想象着大学校园的美丽和大学生活的浪漫；而母亲却因为小时候家贫，只读了几天书便不得不辍学了。一提起这些，父母便情不自禁地伤心落泪，他们把所有心血和希望都寄托在我们弟兄俩身上，他们多么希望自己的两个孩子能够考出去，将来有个好工作。

那年秋季开学，我也升入了高三，在父母愁苦无奈的叹息声中，哥哥却又开始了他的复读之路。我清楚地记得，那天早上刚上早读，班主任就说班里又要来一位复读生，说着哥哥便出现在教室门口，目光呆滞，面无表情，班主任走到我的桌旁，说让你哥坐你这儿吧。哥哥便低下了头无声地走到我旁边，在同学们异样的眼光中挨着我坐下。在班里，我一直是个老师头疼、同学反感的学生，一个人坐在教室后面独占着一张桌子，也没人愿意和我坐，就这样大我几岁的哥哥竟然成了我的同桌！

想起那段日子，我们弟兄心头都别有一番滋味。记得哥哥整天都很少抬头，我知道他肯定觉得和弟弟在一起读书是一种耻辱，他是用沉默和命运抗争！我虽然理解同情哥哥，但却总有一股无名的烦躁笼罩心头……终于，我和哥哥爆发了第一次冲突。那是一个初秋的夜晚，夜色很黑，我趁着别人在上晚自习，逃出了校门，蹿进了街上的录像厅内看录像。不想正当我看得入迷的时候，突然一个人抓起我就往外拉，定睛一看是哥哥一张生气的脸。他边拉边吼：你还敢看录像，看我不告诉爸妈！走在路上，我一下子挣脱了他，久久郁积在心头的不满和烦躁终于爆发了出来，我对他吼道：你管我干什么！你几年都没考上大学还和我坐在一起，你有什么资格管我？但话一说出口，我立刻后悔了，我怎么能用这样的话刺伤他呢。哥哥一下子僵在了那里，我也一下子手足无措，呆呆地站着。过了很久，黑暗中哥哥低声对我说，哥对不起你，我知道你不愿和哥坐在一起。突然，哥哥难以抑制地哭出了声，他哽咽着说，我愿意和你坐一起吗？你知道哥心里有多难受……缓和了一下情绪，哥哥说，"其实今年我是真不想再复习了，可我想到我是你哥哥，如果退缩将会给你造成多大的影响，也许你将失去学习的动力"，哥哥说，其实他可以不和我在一个班，就算一个班也可以不坐在一起，"但我毕竟基础扎实一些，我们弟兄坐在一起，哥还能更好地帮帮你，管他别人怎么看"。一阵初秋的晚风吹来丝丝凉意，哥哥拍拍我的肩膀说，我们赶快回学校吧。

终于我们弟兄走出了阴影，在学习上互相帮助互相鼓励，我们清楚考上大学才是唯一的选择和出路！

终于，在又一年的高考中，我们都如愿以偿地考入了省城的大学。笼罩在我们家的愁云终于一扫而光，我们一家人喜极而泣！

大学毕业后，哥哥在家乡教书，我来到了遥远的西部大漠奋斗，每次回家探亲，我们弟兄俩都会亲热地坐在一起，回忆往昔的那些岁月故事，但对我们的那段同窗经历，谁也不愿再提起。

一碗牛肉水饺

又到了一年年关，每当这个时候，我便常会想起童年里的那碗牛肉水饺来，那是我吃过的最香的水饺，可随着年龄的增长，我却越来越品味出一种苦涩的滋味。

饥饿是童年里留给我最深刻的记忆，那个时候，不管什么野菜杂粮，只要能填饱肚子就心满意足了；能吃上白面馒头，那可是我们最幸福的生活；要说吃肉，那简直就是梦寐以求。说到吃肉，现在想来那时唯一吃过的便是牛肉。那时候，农村还实行农业合作化生产，生产队里养的牛偶尔会病死或者老死，于是，每家每户都会分到一点点牛肉，吃牛肉水饺便是我们最幸福的记忆。想起那时的牛肉饺子，我的嘴巴里仍然是余香未尽。

那年冬天，天气特别的寒冷。我们已经有半年多没有吃到牛肉水饺了，每个人的饭碗里已难得见到一丁点儿油腥。因为当时牛是生产劳动的主力，是不能随便宰杀的。马上就要过年了，我们多么想在大年三十晚上吃上一顿香喷喷的牛肉水饺呀，可是，我们小孩子只能望"牛"兴叹。那天，我们一群面黄肌瘦的孩子又跑到了生产队的饲养场，那位年老的饲养员正在给牛添草料。我们中一个大点儿的伙伴冷不丁地冒出一句："这牛咋还不死上一头呀。"话音刚落，那位平日里总是低着头弯着腰默不作声的老饲养员突然转过身来，瞪圆了双眼怒视着我们："滚开！谁敢再说一句，看我不打断他

125

的腿！"我们吓得四散逃去。

大年三十到了，那天雪下得很大。中午时分，我们一群手拿弹弓的小伙伴在村子里四处游荡寻找着树上的鸟雀，想打下一只来烤着吃解馋。突然，我们得到了一个"振奋人心"的好消息：饲养场里一头老牛死了！啊，终于可以吃上牛肉水饺了！我们高兴得一蹦三尺高，一群孩子呼啦啦地都跑去了饲养场。那是一头瘦得皮包骨头的老牛，它已经被抬到了一处高高的雪地上，无声无息地躺在那儿，任凭宰牛刀划开它的肚皮、砍断它的筋骨。而那位老饲养员跪在雪地里哭得呼天抢地……

那个年关，各家各户都分到了一点儿牛肉，可大人们却一个个眼含泪水。三十晚上，零星的鞭炮声响了起来，整个村庄都飘出了牛肉的香气，妈妈也给我做了一顿牛肉水饺。饺子端上了桌，只有我一个人狼吞虎咽地吃着，爸爸和妈妈在一旁看着，只尝了一两口。

大年初一一早起来，我们一群小伙伴又聚在了一起，喜滋滋地叙说着那牛肉水饺的香味，可很多伙伴又都说，他们的爸爸妈妈没有吃几口……

后来我们才得知，那头老牛是被饿死的。大年三十的前一天，老饲养员没有给它喂一口草料。那天深夜，老饲养员辗转难眠，他终于忍受不了良心的煎熬……然而当他端着一筐草料走到老牛的食槽前，那头饥寒交迫的老牛已卧倒在牛栏里，奄奄一息了。在那个万家团圆喜庆祥和的日子里，它最终没能吃上一口草料便闭上了眼睛。临死时，老牛的眼眶里蓄满了泪水。

转眼，我已是个中年人了，改革开放四十年来，人们的生活一天比一天好，现在几乎天天都在过年，什么好吃的都吃腻了，可我永远不会忘记那些年的苦难日子，不会忘记那头在年三十前夜被饿死的老牛。只有不忘记过去，才能更加珍惜今天的幸福生活。

一棵树的感恩

在我家老屋的后院，生长着一棵高大的核桃树，树龄已有三十多年了。

在我七八岁的那年春天，一天下午我在田野里挖野菜，挖着挖着，我的眼前一亮，我发现了一棵以前从未见过的幼苗，它蜷缩在草丛中，看起来是那样的单薄和弱小，仿佛稍一迟疑就要被野草吞没。我爱怜地看着它，觉得它不是一棵普通的小草，我决定把它带回家。我小心翼翼地挖出这棵小苗，一步也不敢停留地用双手把它捧回家，很精心很隆重地栽在了我家的后院里，浇上一碗清水。于是，我的心中便充满了梦想和希望。然而，也许是它过于弱小，也许在大人眼里它只不过是一棵野草，几次母亲平整院子都差点把它铲掉。后来我便找来几块砖头，把它围在中间，生怕谁把它毁掉。

小苗渐渐长大了，长成了一棵小树。虽然我仍然不知道它是什么树，但我相信这不是一棵普通的树。我常会站在这棵树前，仔细地观察它的叶片、它的枝干，时不时给它浇点水，祝愿它越长越大。

这棵树长得很快，一年工夫就长出了半米来高，它逐渐吸引了我们全家人的注意。终于一位邻居来我家串门，认出了这棵树，说它是棵核桃树！我们全家人都很高兴，特别是我更有一种成就感，于是更加精心地保护它。日子一天天地过去，一晃就过了五六年，我已从一个懵懵懂懂的幼童长成了一名朝气蓬勃的初中生，我的那棵核桃树也由原来那棵弱小的幼苗长成了庞然大物，它树身粗壮，枝繁叶茂。

那年春天，核桃树开花了，虽然零零散散开得很少，却也让我喜出望外！不久，十几颗毛茸茸的小核桃挂在枝头，藏在叶间，像在和我嬉戏向我招手，煞是可爱，也让我欣喜不已！秋天里，我第一次吃到了自己栽植的核桃，那种香香的味道让我久久不能忘怀。

转眼，我已是个高中生了，学习的压力越来越大，父母肩上的担子也越来越重。我家那棵核桃树似乎也把这一切看在眼里，也想为我们这个家出份力，它一年比一年高大，枝叶一年比一年浓密，结的果实也一年比一年繁多，它逐渐成了我们家的希望所在！每年核桃成熟采摘后，母亲只是尝上几颗，便把一部分用来换钱，一部分留给我吃。那时我在离家几十里外的镇中学读书，每个星期才回上一趟家，每次离家时母亲总会给我装上一包核桃，让我每天都吃上几颗，补补脑子。如今，每当在超市里看到那些望子成龙、望女成凤的父母为他们的宝贝子女挑选各种补品营养品时，我就想起了母亲给我装的那一包包核桃，想起了我家的那棵核桃树……

在我高三那年，我家那棵核桃树结的核桃特别多，母亲说这是一个好兆头。那年我学习也特别用功，高考结束后我顺利地考入了一所全国重点大学！当我兴奋地把录取通知书拿给母亲看时，母亲喜极而泣，她缓步来到后院，看着那满树的核桃，自言自语道：核桃树呀，你对我们有恩，孩子的成绩里也有你一份功劳！

我感恩我家的那棵核桃树，它陪伴我们全家走过了最艰苦的日子。

如今，我已经离开家乡在外工作二十年了，但我仍会常常想起老家后院的那棵核桃树，我仿佛又闻到了那淡淡的核桃花的清香，看到了那满枝满树的核桃。每年秋季核桃成熟后，母亲总要为我寄些核桃来，尽管我一再给她说别再寄了，现在哪儿买不到核桃，让她和父亲留着自己吃。

听母亲说，今年核桃又丰收了，干核桃足足产了二百多斤！我又一次被我家的核桃树感动，三十年前我只是以一个孩童的眼光无意中发现了它，并把它带回了家，而它却用一生来感恩我们全家。一棵树的感恩竟是如此的深沉和博大，它让我懂得了"滴水之恩当涌泉相报"的道理。

我猛然就想到了我自己，父母生养了我，他们对我的爱比山高似海深，而我报答他们的却只是偶尔想起才打个电话简单地问候一两句……

那段难忘的高考记忆

又是一年高考季，对于莘莘学子来说，高考无疑是他们人生中最重大的考试；对于一个农村孩子来说，意义更加重大。我曾有过三次高考经历，记得第一次高考，是第一次去几十里外的县城参加考试。两个"第一次"的叠加，让我忘记了紧张，只感到新奇和激动。

不料，第一场的语文考试我便考得很不理想，我低着头，闷闷不乐地走出考场。校门口，已被众多学生家长围得水泄不通，他们都在翘首企盼。忽然隐约听见父亲的呼喊声，循声望去，父亲正伸长脖子向我张望。我很吃惊，父亲也来了？等挤到父亲身边，他便急切地问我："考得咋样？"父亲仰起脸望着我，满脸的汗水顺着脸颊往下流淌。父亲越是急切我的心中越是烦躁，我冲着他喊道："爸，你跑来干什么！"父亲一张写满热望的脸一下子失了神采，他转过脸去，用手擦拭着眼睛，不知是汗水滴进了眼里，还是此刻已泪流满面……父亲低声说，我这就回去，我这就回去……临走时，还一再给我鼓劲：这场没考好不要紧，后面几场好好考。看着父亲艰难地推着自行车离去的背影，我的心里无比难过。这么热的天，父亲骑着自行车从几十里外的家里来到县城的考场外看我，没想到我却让他伤心失望地离去，我觉得父亲一下子苍老了许多。

等父亲推着自行车消失在来来往往的人流车流里，我的眼泪止不住地流了下来。我悔恨交加，我恨自己没有学好，又后悔自己刚才对父亲的态度，就算没有考好，我也应该给父亲装出一副好脸色，至少他会在城里好好吃顿饭。

父亲常给我讲起他的求学岁月，他说他上学时一直学习刻苦，成绩优异，决心一定要考上大学，他都定好了目标，要考哪所大学，可因那个动荡的年代全国高校停止招生而失去了上大学的机会，只好回乡务农。后来便在村办小学里当了个民办教师。父亲日益感到自己知识的匮乏，想进大学深造的愿望也日益强烈。可年纪越来越大，家庭负担也越来越重，他只能把这种心愿深埋在心底。

父亲说他最大的愿望就是他的儿子能考上大学，他只要能在儿子读书的大学校园里转一转今生也就不遗憾了。我常常想起在父亲身边读书的情景。

在我上初中的时候，父亲已经因为教学成绩突出转了正，调进了城里，他也把我带到城里读书，让我也能接受良好的教育。

父亲骑一辆破旧的自行车带着我，每个星期在家和学校间往返一次。每个星期六，是我最高兴的日子，我终于可以和父亲回家了。几十里的路，虽不十分远，但因都是坑坑洼洼的土路，颠簸难行。最难忘的一次回家经历是在一个阴雨绵绵的星期六，下午放学后，父亲看着天空中飘飞的细雨，问我："算了，就不回去了吧？"可我却回家心切，父亲犹豫了几分钟，又说："走，那就回吧。"我和父亲打一把雨伞上了路。路泥泞不堪，自行车在路上越行越艰难，后来，父亲就骑不动了，车子的前后轮都因泥沙的阻塞转不动了，我们只好下车，父亲把泥沙清一下推着走。可推不了几步，车轮又转了，父亲便手里拿个小木棍，不时地将阻塞住车轮的泥沙戳下去。而我，跟在父亲身后也走得很艰难，双脚不时陷入泥浆难以拔出。

离家还有好远时，父亲实在推不动了，他歇了歇，一鼓劲把车子扛在肩上。那是一辆笨重的自行车，父亲扛起它，一步一步地艰难前行，看着风雨中父亲憔悴瘦弱的背影，我的眼泪混着雨水流了下来。我曾经是那样惧怕父亲，他常常会因我的一点儿小错误对我大发脾气，但此刻，我开始心疼起父亲来……天完全黑了下来，路上除了我们父子再无别人。父亲怕我害怕，就不停地大声唱歌，偶尔还吼几声秦腔，声嘶力竭，可再怎么喊，也喊不醒这孤寂的夜，喊不停那连绵的雨。就这样，父亲和我在黑夜里、在雨水中摸索着，前行着，夜里很晚才回到家里。

也许是父亲生性耿直，不愿向权贵低头，得罪了领导，没过几年，他又被调回乡村，此后便接二连三地被调动，但不管到哪里，父亲都要把我带在身边，以便督促我的学习。每次父亲骑着他那辆快要散架的自行车带着我气喘吁吁地在路上奔波时，我的心里都不忍心看他受累受罪。

而母亲在家里更辛苦，别人家都是男人是家里的主要劳力，可我们家，家里、地里所有的脏活累活都是母亲一个人用瘦弱的肩膀承担。那时，父亲工资低，母亲知道他舍不得吃，知道我正在长身体，便常会在家烙些油饼或者蒸上一锅红薯，做些我爱吃的饭菜，从左右邻居家借辆自行车给我带来，家里只要有好吃的，母亲总是舍不得吃，给我留着。

我渐渐长大了，有力气了，回家可以帮着母亲干活了，可母亲不到万不得已，总是不让我干，她说学习要紧，让我好好学习，将来能考上大学，跳出农门，不再受她这份苦。

等我上了高中，父亲已力不从心了，我才开始离开父亲独自上学，我像一只脱笼的小鸟，一下子觉得自由了许多，却渐渐荒废了学业。

第一次高考我考得很惨。父亲没有责备我，只是说，就当是一次试考吧，你也知道了高考的深浅。

那年秋季开学，考上大学的同学们一个个背着行囊在家人陪伴下兴奋地去大学报到，我却只好重回母校开始了我的"高四"生活。

一晃又是一年，我又开始了第二次高考。高考前一天，我再三叮嘱父亲，让他不要去县城了。父亲轻轻地点一点头，语气低缓地说："你放心去考吧，爸不去了。"然而，他还是忍不住去了。第一场语文我又没有考好，中午和同学们正在吃饭的时候，一个同学忽然问我："你见过你爸了没有？我刚才看到你爸推着自行车在大街上走。"我猛地一震，父亲怎么又来了？他一定是在考场外看到我沮丧地走出来，便凄然地离去。我恨自己：怎么就这么不争气！父亲常说他最不愿看人脸色，然而，那一刻，父亲又是如何用一双渴盼的双眼观察揣摩他儿子的脸色。

第二年的高考，我又一次名落孙山，就差几分！我痛恨自己在考场上怎么不再仔细一点儿，争取少丢几分。

又一年秋季开学，我在别人异样的目光里再次走进我的母校。我学得异常刻苦，心中有一种破釜沉舟的决心。

第三次高考出门前，我再一次对父亲说："爸，天气这么热，您不要再到县上去了，我相信这次一定能考好！"父亲看着我，重重地点了点头，眼里满含期望。

这次高考我考得很轻松，尽管考前就叮嘱过父亲不要来，但考完每一场我又都希望父亲就在考场外等候，我希望把我心中的喜悦早点与父亲分享！然而父亲终究没有来。等到最后一门考完走出考场，我长长地舒了一口气。听同学们说，等一会儿就有《高考试题及答案》出售，我决定买一本估估分。终于抢购到了一本，我快速地翻看了一遍，大概估了一下分，考上的把握已有十之八九！我喜形于色，看看天还不晚，便和几位同学决定在城里好好吃顿饭。吃饱喝足，我们又玩了一会儿，等天已快黑了才坐车回家。

在我那个小村口下车，忽然听到父母在喊我，我大声回应。接到我，母亲便带着哭腔说："怎么这么晚才回来？考上考不上大学又有啥呢。"我突然鼻子一酸，心里不住地自责，我自己一时高兴，却没想到父母受了这么长时间的焦虑和煎熬。我忙安慰他们："爸，妈，今年我一定能考上！"一听此话，母亲马上转悲为喜，自言自语道："我娃今年一定能考上！"父亲更是一下子来了精神，问我这问我那，走在路上，脚步声也显得铿锵有力，仿佛一下子年轻了十几岁。一进家门，父亲便兴奋地对母亲大声吩咐道："快做饭，做好饭！"

一桌丰盛的晚餐摆在了屋子中间，一家人围坐在明亮的灯光下，吃着，说着，笑着，家里已经很久没有这么热烈喜庆的气氛了……看着母亲花白的头发，听着父亲因为兴奋激动已经变了声调的倾诉絮语，我发现父母都已经老了，我的高考使他们变老。我的心中忽然有种说不出的痛。

那年，我终于考上了一所理想的大学。我知道，为了这一刻，我的父亲母亲已经等了很久很久……

转眼，二十多年过去了，但高考却在我心中留下了永远抹不去的记忆，我永远也忘不了父亲那期望的眼神，那眼神，是激励，是鞭策，也是一种警醒。

故乡在心中

又是一个深冬时节，每年的这个时候，对于我们千千万万身处异乡的游子们，回到故乡就是最急切的心愿。故乡，那是我们魂牵梦萦的地方。

也许，我们为了求学成材，在遥远的异乡节衣缩食刻苦攻读；也许，我们为了温饱生计，孑然一身远离故土，在陌生的环境中埋头苦干挣扎奋起；也许，我们因为年少气盛，忍受不了父母家人的一句训斥责骂便负气出走，发誓不混出个人样就永不再回来；或者也许，我们厌倦了故乡的山水草木，想看看外面精彩的世界，便和乡邻亲友三五相约，兴高采烈义无反顾地离开家乡，追逐心中的梦想和潮流。然而，当踏上异乡土地的那一刻，"故乡"便一下子扎根在了心底。没有了父亲的责骂和母亲的唠叨，没有了家的依靠才懂得亲情的温暖；陌生的环境，陌生的面孔，让我们不自觉地处处赔着小心和笑脸。我们学会了在内心深处感受故乡的气息，咀嚼乡愁的味道，甚至在故乡度过的那些平平淡淡的日子也成了美好的回忆。我们开始有意无意地向异乡人讲述家乡人引以为豪的人和事，甚至因为别人的嘲讽和不屑一顾和人争得面红耳赤。我们有时感到孤独无助，有时又被那一句句热情温暖的话语包围；有时脆弱得不堪一击，有时又一下子变得坚韧无比！

我们一天天地融入异乡，谨慎小心地隐匿起外乡人的痕迹，关注着异乡日新月异的发展变化，但每当夜深人静的时候，我们就会想起自己遥远的家乡和日渐衰老的父母，暗自落泪。我们整天忙着学习工作交往升迁，终于成家立业，娶妻生子，庆幸自己没有浪迹街头、讨饭行乞。我们一会儿东一会儿西，家也随着一次次地迁徙。每次搬家，有用的东西装箱打包，没用的东西便抛弃处理……转眼人去楼空、家徒四壁，从此，这里再与自己无缘。我们在慌乱中只对旧家投去匆匆一瞥，便又奔向新的住处……

　　一个又一个"家"成了人生路上一个又一个驿站，唯有故乡是我们永恒的思念。那里有日夜盼儿归的父母和纯朴的乡邻，还有那祖祖辈辈繁衍生息的土地。我们一次次遥望着故乡的方向，一次次谋划着回家的行程，一次次憧憬着和故土重逢、和家人相见的悲喜场面。

　　终于，准备回家，带着妻子和孩子，背着大大小小的行囊和一颗早已疲惫的心回家。只要踏上归途——不管是躺在豪华舒适的卧铺上，还是夹杂在拥挤不堪的车厢里，只要一想到故乡离我们越来越近，那种渴盼和激动的心情都会在胸中沸腾。

　　我们真的回到了故乡，走在熟悉的乡间小路，哼唱起童年欢快的歌谣，仿佛一下子又回到了从前。

　　我们走进了曾经回荡着我们婴儿时的啼哭声和稚拙童音的老屋，明显苍老了的父母惊喜地唤一声乳名便把我们搂进怀里，泪流满面。我们望着一桌母亲精心准备的自己曾说吃腻了的饭菜，没有了客套用不着谦让便操起筷子狼吞虎咽……我们又一次打开了老屋里那扇小小的窗户，也打开了遥远的记忆——小时候曾一次次趴在这扇窗下，梦想着外面的世界。

　　但团聚的喜气还没有消散，浓浓的乡情还没有诉完，一种哀伤的情绪又开始在心中滋生蔓延，离开了故乡，便再也难以融入故乡，我们已逐渐被异乡的文明同化，我们和故乡已走在了两条再也无法相交的轨道上，只会渐行渐远……人生苦短，不知未来的岁月里还能有多少个日子可以陪伴在父母身边，能躺在故乡的怀抱里安枕而眠……

也许在某一年的某一天，当我们再次踏上故土，这里已是物是人非，甚至再也找不到从前的任何记忆，似乎再也没有理由回到那里。我们一面为故乡的发展而欣喜，一面又因故乡的变迁而伤感。我们在惆怅中和故乡做最后一次告别，从此可以浪迹天涯，了无牵挂。那个曾令我们魂牵梦萦的故乡一天天地沉淀下来，抵达我们心灵最柔软的地方，每当孤寂时，故乡的那些细枝末节便一下子涌上心头，潮湿而温暖；每当懈怠时，又似乎听到一个声音回响在耳畔：别让故乡淡忘了你！——故乡，她已幻化成了我们精神上的故乡，支撑激励着我们不断向前。只要心中有故乡，就永远不会迷失方向。

在心中过年

　　春节，是我们一年中最隆重、最喜庆的节日，特别是对于我们生长在农村的孩子来说，过年，更是一年中最大的期盼。虽然离开家乡已有二十多个年头了，但过年的记忆依然在脑海中久久回荡。

　　一进入腊月，年的气息便日渐浓烈起来，人们赶着把一年中还没有干完的活儿干完，开始清扫房前屋后，擦洗门窗玻璃，蒸年馍炸麻叶……年前的准备工作，母亲总是最忙碌的。小的时候，人们的生活都很贫困，可年前的那几天，母亲天天都在锅灶旁，要蒸上好几锅大大小小的白面馍，母亲还会做花馍，做出各种各样的小动物——小兔子、小老鼠、小公鸡，还有各种形态的鱼儿，用花椒籽做眼睛，嘴上衔上一丝红辣椒，栩栩如生！鱼是母亲做得最用心的，蒸好后用一根细绳挂起来，象征"年年有余"。那些年，饭菜里虽看不到什么油水，可一到要过年，母亲一定要给我们炸点吃的，母亲在案板前擀好面，切成片，锅里的油也烧开了，面片往锅里一放，吱啦一声，全都鼓起来，漂浮在油面上，我们心中的幸福感也随之膨胀起来……

　　而父亲是写春联，我常常想起父亲写春联的情景。父亲是个乡村教师，毛笔字写得很好。年三十那天一早，父亲便把自己关在书房里，吸烟，喝茶，回顾过去，展望未来。句子都想好了，便把我们叫去，上联、下联、横批一字一句地念给我们听。等我们一致说好，接着便裁好红纸拿出笔墨，开始书写。一笔一画，一撇一捺，每一个字都好像是在完成一件艺术作品。写好后，还要左看右看，有一个字不满意都要重新再写，直到满意为止。写到最后，满地都是墨迹未干的春联。伴着噼噼啪啪的爆竹声，夜幕渐渐地降临了，各家各户的春联也端端正正地贴在了门框上，顿时门前屋后村里村外都弥漫着一种喜庆祥和的气氛。

中央电视台的春节联欢晚会是全国人民除夕一道丰盛的"年夜饭"，那些年，电视机还是个稀罕物，我们一个生产队里只有一台十四寸的黑白电视机，一般是放在生产队长家里的。平时晚上，队长家的院子里都会挤满看热闹的男女老幼，风雨无阻。但电视机也会隔三岔五地被一些村民抱到他们家放，记忆中每年大年三十的晚上，电视机便会被父亲抱到家里，也许是一年中就那一天我们会把电视请到家里，队长和队民们也不好说什么。可有一年，父亲刚把电视抱到家里，我们一家人正欣喜地摆弄着的时候，一个中年男子风风火火地来到了我家。他非要把电视抱到他们家看，和父亲又争又吵。虽然最后他还是悻悻地走了，但一家人刚才的兴奋劲消失得无影无踪。不过，随着春节联欢晚会气氛的不断高涨，我们小小的院子里也是笑声一片。等那首《难忘今宵》的歌声响起，年的喜气便消逝了一半，我们带着对新年的憧憬进入了梦乡……

睡梦中，噼里啪啦的鞭炮声把我惊醒，于是我一骨碌爬起来，急切地穿上妈妈给我准备好放在枕边的新衣服，口袋里装上一把鞭炮，便一溜烟地跑出门放鞭炮去了……等吃完了妈妈煮好的新年的第一顿饺子，给爷爷奶奶、本族长辈拜年讨压岁钱便拉开了序幕。

最令我兴奋的是大年初二去外婆家。在我的家乡，大年初二是出嫁的女儿回娘家的日子。我的姨妈多，那一天，出嫁到十里八乡的姨妈们都拖家带口来到外婆家，于是，辛苦忙碌了一年的姨妈们终于可以聚在外婆的厨房里一边炒菜做饭一边说东道西；姨夫们则围坐在一起谈天说地；而我们十几个大大小小的表兄表弟表姐表妹这个时候便在外婆的火炕上尽情玩闹，那是我们一年中最自由快乐的时刻。吃饭了，大人们围坐在一桌，我们小孩子围坐在一桌，每一盘菜刚一端上桌，我们这一群外甥便呼啦一下站起来，像小鸡啄食般不到一分钟一盘菜便见了底。虽然都是些家常菜，但我们吃得津津有味……太阳快要落山了，我们也该回家了。外婆颤巍巍地打开女儿们孝敬她的点心，又一一地分给我们这些外孙外孙女……

一过初五，我们小孩子的心里便有了一种失落感；再一过十五，年的最后一丝喜气也消散了。不过，随着天气的渐渐转暖，我们的心又飞向了田野：碧青的麦苗、嫩绿的树叶、哗哗的流水、清脆的鸟鸣。生活就是这样，又给我们展现出一幅春光明媚生机盎然的美丽画卷。

转眼，我已是个中年人了，现在生活一天比一天好，每天都像是在过年。又快过年了，妻子又开始忙碌着收拾屋子，擦洗窗户玻璃，让我帮她，我便不耐烦地说，别再忙活了，年有啥过的？妻子说，你不过年，孩子都不过年吗，你难道不想让孩子在心底里留下对年的最隆重、最美好的记忆？我心中一惊，赶快和妻子一起，又是擦又是洗，是呀，我们应该在心底里永远保留一份过年的记忆，永远保留童年的快乐纯真，和对生活中每一个细节的感动。

那年中秋节

天气一天凉似一天，不觉又是一个中秋节。这个节日对我那还不怎么懂事的小儿子而言是可以吃上美味的月饼，而对我而言却是对遥远的家乡无尽的思念……

"独在异乡为异客，每逢佳节倍思亲。"我想，每个异乡的游子对这句诗都有着最深的感受。特别是刚到一个异乡，迥异的环境，陌生的面孔，故乡和异乡在心底里碰撞最为激烈的时期，那种思乡的情感尤为浓烈。

刚来到火洲吐鲁番的那个盛夏，过的每一天我都是"熬"过来的。熬过了一天又一天，日子便到了中秋节，那是我离开家乡过的第一个中秋节。中秋节的那天下午，厂里给每位职工发了一盒月饼，望着那盒包装精美的月饼，我却提不起多少兴趣，虽然以前在中秋节能吃上月饼是我最感幸福的时刻！天黑了，一轮明月已挂在天边，我孤独地走在灯火阑珊的大街上，望着三三两两匆匆赶路的行人，一种从未有过的思乡情绪涌上心头。我走向一个电话亭，拨通了家里的电话，电话的那头，母亲急切地说她已和父亲在电话旁等了几个小时，还说她又煮了一锅玉米棒子……我似乎又闻到了那锅玉米棒子的清香！中秋节前后，正是家乡玉米成熟的时节，每当这个时候，母亲便会在院子刚掰回的玉米堆里挑出那些还没有完全成熟的嫩玉米，煮上一大锅！中秋节吃嫩玉米成了我最美好的记忆……

我曾经渴望离开家乡、离开父母，然而那一刻，我却感到自己是那样的脆弱。我多么渴望回到家乡，甚至在家乡度过的那些无聊的、难熬的时光也成了我温馨的回忆。

小的时候，父亲在外工作，母亲在家种地，家中还有一个大我三岁的哥哥。

父亲每个星期回趟家，风里来，雨里去！每次父亲回家和离家，我和哥哥便随母亲在村口期盼与送别，那时瘦弱的母亲既要种好家里的几亩田地，又要时时操心我和哥哥的吃饭穿衣，还要牵挂远方的父亲，经常是顾了这头顾不上那头。母亲总是疲惫不堪地从地里回来，又赶忙给我们生火做饭，而我却总是不懂事地埋怨母亲，嫌饭做得太迟，误了我上学。那时，最令我们哥俩快乐的时光是跑到后院奶奶的小屋里，听奶奶讲那遥远的故事……

日子就这样一天天过去，我们渐渐长大并都考上了大学。大学毕业后，哥哥留在家乡教书，我便来到了这个遥远的异乡。

思乡的情绪与日俱增，我开始疯狂地想家，我频繁地给父母写信，说这儿环境多么艰苦，工作生活多么的不如意！一有机会我就想着回家。

我变得越来越烦躁，动不动就在家里发火，我想那时全家人肯定像躲避瘟疫一样躲避着我，那浓浓的亲情已被我挥霍殆尽！后来母亲托人为我介绍的女友也随之与我分手，我的心情简直糟透了，我想我已经成了这个世界上多余的人，生活对我已经山穷水尽。

记得最后一次离家时，父母把我送到村口，流着泪说："娃呀，好好工作，不要想家，思念总比团聚好。"我悄悄地擦了一下眼泪，头也不回地走了，我发誓：死也死在外面！

后来在几次工作的挫折和磨砺中，我终于找到了我的人生目标，我来到吐鲁番一所偏僻的乡村中学当了一名老师。我也终于找到了属于我的爱情婚姻，当地一个叫苹的小学教师和我组成了一个新家，当我把这个喜讯告诉遥远的父母，在电话那头，母亲兴奋地说："好，好，我儿子现在好了……"一年后，我可爱的儿子来到了人间。

儿子三岁那年，我带着妻儿回到了离别六七年的老家，父亲显得很高兴，笑着对母亲说："儿子和孙子都回家了，我们全家终于团聚了！"没想到儿子仰着小脸认真地分辩道："这不是我们家！我们家在远远的地方。"全家人都默不作声，一阵伤感。

父母都老了，他们有事没事总爱给我打电话，说说家里的琐事，说村子里谁又去世了……最后不忘叮嘱我注意安全、照顾好自己。

儿子现在已懂事了，我常给他讲老家里的人和事，我要让他懂得：在遥远的地方他还有一个家，一个永远不变的家！

如今，哥哥已在城里买了新房，十天半个月能回家看看父母；而我，三四个年头才能回趟老家。每年中秋节的夜晚我都会给家里打去电话，电话的那头总是铃声响了好久才会听到父母急切的声音。我知道此刻，在明净的月光下，老父和老母一定坐在院子里剥着玉米皮，想着他们远方的儿子。

我又想起了父亲的那句话：思念总比团聚好。

阅读是一种幸福

我总觉得读书是件很快乐的事，独处一室，便可知天下事；不需要什么高贵的身份和地位，便可与古今圣贤心灵对话。

我常常想起小时候我们一家人围坐在一起听父亲读书时的情景：在一个寂寥的雨天，什么事也不用干，我们家的读书会便开始了。父亲捧起一本书，抑扬顿挫地朗读，我、哥哥和妈妈围坐在一起静静地聆听。读书，父亲是一定要用普通话朗读的，尽管他的普通话很不标准，甚至很蹩脚，但他读得很投入、很动情，就像鲁迅先生《从百草园到三味书屋》里写的那位私塾先生读书陶醉时的神情，"……他总是微笑起来，而且将头仰起，摇着，向后面拗过去，拗过去……"妈妈边听手里边做着针线活，听得入神时，便停下手中的活儿，细细地听。遇到我们听不懂的地方，父亲便停下来，耐心地给我们讲解，直到我们都听懂为止。

父亲是个乡村教师，书是他的最爱。二十世纪八十年代，在农村，屋子里能摆放书架的家庭应该是凤毛麟角，而我的家里便有一个书架，那是木匠给家里做家具，用边角料做的。现在想来那个书架很粗糙，就是把几块木板钉在一起，父亲刷了油漆。书架不仅粗糙简陋，上面也没摆放几本书。那时的农村，都是土房土墙，老鼠很是猖獗，它们在家里到处打洞，什么都偷吃，什么都啃咬，连书

144

也未能幸免，一本崭新的书，几天便被老鼠啃掉了角，父亲心疼书，便把那些珍贵的书锁进抽屉里。我上学后，有了些阅读能力，父亲给我最大的奖赏，便是从抽屉里翻出一本书来，郑重地递给我，给我指出这本书的重点内容和精彩部分，并再三叮嘱我不要把书弄脏揉皱。那个时候，我读了很多书，自然科学、历史地理、文学艺术无所不包，但最吸引我的还是文学名著，《西游记》《水浒传》《平凡的世界》《蒲柳人家》等等，我熟知很多作家的名字，路遥、刘绍棠、柳青、赵树理、蒋子龙……

上学时，我的作文常常被老师当作范文在课堂上朗读，那时的我感到特别快乐和自豪，老师夸赞我的作文思路开阔、内容充实，我想这都得益于我丰富的课外阅读。

小时候，我虽然没有像其他小伙伴那样尽情地玩耍，但却有书陪伴着我。我在阅读中找到了快乐，身心沉静了下来，思想丰富了起来，小小的我，便有了远大的理想目标。

十几年的寒窗苦读，我终于考上了大学。上大学期间，学校里的图书馆也是我最常去的地方，虽然我学的是理科，可对文学艺术依然有着天生的偏爱，在浩如烟海的图书世界里，我尽情地遨游。

大学毕业，参加工作，没有了功课的压力，我有更多的时间"博览群书"。新华书店是我常去的地方，书是必须要买的，经过这么些年的积累，如今，家里的藏书量已达一千余册，这些藏书，是我最宝贵的精神财富。工作之余，别人去打牌、玩耍，找朋友喝酒聊天，而我的兴趣是读书，泡上一杯清茶，独坐在书房里，享受读书的乐趣。在书里，我与很多有趣的灵魂相遇。

现在，随着电视、电脑、手机的普及，人们的生活变得丰富多彩，各种"快餐式"的信息扑面而来，但这些现代化的媒体和工具在愉悦我们的同时，却让我们的生活日益变得喧嚣嘈杂。在这个快节奏的时代，我们更应该静下心来，在书中品味生活、感悟人生，寻找精神世界的一方净土。

在读书之余，我也喜爱写作，读书是快乐的，写作也是快乐的，写出的东西能够发表出去让别人阅读那种喜悦的心情更是无以言表。读书是汲取营养，写作并且发表便是传播思想。读书，只有当自己开始创作时才更有了针对性，我开始学习别人的写作方法，怎样叙事，怎样抒情，怎样构架文章结构。初学写作者，大都是从借鉴和模仿开始的，渐渐地便形成了自己的写作风格。

我至今仍清楚地记着自己写的第一篇文字变成铅字后那种激动的心情，就像我在台上向千万个人讲述我的故事、倾诉我的情感，我似乎看到无数双眼睛注视着我，和我共鸣。我的写作信心一下子增强了，越写越放不下笔，十多年来，我已在各级报刊发表了百余万字的文学作品，好多文章一经发表便被大量转载，很受读者喜爱。很多朋友对我说，阅读我的文章，觉得我一定有着丰富的人生阅历，我笑着说，我的人生经历其实一点儿也不丰富，从学校里出来，又进入学校教书，后来又进了杂志编辑部，与社会接触得少，去的地方也少，整天过着"两点一线"的生活，知识的积累、世事人情的洞察大多是从书本中学习获取的。

余秋雨先生在《阅读的最大理由是想摆脱平庸》一文中写道："阅读的最大理由是想摆脱平庸。一个人如果在青年时期就开始平庸，那么今后要想摆脱平庸就十分困难。只有书籍，能把辽阔的空间和漫长的时间浇灌给你，能把一切高贵生命早已飘散的信号传递给你，能把无数的智慧和美好对比着愚昧和丑陋一起呈现给你。"

我非常感谢我读过的每一本书，是那一个个有趣而高贵的灵魂指引着我人生的方向。朋友们，热爱阅读吧，早一天读书，就多一份人生的精彩。

我的家乡是渭南

　　我的家乡在陕西渭南，我以自己是渭南人感到骄傲。

　　其实，"渭南"这个地名在我心中深深扎根还是在我离别了家乡后。十余年前，我大学毕业，远离故土来到新疆吐鲁番一个偏僻的乡村中学任教，做了一名青年志愿者，一个从没出过家门一直被父母宠爱着的男孩，有勇气来到离家几千公里之外、风俗习惯迥异的西部大漠，这既是我以实际行动响应党和国家"到祖国最需要的地方建功立业"号召，也是因为我厌倦了家乡，我想无论到哪儿都比在家乡好。

　　也许，只有当一个人踏上异乡土地的那一刻，"故乡"这个词才会让他（她）备感亲切。我开始有意无意地给异乡的同事和朋友讲起我的家乡，然而别人一听说"渭南"，往往只是简单地回应"啊，听说过"，甚至很多人还表现得很茫然，我便给他们讲渭南的人文历史，说"字圣"仓颉、"酒圣"杜康、"史圣"司马迁，还有唐代大诗人白居易、北宋宰相寇准都是我们渭南人，他们便惊叹道：渭南竟是有这么深厚文化积淀的地方！

　　第二年，学校里又分来了一位大学生西部计划志愿者，也是一个小伙子。一天，一位老师和他闲聊时问他，你老家在哪儿，小伙子回答：陕西。坐在不远处的我一听也是陕西人，一下子觉得像遇到了亲人，忙问道：你是陕西哪儿的？他愣着看了我一眼，回答道：陕西渭南。我惊喜地又问：渭南哪儿的？小伙子也惊异地看着我，等他说出了自己的乡名，我也情不自禁地说出了我的那个乡名，两地竟相隔只有十几里！老乡见老乡，两眼泪汪汪，我一下子忙过去拉住他的手，激动得说不出话来。

然而，在学校老师们的心里，似乎对我们渭南有了异样的看法。你想，中国这么大，怎么在遥远的西部一个偏僻的乡村中学会有两个曾近在咫尺的老乡不期而遇？说是青年志愿者，来支教的，其实当前就业压力大，也是为工作所迫，出外谋生活罢了，似乎我们那个地方的人都在出外谋生，我再怎么说我的家乡好都显得苍白。

后来，学校一位热心的老师为我介绍了一位女友，她是重庆人，是小时候随父母移居到新疆的。刚认识女友，我便又开始不厌其烦地给她讲我们渭南，讲我们渭南的名人贤达，说我们渭南是一个多么多么好的地方，我也常常会把在电视上、报刊网络上看到的关于渭南的信息讲给她听。女友后来便成了我的妻子。

结婚后不久，我便带着妻子高高兴兴地回老家探亲。一路上，妻子兴奋得像个小麻雀一样在我耳旁叽叽喳喳说个不停，然而，一进入渭南市，她的脸渐渐地阴沉了下来，她生气地对我说你说得那么好，原来就是这个破地方，还不如我们老家一个县城繁华，显出一种被骗的神情来，似乎我有拐骗妇女的嫌疑。可的确是这样，当时的渭南城区破旧、狭小，甚至可以用"灰头土脸"来形容。我忙笑着给妻子讲，家乡现在正在发展，要不了多久，这里就会发生翻天覆地的变化。走在大街上，妻子一句话也不和我说，一直阴着脸，天也阴沉沉的，渐渐地便下起了小雨。我们又坐上去我那个小村庄的班车。在村口一下车，雨还在下，满地的泥水，我一下子犯了难，这怎么走到家呀，妻子更是气呼呼地看着我，说她不走了。我索性脱掉鞋袜，卷起裤腿，对她说，来，我背你！硬是背起她，正好还有一把雨伞，把我们头脸都遮住，生怕遇到熟人，就这样深一脚浅一脚带着满身泥水回了家……

转眼又是好多年过去了，小儿子也会满地跑了，这期间，我也几次请求妻子一块儿带上孩子回家探亲，她总是冷冷地说，要回你自己回，孩子也站在他妈妈一边，说我才不去你们老家，小小的他也被妈妈灌输着渭南是个破地方的观念。前不久，我终于说服妻儿，一家人再次回家探亲。在西安一下火车，又碰上下雨，忙又坐上到渭南的班车。

不到一个小时，车便停在了坐落于渭南经济技术开发区新落成的客运站，和印象中狭小破落的老客运站相比，这里环境整洁、气势恢宏，令人赏心悦目。雨仍在下，我们撑起雨伞，走在渭南城区的大街上，处处高楼林立、花香四溢，现代化的都市气息扑面而来，妻子的话也渐渐多了起来，看到什么都新鲜，问我这问我那，后来竟自言自语道：哇，要是退休后能在这里买上一套楼房，住着该多舒心呀！我笑着说，上次回来你的脸是由晴转阴，这次是由阴转晴，看来你也喜欢上咱们渭南了！这时，儿子也大声喊：我也喜欢！我们都笑了……坐在去乡下的班车上，透过车窗向外望去，一路的发展变迁竟让我找不到从前的记忆，处处是开发的热土，每寸土地都焕发出勃勃生机。葱绿的田园、整洁的村落，看着眼前如诗如画的美景，我真的陶醉了……村口下了车，一条平整光洁的水泥小道一直延伸进村里，虽然雨还在下，可直到我们走进家门，脚上也没沾几个泥点。

我为家乡的发展变化而欢欣鼓舞！我把我拍摄的照片发到我的博客空间里，一会儿便引来众多网友惊叹：你这是哪里呀？这么秀美，这么气派！我便自豪地回复：这是我的家乡——渭南！

渭北春天树

阳春三月，万木竞秀。一日闲读杜甫的《春日忆李白》一诗，读到诗句"渭北春天树，江东日暮云"，家乡渭北平原上那一棵棵春天树的美景便一下子浮现在眼前……

柳　树

杨柳是最易成活的树，也是春天里最早发芽的树！在渭北平原，柳树被广泛栽植，特别是在灞桥两岸，"筑堤五里，栽柳万株，游人肩摩毂击，为长安之壮观"（《西安府志》）。每当早春时节，柳絮飘舞，宛若飞雪，就形成了"灞桥风雪"景观，这可是著名的"关中八景"之一。

在文人的笔墨里，杨柳总是离别的象征，通常总是和羁愁别恨联结在一起而呈现出黯然销魂的情调，唐诗中写到柳树几乎都是送别的场景，古代诗词曲借杨柳意象来抒写离别之情的佳句可谓不胜枚举。王维的"渭城朝雨浥轻尘，客舍青青柳色新。劝君更尽一杯酒，西出阳关无故人"便是常被人们吟诵的其中一首。

杨柳意象与离别联系在一起，是因为杨柳姿态婀娜柔美、温婉多情。"昔我往矣，杨柳依依；今我来思，雨雪霏霏"（《诗经·小

150

雅·采薇》）。杨柳的依依不舍之态和人们的依依惜别之情水乳交融地融合在一起。从《诗经》这个源头开始，我国古典诗词曲中的杨柳意象便有了惜别的暗示性和启发性。

然而，面对初春的柳，你感受到的一定不会是别愁离绪惆怅万千。春柳的柔条上暗藏着无数叫作"青眼"的叶蕾，它们刚嗅到春天的气息，便喷出几脉绿叶，不几天，所有谷粒般的青眼都拆开了。万千条青黑的柳条是主体，无数嫩黄的青眼点缀在上面，既有流线美，又有跳跃感，生动而活泼。你再看柳条上的那些青眼，多像那些纯情俏皮的少女在左顾右盼，一阵轻风吹过，万千条柳枝随风飘荡，又多像她们在翩翩起舞……

杨　树

杨树也是渭北平原上最普通的树种，不管是行车在宽阔的马路，还是漫步在幽静的乡间小道，常可看到两旁高大挺拔的杨树。

杨树生长迅速，是最早能形成遮阳作用的树，它高大挺拔，树冠有昂扬之势，这就是杨树得名为"杨"的原因。"杨"字与"扬"字读音相同，"杨树"就是"扬树"。

初春时节，一片片嫩叶从杨树枝节的叶蕾里吐露伸展开来，刚长出的小树叶油光发亮，像在牛乳中洗过一般！树叶一天天长大变厚，颜色也由嫩黄逐渐变成深绿。春天的杨树树叶尚未长大茂盛，尚未完全盖住树枝。这个时候，树枝和树叶的显示比例恰到好处，枝干衬托着树叶，树叶跃动着枝干，散而不乱又充满生机，也更能显示出杨树的张扬之势！不像夏天的杨树，直直的树干上顶着一团墨绿，显示不出生机，也没有什么美感。行走在初春的绿杨下，春阳洒在树叶上透过枝叶间，金光点点；微风吹过，树叶哗啦啦作响，像欢快的儿歌响起，又像一泓清泉从心田流过。

梧桐树

暮春时节，在渭北平原，一种美景还会令你深深陶醉和震撼：梧桐花开！梧桐树是生长最快的一种树木，高直的树干，粗犷的枝丫，硕大的树叶。

你看那一棵棵粗壮高大的梧桐树，刚长出肥厚稚嫩的叶芽，枝丫上那一束束小金豆般的花蕾便开始一天天膨胀，终于绽放，用花来拥抱春天。那白里带紫、紫中泛红形状如喇叭的梧桐花一朵朵、一簇簇竞相绽放在空中，绽放在春光里，整个天地成了花的世界、花的海洋。

春天是梧桐树最绚烂最辉煌的时节，满树满枝的花儿，开得高，开得繁盛，开得生机勃勃，像一个雍容大气的歌者，用饱满的热情歌唱春天……

一进入夏天，一把把蒲扇般的梧桐叶无精打采地挂在枝丫上，显不出一点儿生气来。

秋天则是梧桐树最寂寥最凄凉的季节，"梧桐一叶而天下知秋"，"一声梧叶一声秋，一点芭蕉一点愁"，"无言独上西楼，月如钩，寂寞梧桐深院锁清秋"。梧桐叶落的光景，样子真是凄惨！最初绿色黑暗起来，变成墨绿；后来又由墨绿转成焦黄，秋风一吹，那些枯黄的梧桐叶便纷纷飘离枝干，呼啦啦似大厦倾，最后只剩下光秃秃的梧桐枝干，"好像曾经娶妻生子而今家破人亡的光棍汉"（丰子恺语），样子怪可怜的！

梧桐树似乎也预知到自己晚景的凄凉，那么就在春天尽力绽放！

一年两料

玉米的高光时刻

在广袤的关中平原，小麦和玉米是这里最主要的粮食作物。一年两料，小麦熟了种玉米，玉米收了又播种小麦，年年往复。

但玉米所受到的待遇却远远不及小麦，小麦是细粮，玉米是粗粮，一年之中最美好的时光首先要留给小麦生长。每年秋季 9 月中旬至 10 月上旬，是播种小麦的时节，地要收拾得干干净净平平整整才开始播种；而种玉米，就仓促了许多，不是直播，而是套种。小麦收割后直播玉米，玉米出苗后常会遇上雨季，易发生涝害，会减产许多；特别是如果在玉米播种后至出苗前遇上雨季，发生涝害会造成种子腐烂，出苗率降低，甚至会造成绝产。所以每年在 5 月底 6 月初小麦成熟的前几天就要开始在麦田里套种玉米，因为套种的玉米，在雨季开始时玉米苗已进入拔节期，抗涝性逐渐增强，受涝减产率自然就减小了很多。

在麦田里套种玉米只能因陋就简，这需要用上一种叫"豁行器"的简易农具，用两根长木杆钉成一个"V"字形，尖头可以插入麦行里，把麦行豁开。小时候，播种玉米时我常跟在母亲身后，母亲把装有玉米种子的布袋挂在胸前，手里拿个小镶头，一手挖窝，一手点播。一镶头下去，不深不浅，稍稍拉起镶头，另一只手随即顺着缝隙滑下两三粒玉米种子，移出镶头，一窝玉米便种好了，整个过程一气呵成；而我，负责跟在她身后推着"豁行器"前行，走过时再用脚踩一下刚播的那窝玉米。

几天后，玉米嫩芽破土而出，可它们看到的不是蓝天白云，面临的是恶劣的生存环境，狭小的空间，密不透风的闷热环境，几乎令它们窒息。

终于盼来了麦子收割，可刚长出一两片嫩叶的玉米苗还要在提心吊胆中度过，会受到灭顶之灾的威胁：一个是被收割麦子的人们无意中踩踏而从根部折断，一个是被那锋利的镰刀不小心削顶。

虎口夺食的三夏麦收终于结束了，农人们才开始把精力重新转向收割过的麦田——这时的麦田已经"改头换面"，该叫它玉米田了。田地里，已经能够清晰地看到一行行玉米苗，经过几场雨水的滋润，纤弱的玉米苗已焕发出了勃勃生机。

农人们扛着锄头来到地里，把收割过的麦茬锄掉，给玉米苗松土、除草，锄过一遍的玉米田，放眼望去，一行行绿油油的玉米苗更显得精神抖擞。

间苗，是这个时候急需要完成的了，因为一窝只能留一棵幼苗。亲手种下的一棵棵幼苗，谁都不忍心把它拔掉，特别是有的一窝有好几棵苗，可每棵苗都长势相当，让人犯了难，拔哪棵都舍不得，都于心不忍。苗儿们紧紧地挤靠在一起，谁也不愿意被剔除、被淘汰，拔掉哪一棵都会伤及另一棵。农人们只好尽可能地把它们都留下，以后再给它们多施点肥料。当然，也有缺苗的情况，这就需要移栽，把多余的苗移栽到缺苗的地方。间苗需要在刚下过雨、泥土比较松软的时候进行，拔玉米苗也是一定要讲究技巧的，大拇指配合着食指和中指捏住玉米苗的根部，慢慢地使力往上提，几个手指的配合一定要默契，用力要均衡，讲究力度、分寸和方向的统一。用力轻了，拔不出来；用力过猛，则根部还在地里，玉米苗却被扯断了。

给玉米苗第一次施肥一般施一种叫"轻氨"的化肥，这种化肥洁白如雪，颗粒很细腻，但气味却很冲鼻，冲得人眼睛都睁不开。它的作用就是"烘苗"，让玉米苗赶快拔节生长，就像年轻的父母盼着自己的孩子快快长高。

7月过后，玉米秆已经高过人头，宽大如刀的长叶，挺直的身杆，每一棵玉米秆都像一个雄壮的武士！无数棵玉米秆便形成了北方的"青纱帐"。"北方的青纱帐啊，你至今还这样令人神往！"在艰苦的抗日战争年代，那些敌后游击队为保护群众，他们由村庄转移到野外。夏秋时节，他们栖息隐蔽在平川密如蜘蛛网的高粱、玉米等茂密植被形成的青纱帐里，与敌人周旋。他们在青纱帐里穿梭，隐藏，休息，设伏，玉米、高粱对这些庄稼汉出身的战士来说就像自己的亲人一样熟悉和亲切，在地里行走，闭上眼睛都不会迷失方向。他们神出鬼没、来去无踪，打鬼子，除汉奸，弄得敌人晕头转向。常常，他们为了不打扰不连累乡亲们，晚上就睡在庄稼地里，天当被，地当床，青纱帐成了名副其实的"青纱帐"。

玉米秆吐穗了，以前，我从没有仔仔细细看过长在玉米秆顶端的穗，觉得它一点儿也不美，似乎也没什么用——玉米秆长高长高，长到了足够高就随意地吐个穗以示生长结束。可当你仔细看时，玉米穗竟也美得动人，浅绿色的主轴和分枝上生着许多小穗，每个小穗上都挂着浅黄色、浅红色的小花。其实这个"穗"是玉米的雄蕊，是一种圆锥花序，当它长出几天后，玉米茎间的叶腋内也开始鼓出玉米棒子，苞叶的头梢上顶着一撮浅红的丝线，玉米"胡子"，我们都这样叫它，其实，它是玉米的雌蕊。可能很少有人能说出玉米的孕育过程。雄蕊上有无数粒花粉，借助轻风和昆虫的作用，洒落在雌蕊的每一根"胡须"上，"胡须"其实是雌蕊的花柱，花粉萌发形成花粉管，花粉管沿着"胡须"进入子房，到达胚囊，开始释放出精子，并与卵细胞结合形成受精卵开始发育。一粒花粉、一根"胡须"，对应着一颗玉米粒。

玉米粒一天天地生长饱满，由一包乳白色的浆汁逐渐变得干硬，玉米苞叶也逐渐由绿转黄。农人们来到玉米田里，撕开一小块苞叶，用手掐一掐玉米粒，硬得已经掐不动了，这就表明玉米棒子已经成熟了，可以掰了。

掰玉米是个比较脏累的活儿，钻进玉米地里，每触碰一下玉米秆，已经干枯的玉米穗还会飘散下许多花粉，飘落在你的头顶上、衣袖上、脖颈里，痒得难受，并且那像刀片一样锋利的玉米叶会把手臂划出一道道伤痕。

掰玉米也是有技巧的，需要一手按紧玉米秆和玉米棒子的连接处，一手握住玉米棒子的头梢，使劲一掰，一声脆响，一个玉米棒子便从根部断裂。如果不掌握方法，只知道使蛮劲，玉米秆都折断了，玉米棒子还没有下来，或者掰下来的玉米棒子带着长长的把儿，装运起来占地方。

玉米秆是孩子的最爱，大人们掰玉米棒子，我们小孩子就等着折甜玉米秆吃。小时候，交通不像现在这样便捷，南方的甘蔗很少会运到北方的农村；甜高粱倒是吃过，但因为高粱籽主要用于饲料，作用少，所以人们很少种它，种它的人家，一般都是卖甜高粱秆给孩子吃的。而玉米谁家都种，收获时节，掰过玉米棒子，满地的玉米秆供我们挑选，一分钱不花，不大一会儿，就可折上一大捆甜玉米秆，坐在地头，尽情地咀嚼吮吸里面的甜汁。一般来说，那些结的玉米棒子小、玉米粒又松散的玉米秆最甜，也许它们觉得，没有结出饱满的果实，就长个甜秆吧，也算对人们几个月来辛劳的一点儿慰藉。

玉米最简单的吃法就是煮嫩玉米棒子了，这也是秋收时节农家最普遍最常见的美味了。从玉米堆里挑选那些苞叶鲜绿的玉米棒子，剥开苞叶再用手掐掐，还能掐出水分的玉米棒子是上好的原料，选上一大筐倒进锅里用水煮，不用添加任何佐料，耐心地等待半个小时，揭开锅盖，一锅鲜香扑鼻而来。那一个个玉米棒子经过了沸水的清煮和蒸汽的浴蒸，玉米粒变得亮晶晶、鼓鼓涨涨的，顾不上烫手烫嘴，抓起一个，便人啃狂啃起来，软糯又有嚼劲，越嚼越香……啃玉米棒子的吃相虽然不很雅观，但人们却无法抵挡这种美味的诱惑，不仅农村人爱吃，城里人也爱吃。在城市的大街小巷，常会听到玉米棒子的叫卖声，那些青春靓丽的少女们也常会手捧着一个玉米棒子无所顾忌地香啃。

掰回家的玉米，要赶快把苞叶剥掉晾晒，不然的话捂在院里很容易出芽发霉。白天人们都忙着秋收，只有到了晚上才可以顾得上院里的那堆玉米。在一个月光皎洁的夜晚，一家人围坐在玉米堆前开剥了。捏住玉米棒子苞叶的顶梢扯拉，"刺啦"一声，几片叶子便被扯掉了。玉米苞叶不能全部剥掉，秋天雨水较多，秋收又很繁忙，一时顾不上晾晒，所以要留上一两层叶子，为的是把几个剥好的玉米编起来，可以挂起来晾晒。编玉米是个细致活儿，都是母亲去编，像编辫子一样。

我最怕的是虫子，玉米棒子的头梢上常会藏有虫子，白虫子、青虫子、花虫子，美味的玉米粒把它们滋养得肥肥胖胖，当剥开玉米苞叶，这些偷吃的家伙一下子被惊扰，扭动着身躯掉落下来，它们爬啊爬啊，常会爬到我的身上，当我正在专心地剥玉米苞叶时，忽然感到身上有一个凉凉的东西在爬行，用手一摸，"啊呀，虫子!"我的喊声划破夜空，吓得我魂飞魄散。

剥玉米苞叶是个枯燥乏味的活儿，刚开始一家人还说说笑笑，渐渐地，都不说话了，就想着赶快把那一堆玉米苞叶剥完。夜越来越深了，夜空中，只听到"刺啦刺啦"撕玉米苞叶的声响。

转眼，我都离开老家二十多年了，母亲也离开我们几年了，每到中秋月夜，我多想再和父母围坐在玉米堆前一起剥玉米呀……

院子里的大树树杈是人们晾晒玉米的最佳处所，因为位置高，通风好，光照也好，且玉米不易被人们深恶痛绝的鼠类偷吃。可要把那一辫辫玉米吊挂上去却要花费一番力气。我忽然就想到在电视上看到的《动物世界》里花豹把捕获的猎物费力地拖到大树上的情景，它是为了防止自己的"战利品"被别的不劳而获者偷吃。而人们把玉米棒子吊挂在大树上却是为了晾晒，还有一种"晒幸福"的味道。金黄的玉米把整个小院映衬得辉煌灿烂，那是一幅最美的乡村画卷，是朴实的农家最高调的丰收景象。

秋收是香甜的，也是紧张忙碌的，一边忙着家里收回来的玉米，一边要赶快把地里的玉米秆砍掉拉回家，把地腾出来，准备播种小麦。如果耽误了农时，到了深秋时节，遇上绵绵秋雨，小麦就播种不到地里了。

冬天的乡村是寒冷寂寥的，那些靠在院墙外的玉米秆一天天地干枯，变得黯然失色，可它们还可以发挥最后的光和热，用来烧炕是最合适不过的了。奶奶的火炕是我小时候最温暖的记忆，傍晚时分，奶奶抱上一捆玉米秆，塞进炕洞里，点火，红红的火苗在炕洞里燃烧，火炕一下子便热得烫人。等火熄灭，一晚上火炕都是暖融融的。奶奶最爱给我讲的，便是鬼怪狐仙之类的故事，在她的故事里，那些鬼怪狐仙都是善良的、温情的，有些像蒲松龄老先生写的

《聊斋志异》里的鬼狐故事。所以，年幼的我，并不觉得可怕和恐惧。每天晚上，我都是躺在奶奶温暖的火炕上听着她讲的那些奇异温暖的故事入眠……

玉米糁，是农家最养人的稀饭，小时候，冬天的早饭，就是一碗黄亮黏稠的玉米糁，上面再放一勺母亲腌制的咸萝卜丁，胃里暖了，心里也暖了；盛完饭，锅底还会留有一层锅巴，母亲把锅巴铲出来，晾干，放点蒜苗炒着吃，也是一种难忘的美食。如果玉米糁里再放上红薯熬煮，那便是最好吃的稀饭了，玉米糁的黏稠、红薯的香甜简直是一种绝佳的搭配。红薯和小米、大米等煮稀饭都没有和玉米糁在一起熬着好吃。

爆米花是最能勾起人幸福回忆的童年零食。冬日的夜晚，村巷里，常会有爆米花的师傅，坐在小凳上，一手拉着风箱一手摇着爆米花机，时间到了，师傅起身从火炉上把那黑乎乎的葫芦形压力锅提下来，炉口对着一个大麻袋的入口，只听见"嘭"的一声巨响，一股白烟腾起，无数粒爆米花便从压力锅里蹦出来，诱人的香味扑面而来。一小盆玉米粒一下子变成了半口袋的爆米花，那种幸福感不言而喻。

如今，玉米越来越受到了人们的宠爱，在城里的各大超市里的五谷杂粮专柜，玉米总是最受欢迎的，玉米面、大小不等的玉米糁分类售卖；还有爆米花，听说现在是微波加热爆出来的，比我们小时候吃的更大颜色更鲜亮，在电影院里，一对对情侣手捧着一桶桶爆米花一边看电影，一边捏着一颗颗爆米花往嘴里送，真的很令人羡慕，我觉得，这也是玉米的高光时刻。

一颗麦子的历程

在我国北方，主要以种植冬小麦为主，秋季种植，来年的夏季收割。

每年秋收过后，秋耕一遍土地是播种小麦前必须要进行的一项工作。农人们把地里的秸秆残枝收拾干净，或者就砍倒后散放在地里做秸秆还田，然后撒上肥料，用旋耕机把地深耕一遍。坚实的土地变得松软，新鲜的土壤也被翻了上来，散发着泥土的馨香气息。那些平时藏在地下不敢见阳光的蚯蚓和各种害虫，都被翻了出来，它们扭动着臃肿的身躯，显得很不情愿。地翻耕后，还需用一种叫作"耢"的农具在上面拉磨一遍，把大的土块分解，掩土保墒。让一个小孩趴在"耢"上，两三个大人在前面牵拉，地被收拾得干干净净平平整整，等待着农人们播撒下新的希望——播种小麦。小麦是北方的主要农作物，是人们一年的口粮，播种小麦的每一个环节都来不得半点儿马虎。等把一颗颗麦种埋入土里，农人们这才放下心来，一年的辛苦劳作才基本结束，终于可以安安心心地过冬了。

几天过后，便有麦苗从土里钻出来，只有一两片嫩黄纤细的叶片，像举着一把把小剑。麦苗们争先恐后地从土里钻出来，越来越稠密，一行行清晰可辨，在煦暖秋阳的照耀下，它们欢快地生长。可成长路上注定要遭受磨难，只是给它们的磨难却来得太早也过于严苛。天气一天天地冷起来，冬天在不知不觉中降临了，人们都回到暖融融的屋子里过冬了，广阔的田野里就只剩下那一行行麦苗，它们疑惑不解又茫然无措，这是为什么？我们该怎么办？

冬灌，对小麦安全越冬是非常必要的，既可以增强小麦的"体质"，又可以保蓄水分，还可以杀灭病虫害。寒冷的冬天，冰冷刺骨的一渠水漫灌下来，那一株株麦苗一定在打着寒战，这也是对麦苗意志的考验。不多久，麦田便被冰冻了起来，很多坑洼的地方还结了一层薄冰，踩在上面，发出"仓啷"一声脆响。天气越来越冷，那一株株柔弱却坚强的麦苗挤靠在一起，身子紧贴着霜冻的大地，在严寒中默默地期盼着来年春天的到来。寒冬腊月，田野里千里冰封、万木肃杀，唯有大片大片的麦田里还裸露着淡淡的绿色。

绿色就是希望，北方的冬天很寒冷也很漫长，但再寒冷再漫长也无法阻挡它们对生的渴望和对春天的向往。

盼望着，盼望着，春天的脚步近了，可以想象，麦苗们该是多么的欣喜啊。

对于一个生长在农村的孩子，特别是北方农村的孩子，初春的麦田，是他们的乐园，那些脱去了臃肿的棉衣棉裤的童男童女们，三五成群提个小篮小筐在返青的麦田里采挖野菜，一会儿便扔下篮筐追逐嬉戏、跳跃撒欢。这个时候的麦苗是不怕被踩踏的，孩子们尽可在麦田里奔跑，累了便可随意躺倒在松软清凉的"麦毯"上。麦苗经过春雨的洗涤和滋润，每一片细叶都油光发亮，鲜绿得没有丝毫杂质。眼望着蓝天白云，清甜的麦草气息飘散在空中，那一定是孩子们最幸福的时光，比躺在妈妈的怀抱里还要幸福。

不过能这样与青青麦苗亲密接触的日子不会有多少天的——花花草草还都在春光里尽情地妖媚着自己，麦苗却开始了它生命的"拔节"。在宁静的夜晚，你静立在麦田，凝神静听，似乎会听到那一株株麦苗拔节的声响，仿佛贝多芬的《生命交响曲》在耳边响起，它们挣扎着、伸展着，竞相向上。我不知道拔节的麦苗是否会感到疼痛，它们在寒冬里忍耐和等待得太久，就算疼痛，也是一种快乐之痛。我忽然就想到了"揠苗助长"这个成语，那位宋人因为心里太急违反植物的生长规律去拔苗，结果禾苗都死掉了；而麦苗的拔节，却是它们自身对生命跨越的渴望与期盼。在寒冷的冬天几乎要蛰伏半年时光，在接下来的两三个月时间里，还要完成孕穗、抽穗、开花、灌浆直至成熟等一系列的生命历程。尽管它们知道，长得越高，颗粒越饱满，越容易倒伏，但是，它们来到人间，忍受了一冬的严寒冰霜，不是为了陶醉在煦暖的春风艳阳里。如果单单是一穗麦子，轻轻的一阵风，便可能使它从根部折断，正是因为无数株麦子挤靠在一起，才抵御了一次次大风的侵袭。

朋友，你见过麦子抽穗吗？那一棵棵柔弱的麦苗几乎在一夜间都吐出娇嫩的麦穗，那一穗穗紧簇在一起的麦芒，像一把把齐刷刷的利剑直指蓝天，一下子便让人感受到了生命的力量！热风浮动着，麦浪翻滚着，天地之间还有比这更波澜壮阔的场景吗？

转眼，那青青的麦苗就将变成一穗穗金黄的麦子。不要问那黄灿灿的麦穗为什么浑身满是针尖般的麦芒，它是用它的"利器"来护佑它用生命孕育出的果实，每一颗麦粒都珍贵无比。

"三夏"，到了一年中第一个大忙时节——麦收时节，酷热的暑天也终于来了。正午时分，在太阳下站一会儿，人也会被晒晕。可对于农人们来说，收获麦子是需要在"龙口"里夺食的，来不得丝毫的懈怠。

割麦最好是在骄阳似火的中午进行，虽然这个时候的太阳最毒，但麦秆也被晒得又干又脆，割起来就省力多了。炎炎烈日下，人们从家里出发，他们头上戴一顶草帽，脖子上搭一把毛巾，一手提水壶，一手握镰刀，急火火地赶往麦田。来到地头，再巡视一眼金黄的麦田，抚摸一穗金黄的麦子，深吸一口气，收割开始。只见他们两脚叉开，弯腰低头，左手拢上一怀麦穗，右手提起镰刀在麦秆底部顺势一拉，"嚓"的一声，麦子还没来得及反应，便哗啦啦地向前倾倒，镰刀一挑，挑在身旁，两三下，一大堆麦子便安然地卧在麦茬上。太阳直射着背，银镰飞舞，汗甩八瓣，麦田里的热浪夹杂着麦秆的尘灰蒸呛得人喘不过气来。几个小时下来，再细嫩的双手也变得乌黑，再白皙的面孔也变得通红。鼻孔是黑的，吐一口痰也是黑的，汗水顺着脸颊一滴一滴地滴在麦穗上，滴进黄土里，此刻再体会"谁知盘中餐,粒粒皆辛苦"的诗句,一定感受颇深吧。

割麦,看似简单,但初割的人动作不协调,一镰刀下去麦秆便四散倒开,让人措手不及;或者,一不小心,镰刀就会伤到了手和脚。在我的脚面上,现在仍留有一个镰刀的伤疤,那是我第一次割麦时留下的。割麦需要的是体力和耐力,割不多久便会腰酸背疼,所以那些人高马大的壮汉割起麦子来往往不是瘦弱纤细的妇女的对手。你看那些割麦的中青年夫妇,男人往往是割不到一会儿便直起腰、捶捶背,望一眼逐渐割在前面距离越拉越大的妻子的背影。

麦子割完后,紧接着就要运入早已碾压平整好的打麦场。如果稍一拖延,天一下雨,地一变软,再拉运就艰难了许多。等到这一切工作就绪,人们就可以舒一口气:再也不怕麦粒洒落在麦田里。人们辛苦了大半年,每一颗麦粒洒落在麦田里发芽都让人心疼不已。

麦子堆积进麦场,下一道工序便是"打场"。那几天,农人们最关心的便是"天气预报"。如果哪天天气晴好,早上起来,吃过早饭,太阳刚冒头,人们便来到打麦场,一边清扫场面,把被虫子疏松了的地方用脚踩实,然后开始"摊场"——用耙子、铁叉把麦垛摊开晾晒,这个时候,孩子们也纷纷上场,边玩乐边干活,抱起一捆麦子,随意地抛洒,或者用脚踢,把麦子踢散。气温渐渐升高,均匀地摊在场上的麦子要一遍又一遍地翻挑起来,直到干透为止。正午,晴空万里,正是碾打的好时机。牛马拉着碌子,机动车后面拖个碌子,滚动、旋转、沸腾!发动机的轰鸣声、碌子滚动地面发出的隆隆声、人欢马叫声、麦秆的爆裂声一时齐发,紧张,繁忙,而又热烈!在一遍遍的碾压下,麦粒从麦穗上脱落下来,麦秆也变得柔软。

麦子碾打过后,开始"起场"。这个过程是为了把碾压过后的麦秆挑出,只剩下麦粒麦糠,然后再扫成一堆。老人、小孩一齐动手,挑的挑，推的推，扫的扫。夏天的天气说变就变，刚才还是晴空万里，转眼之间乌云密布，打场最怕的天气突变、暴雨骤降，这便成了"塌场"，已经晒干的麦秆麦穗还没来得及碾打或者刚碾打过准备"起场"一下子又被浇得湿透。人们一下子手忙脚乱、懊恼不已。

起好了场，最后就是"扬场"，把麦糠和尘土扬走，最后只剩下一堆黄灿灿的麦粒。扬场要在有风的时候进行，但技术也必不可少，怎样起锹，怎样抛洒，需要掌握分寸、准确把握。你看那一把把好锹有力地向空中扬起，麦糠和尘土顺风飘飞，麦粒便唰啦啦地抛物线般坠落。可那些初扬的人往往会使出全身的气力，但麦粒和麦糠的界限却好像永远也分不清楚。扬场需要两个人来配合，男人扬，女人在麦堆上轻扫，把那些还没有被吹走的麦糠扫到一边。

有时风儿迟迟未到，"万事俱备，只欠东风"，大人们便三五成群坐在场地上、麦堆上，抽烟、喝茶、谈笑、休憩，每个人的脸上都满是疲惫和喜悦；小孩子们则满场嬉戏欢跑，笑声四溅。

天渐渐地黑了，有些人在麦场中呼呼地睡着了。忽然，风吹草动，树叶哗哗地响，警觉的人立刻翻身跃起，大喊一声："来风了！"于是全场人闻风而动，风声、喊声、麦粒的溅落声混在一起，像一首交响乐，雄浑、高亢而又细腻。等到人们把一袋袋新麦拉入家中，终于可以长长地舒一口气了，这时，每户人家才能舒舒服服地坐在家里吃上一顿热饭，躺在床上睡上一晚安稳觉……

麦收时节只有十天左右，却关系到每家每户一年的口粮，"龙口"夺食，不敢有丝毫的懈怠和懒散。

如今，麦子一黄，大大小小的收割机便在公路田间来往穿梭，你只需要站在地头，一袋烟的工夫，一大堆干干净净黄灿灿的麦粒便呈现在你的眼前。人们笑着说，现在收麦，一个十几岁的孩子都完全可以应付。但我常常想起那些年火热的麦收场景，虽然紧张劳累汗流浃背，但劳累中收获着欣喜，汗水里更让人体会到幸福的滋味。我想，经历过那段岁月的人，对那一颗颗麦粒一定有着更加深厚的情感。

进　粮

那些年，农民可真是辛苦。

对于北方的农民来说，麦子是最重要的农作物，从种到收，不知要付出多少辛劳和汗水。每年一进入六月，紧张火热的夏收便开始了。割麦，碾打，晾晒，每一道工序都是在烈日下进行，每一个环节都是在和时间赛跑。终于，黄灿灿的麦子颗粒归仓。于是，"进粮"就开始了。

对于在农村长大的70、80后，小时候和父母一起去交公粮的岁月可是最难忘的记忆。在我们那儿"交公粮"就叫"进粮"。

我的眼前常常浮现出小时候同母亲去镇上粮站进粮的一幕幕画面。

进粮前，母亲总是要把已经晒干的麦子再拉到场院里晾晒一遍，装袋前，又用筛子筛一遍。母亲蹲在地上，头顶个湿毛巾，一筛子一筛子地筛，一边筛，一边捡，把里面的土坷垃、小石粒等各种杂质都要捡出来。几百公斤的麦子，这样筛下来，母亲累得都直不起腰来，可每次进粮还是很少能顺利过关。

小时候，父亲在外工作，家里的重活累活都要母亲去干。我帮着母亲把一袋袋麦子装上架子车，便向十里外的镇上拉去，母亲在前面拉，我在后面推，一路上各村的进粮大军络绎不绝，架子车、牛马车、四轮拖拉机，都是满载着一袋袋粮食。镇上的粮站是最热闹的，人声鼎沸，水泄不通。因为人很多，排队等待验粮的过程总是很漫长，有时要等上一两天，晚上常常要在粮站里露天过夜，要是突然遇上下雨，那种狼狈的境况才真叫悲惨。盼星星盼月亮，终于轮到了，一见验粮员过来，乡民们马上笑脸相迎，把粮袋口敞开，低声下气地请人家过目验收。

那些验粮员都是很神气的，耳朵上夹着几根香烟，被前呼后拥着。他们一只手很熟练地在麦袋口搅一搅，抓几颗麦粒扔进嘴里嚼一嚼，再用那长长的中间带凹槽的钢钎向粮袋底部使劲一插，抽上来再抓几颗嚼一嚼，整个过程不到一分钟，可一句"干度不够"或者"杂质太多"便会让人的心情一下子跌入谷底，你说尽好话也不管用，眼巴巴地看着他转身离去，只能愤愤地说："这么好的麦子，还有啥谈嫌（嫌弃）的?!"记得我们好几次进粮，我也气得说："妈，我们不进了!"可气归气，不进粮是不行的，只好又把那一袋袋沉重的麦子拉回家重新晾晒，或者就在粮站里过风车、过筛子，这一番折腾下来，人都要累散架了……验收过后，最后便是扛上那一袋袋沉重的麦子沿着粮仓里搭建的陡峭的木板一直扛到粮堆顶上倒下。对于没有壮劳力的家庭，进粮可真不是一件轻松的事，所以在粮站里村民们都是互相帮忙，青壮的男人们帮着扛，主人给他们买上些瓜果吃。

其实，想想粮库里要存放那么多的粮食，如果把关不严，把没晒干的或者杂质很多的粮食收进来，也许就"一只老鼠害了一锅汤"。只是验粮的"过"与"不过"，有时也与验粮员的心情有关，有时他们就是为了显示一下自己的"权力"，他们觉得越苛刻越能让老百姓敬畏他，越折腾老百姓越能显示出自己权力的尊贵（其实自己又何尝不是老百姓呢），谁要是敢反驳顶撞他，那你再好的麦子也要给你"鸡蛋里挑骨头"！他们才不体谅你要遭受多少罪。

母亲就常常教育我和哥哥，让我们好好读书，将来端国家的饭碗，吃商品粮，再也不受这份罪。

可要是有熟人常常就好办多了，也许就不用排队，验粮时验粮员也睁一只眼闭一只眼。曾听到一个村民扬扬得意地说，那年他一个熟人在这儿验粮，他拉了一袋糟糠一样的麦子都过了，他把那袋麦子扛到粮仓里，一倒，和那里面麦子的颜色反差很大，自己都觉得不好意思倒，趁人不注意，赶快倒掉，和别的麦子一搅和。

碰到"熟人"验粮我也经历过。上高中时，有一年我和母亲去进粮，欣喜地发现验粮的竟是我的小学同学，他是"老闷"，"老闷"是他的外号，不是他不爱说话，整天闷着头，"闷"是我们那儿"笨"的方言，是说他是个"大笨蛋"。小学时，"老闷"一直是班里最高最胖最笨的学生，不爱学习，一直坐在教室最后面，考试常考零分。记得那时每次下课铃声一响，老师刚宣布下课，"老闷"就会霍地站起身，老师前脚刚跨出教室门，"老闷"就大喊一声："冲啊！"向教室外冲去。一天，他从家里拿了一根长长的钉子，下课后又大喊着"冲啊！"可前面堵了很多同学，"冲"不动，他竟忘乎所以地边喊边手攥着钉子扎向了前面一位小个子同学的头顶，顿时鲜血直流，"老闷"也吓坏了，才意识到自己闯了什么祸，慌忙拔钉子，那位小个子同学疼得哇哇大叫。多亏扎得并不深，去医院包扎了一下也没什么大碍。但从此，"老闷"恶名远扬，谁也不敢招惹他。

"老闷"和我就相距十米左右，我满怀希望地喊了他一声，我没有喊他的外号，第一次喊了他的姓名。"老闷"认出了我，也很是惊喜，只见他像是要向我冲过来，可我们之间被人和麦袋堵得死死的，"老闷"举着手里的钢钎，像举着更长的钉子，要扎向那些挡他路的人。终于跨了过来，我们高兴得抱在了一起。聊了几句，我就赶快把小麦口袋敞开，请他验收。"老闷"只是用手在粮袋口搅了一下，就要给我撕合格单——这么轻松地过关，我和母亲都有点不敢接受，我还兴奋异常地对"老闷"说："老同学，你再看看。""老闷"又抓了几颗麦粒在嘴里嚼了嚼，象征性地用钢钎在粮袋里插了一下，边嚼边笑着大声说："肯定没问题，老同学家的麦子还有啥说的！"

从粮站里出来，母亲长长地舒了一口气，如释重负地对我说，今天多亏你那个同学，要不是他验粮，不知道我们还要受多少周折。我的心里荡漾着满满的自豪感，可又觉得今天这么好的机会，我们却没有好好利用，我对母亲说，要是知道我同学在这儿验粮，我们就应该把没晒干的麦子拉进来。母亲立刻严肃地对我说，我们可不能那样做！就算你那个同学让我们过了，可我们的良心却一辈子不会安宁啊。母亲一直教育我们干什么事都要诚实守信、问心无愧，不可有蒙混过关的思想。

2006 年，延续千年的农业税被全面取消，交公粮退出了历史舞台。现在，当农民真是越来越轻松了。割麦都是收割机，机子开到地里，边收割边脱粒，黄灿灿的麦粒在地头就可以装袋；晾晒麦子也到处都有水泥地面，麦粒从地里到粮仓几乎沾不到一点儿泥土，不仅省力省事了很多，麦子也干净了很多。要卖麦子也不用出村，村子里经常会来一些收麦子的，一手过秤，一手给钱。

现在，农村人吃的也都是商品粮，农村里已经很少能看到磨面坊了。城里乡村到处都是商场超市，米面粮油各种蔬菜都能买到，谁还去磨面呀。在我们的村子里还建了一个现代化的面粉厂，村民把麦子送到面粉厂里，家里面粉快吃完了，骑车过去在一个小本上记录一下，从厂里带一袋面粉回来。

进粮逐渐成了一个遥远的记忆。二十五岁那年，邻居给我介绍了一个对象，就是我们镇上粮站的一个小出纳，谈了几次后，一天，我骑个自行车去粮站找她，偌大个粮站里看不到几个人，寂然无声，我走在空旷的粮站里，有一种扬眉吐气的感觉，可随即，又有一种落寞之感涌上心头……

秋天去赏野菊花

又是一个秋天。这个季节里满眼都是花木的衰败萧瑟，满耳都是秋雨的淅淅沥沥，不时还会传来几声秋蝉的残鸣，人们心中郁积的忧愁伤感便一股脑儿涌上心头。"多事之秋"这个成语也许就与我国的传统文化中悲秋的文人心理有关，秋天常常是引起人们忧愁的季节，"愁"字就是人们"心"上的"秋"啊！可别多愁善感，秋天可是观赏野菊花的佳期。

在我国大部分地区都分布着野菊这种多年生草本植物，它野生于山坡草地、田边路旁等贫瘠荒僻的土地上，强健的根系深深扎根在泥土里，锯齿状的叶片密生在挺立的坚韧的茎枝上。也许你觉得这种植物粗糙而缺乏美感，然而，每到秋天，漫山遍野开放的野菊花便成了秋天乡野间一道最美丽的风景。

我的脑海中常会浮现出一大片无边无际的野菊花海，那是我见过的最美的景色，它源自于我童年的美好记忆。

那是在我上小学一年级时的一个秋日下午，老师说带我们去采摘野菊花，说野菊花是一种药材，可以换钱给我们买学习用品。我们顺着荒野小路走了很远的路，来到了一处遍开着一簇簇雪白、金黄的野菊花的荒坡前，我们一下子被眼前的美景深深吸引：只见平缓的山坡上像有一巨幅绣着金黄色、雪白色花儿的花毯铺展开来，

171

没想到在我们眼里像野草一样生长的野菊竟能绽放出如此美丽和壮观的花朵！我们挎着篮筐兴奋地冲向山坡。老师让我们赶快采摘，可看着那一朵朵艳丽的花儿，我竟不忍心揪掉它们，我觉得那是我见过的最美的花儿，比春天夏天那些五颜六色的花儿更美！那天傍晚回家时，我采摘的野菊花最少，可我并没有为此而难过，我看到那么美丽的一大片野菊花海被我们践踏成了一片狼藉，生出一丝伤感。

我一天天地长大了。小学，初中，高中。那年高考，我落榜了，在人生的道路上，经历了第一次的挫折和打击。又一个九月开学，很多昔日的同窗兴高采烈地去大学报到，我却无奈地又回到我的母校开始了我的"高四"生活，在那个阴冷的秋季，我的心情沮丧到了极点。那是一个星期日的午后，我背上母亲为我准备好的一袋干粮，推上自行车离开家门，开始返回学校。那天我没有走大路，而是选择了一条僻静的小路，我怕遇到那些熟悉的村民和亲友。当时已是寒气逼人的深秋，百花纷谢，百树叶落，然而，小路两旁黄灿灿的野菊花却开得异常繁盛和热烈！它们一簇簇相拥着，竞相绽放，小路几乎被淹没在花海里。骑在车上，望着脚下无数朵在寒霜中笑容绽放的野菊花，我的心中又充满了力量，我感到我的眼前似有一条金色大道通向天边……

转眼，我已进入不惑之年，经历了人生的坎坎坷坷、胜败荣辱，到了一个不再需要取悦于任何人的年龄，不用在单位里整日围在领导左右讨好献媚，在家里妻儿面前也尽可把自己最真实的一面展示出来。奔忙急躁的脚步开始变得持重而平缓，激进肤浅的思想逐渐变得深沉和睿智，也许是进入了人生的秋季，我越来越喜欢秋天。秋日里，最惬意的便是去乡野里观赏野菊花。久居城市，见惯了城市花园广场里那些经过人工培育的花团锦簇、五彩斑斓的菊花，它们直挺挺地被栽植在小小的花盆里，被众人参观、拍照，每天还有园工给它们洒水滋润。它们很整洁、很饱满、很娇艳，可却少了一种自然和清丽，似乎还显出一种极尽讨好人的媚态和俗气。

在一个天高云淡的秋日清晨或午后，走出院门，顺着乡间小路信步游走。经历了酷热难耐的漫长夏日，一下子觉得神清气爽了许多，不必担心暴雨的骤降，也不必惧怕会有骄阳的炙烤，没有了春天的喧闹，没有了夏日里蝉儿的聒噪，你尽可放慢你的脚步，尽可放飞你的思绪……于是，你随处可见一簇簇淡黄雪白的野菊花怡然自得地点缀于残草败叶丛中，有含苞待放的，有半开半闭的，有灿然盛开的！它们不像桃花、杏花那样粉嫩娇艳，不比芍药那样出身名门，没有荷花的亭亭净植，更没有梅花的虬曲枝干，它不需要人工修剪，不需要施肥浇灌，它就是一朵开在贫瘠荒僻土地上的野花，情愿与野草为伍，它的开放不是为了招蜂引蝶，不是为了让人观赏——秋日的原野，冷寂而肃杀，万物都像一个个参透一切的哲人般肃穆着，唯有它，快乐而热烈地绽放。在一簇野菊花前俯下身子，一种温润、清新的幽香一下子扑面而来，闭上眼睛，整个身心都能感受到一丝丝清凉在渗透，渗透，让我们的凡俗之心倏尔变得宁静淡然，精神境界也一下子高远起来，仿佛身体和心灵的一切污秽和尘杂都被一种圣洁之泉洗涤干净。如果你再去凝视一朵野菊花，你会发现它在向你微笑——百花都喜欢争艳，而野菊花却不去与它们争艳，它是在教我们在人生的秋季里面带笑容。

腊梅花也是一种不屈服于严寒，在风雪中傲然开放的花儿。然而，我觉得腊梅是一种名贵的花木，像一位贵妇人，高贵而典雅；而野菊花却像一位素面朝天的村姑，朴素而淡雅。

菊，被称为花之隐逸者。晋陶渊明独爱菊！他"误落尘网中，一去三十年"，对污浊官场和黑暗现实生活的厌恶与痛恨和对恬静的田园生活的热爱终于使他决心退隐田园，返回"自然"。他常常是"采菊东篱下，悠然见南山"，在"秋菊有佳色"的美景中怡然自乐。

今天我们所处的时代人民安居乐业，社会飞速发展，我们大可不必再做陶渊明那样的隐士了吧？可在这个明丽的秋日，远离城市的繁华喧嚣，品着秋韵，赏一赏乡野间那一簇簇盛开的野菊花，你的整个身心似乎都得到了净化和升华……

秋　夜

又到了一年秋天。一直觉得秋天是一年中最美好的季节，特别是人到中年，对秋天的夜晚更是情有独钟。

我对秋天的最早印记便是留驻在舌尖上的秋天的滋味。秋天是一个成熟的季节，对于我们生长在农村的孩子，秋天可是最期盼的季节：枣儿红了，鸽蛋似的枣子缀满枝头，惹得我们小孩子总是站在树下仰头观望，眼巴巴地等待着一阵风吹来能掉下几颗来；苹果红了，红扑扑的苹果散发着诱人的甜香气息，能手捧着一个苹果那是我们最幸福的时刻；漫山遍野的野果红了，一个个小小的"红灯笼"把秋日的大地渲染成火红一片，喜庆而壮观……玉米棒子是农家最普通最常见的美味了，收获玉米的那几天，傍晚时分，父母从地里满载而归，洗去一身疲惫，母亲便开始在刚收回的玉米堆里挑选那些苞叶鲜绿的玉米棒子，剥开苞叶再用手掐一掐，选上一大筐倒进锅里用水煮。不多久，鲜玉米那特有的清香气味便从锅里溢出，在屋子里弥散开来……

中秋之夜的晚餐是最丰盛的了，一轮圆月升上天空，皎洁的月光洒满大地，多美的月夜啊。可我们孩子，不懂得赏什么月，有好吃的比什么都吸引我们，母亲把秋天里收获的所有美味都摆上桌子，玉米棒子、煮花生、蒸红薯……一家人围坐在一起吃着，说着，笑

175

着，那是一年中最美好的夜晚。虽然小时候的我们很少能吃到月饼，但现在想来，那时留给我唇齿的余香却要远远胜过现在各式精美的月饼。

我一天天地长大了，离家越来越远，每次离家，母亲都会对我说，想妈妈了，晚上抬头看看月亮，你就看到了妈妈。对于一个漂泊在外的游子，秋天逐渐成了一个思念的季节。一个独处他乡的人，白天奔波忙碌，倒还能冲淡离愁，只是一到夜深人静的时候，心头就难免泛起阵阵思念故乡的波澜。

秋高气爽，皓月当空，那是多么美好的情境啊，在我国的历代诗文中，写到秋月的诗句，总透露出一丝淡淡的忧伤。"床前明月光，疑是地上霜。举头望明月，低头思故乡。"李白的《静夜思》，短短几句，几千年来，却感染了无数的游子；王建的"今夜月明人尽望，不知秋思落谁家"，诗人没有采用正面抒情的方式，直接倾诉自己的思念之情，而是用一种委婉的疑问语气，把他对月怀远的情思，表现得蕴藉深沉；还有苏轼，望着天上一轮明月，想到他的弟弟，无奈地感叹"人有悲欢离合，月有阴晴圆缺，此事古难全"……可我觉得，诗人们只是沉浸在感伤中思绪万千，却枉费了秋日月夜的恬静与美好。

秋夜月明，凝望一轮明月思念故乡和亲人是再美好不过的事了。披一件夹衣，一个人出门散步，经历了一个长夏的酷热与烦躁，心情一下子清爽了许多。秋夜望月最好是走进旷野田园，沿着乡间小道缓步前行，空气中飘散着成熟的甜香味道，夹杂着泥土和汗水的气息。皎洁的月光静静地温柔地泻下，泻在刚刚秋收过后已显得空旷辽远的田野上，泻在累累硕果仍挂在枝头等着人们采摘的果园里，泻在秋风中即将离开或已经离开母体的片片落叶上，整个世界像是被一缕轻纱笼罩着，睡着了一般，偶尔传来一声秋蝉或是蟋蟀的低鸣，像是睡梦中的呓语。在这个清凉如水的月夜，大地万物也该好好歇息了。而一个在人生的路途中经历了风风雨雨、坎坎坷坷的人，抬头望见那慈祥得如母亲的面庞般的明月，种种温暖的记忆便一幕幕地在脑海中浮现……

望了秋月，再来听听秋夜的雨。秋日的夜晚，自然界和人世间的一切喧嚣嘈杂都落幕了，秋虫们也都钻进了洞里。忽而一阵秋风吹来，树叶哗哗地飘落，接着便窸窸窣窣地下起雨来。秋风、秋雨和树叶飘零的声音，像一首略带伤感的《秋日私语》。

春夜的雨是喜雨，好雨知时节，当春乃发生。随风潜入夜，润物细无声；夏夜的雨是惊雨，惊心动魄的雨，它总是来得那么暴躁和突然，让人猝不及防、胆战心惊；而秋夜的雨是心灵之雨，直抵人的心灵深处——秋天、黑夜、凄冷的雨，只有在这种情境下，人的内心世界才会真正地沉静下来，才会回归生命的本真。对于一个步入人生中年的人，秋夜的雨也是一种疗伤的雨，特别是，他的内心深处一定都郁积了太多的忧伤，不需要强迫自己忘掉烦恼，不需要去借酒浇愁，也不需要亲友推心置腹的安慰开导，在这个夜晚，你会觉得整个世界都在为你哭泣，你听听那雨声，所有的伤悲都随着那如泣如诉的雨滴一滴一滴从内心深处缓缓流出……

哭　泣　碗

　　不知从什么时候开始，喜欢研究那些有名无名的花花草草，特别是记忆中故乡的那些野花野草，常常在我的脑海中萦绕。小时候，故乡的田间地头、沟渠荒坡，随处可见一种野草，纤细的茎蔓匍匐在地上或者攀绕在别的野草身上，看起来柔柔弱弱，生命力却很顽强。它开着硬币大小的粉红、粉白色的喇叭花，像牵牛花似的。虽然它的小花也很漂亮，惹得蝴蝶翩翩飞舞，可因为遍地都是，人们从没有把它当花来看待和呵护。

　　大学毕业参加工作，来到了遥远的异乡，在城市花园、林荫道边，甚至在那些幽深巷道斑驳的墙砖缝隙里，偶尔也会见到这种野草，在城里，它形单影只，生长得谨小慎微。它的名字，我只在心底里默念，从来没有在别人面前提起过，因为家乡的方言太土气了，我都不知道是哪几个字，别人怎么会知晓。

　　一日，在网上搜索一种花的图片，猛然间一张图片上的野花野草吸引了我的目光，像是在他乡遇到了故知，那样的亲切。我把图放大了仔细地看，真的是记忆中的它，隔着电脑屏幕我有一种想伸手触摸的感动。更令我惊喜的是，我终于读到了它的名字——打碗花。我一遍遍地念着"打碗花"，这个名字似曾相识，记得看过好些文章里提到过这个花名，当时，我觉得这个名字虽然俗气了些，却

178

常有人提及，应该是一种深受人们爱怜的花儿，我从没想过它竟然就是我熟悉得不能再熟悉的那种野草，这种野草怎么可能用"花"来命名呢？

可为什么要叫它"打碗花"？起源是什么？又有什么传说故事？上网搜，找不到一个让人信服的说法，或者就直接说，关于它名字的由来已不可考，只是用这句俗语来解释：采了打碗花，要打吃饭碗。大人们便告诫孩子不要采打碗花，否则吃饭要打破碗的。连自己吃饭的家当都会打破，那肯定是要挨打的。网上读到几篇写打碗花的文章，都讲到小时候看到那一朵朵小花太美了，虽然父母告诫过，但还是忍不住采了几朵，谁知回家吃饭还真的打破了碗。其实，这种巧合只能用越紧张越容易出错解释吧。饭碗，关乎一个人生存的根本，把一种极其普通的野草野花与我们的饭碗关联起来，可见先辈们早已认识到了环境保护要从呵护一草一木做起的道理。

我又一遍遍地在心底里默念着"打碗花"那个古怪又土气的花名，离开故乡二十多年，那个残存的记忆已渐渐模糊，似乎在梦境中，我甚至不敢确定到底是不是那样叫的。忽然，"哭泣碗"三个字在我的脑海里跳了出来，它的发音就是"哭泣碗"的变调，含义也是那么的贴切，一个土得掉渣的名字在我的转译下华丽变身，仿佛一块外表朴拙的原石在我的精心打磨下变成了一块精美的宝玉，那个快要遗忘的记忆再次在脑海中复活，一股浓浓的乡愁又一次涌上心头。

看来故乡人并不是随便给打碗花命名的，那些早已被我们读得麻木的名字也许潜藏着先辈们了不起的智慧。我仿佛找到了那些沉寂在脑海深处的故乡风物的密语，故乡人口中那些土里土气的名字竟是那样的意味深长。哭泣碗，哭泣碗……我觉得这个名字比它的"官名"更形象生动，故乡人天天这样叫它，但大概还没有一个人会去想是哪三个字，更不会去想为什么这样叫。我为我的"重大发现"欣喜不已。

"采了打碗花，要打吃饭碗。"朴实的一句话，却蕴含着深刻的自然哲学，这是大自然给人们的警示：它可以给我们饭碗，也可以打破我们的饭碗。这方面的教训真的很令人心痛。我国的西北部是生态环境极为脆弱、荒漠化和水土流失最为严重且沙尘暴频发的地区，坐在火车上，沿着兰新线一路向西，景色越来越单调。过了甘肃武威，眼前已成了开阔的荒漠景象，有时火车飞驰上一两个小时也看不到一点人烟，偶尔有些风景如画的村庄也是一掠而过，几乎满眼都是戈壁和荒山。其实，很多地方也曾水草丰茂，可由于人们的过度开垦和滥砍滥伐，短短几十年时间就变成了不毛之地。

我又想到了故乡的野菊花。在我国大部分地区都分布着野菊这种多年生草本植物，它野生于山坡草地、田边路旁等荒凉贫瘠的土地上，强健的根系深深地扎在泥土里，每到深秋时节，寒霜袭人，万木萧瑟，乡野里唯有野菊花在迎风傲放。在故乡的时候，真没觉得它有多么美丽，闻起来还有一股刺鼻的草药味，所以很少去特意地观赏它。可当我长大离开故乡，作客他乡，举目无亲，我感到无边的孤独，于是总在刻意地寻找故乡的细枝末节，那种温暖的、细碎的、潮湿的感受，让我久久地回味其中。每到深秋时节，独立在异乡的寒秋，我的脑海中常会浮现出那大片大片迎风傲放的野菊花海，想起它，就更加思念故乡。

几年前的一个深秋时节，我回老家探亲，令我惊喜的是，几年不见，村子的变化很大，村里的美丽乡村建设搞得如火如荼。在村口下了车，以前坑坑洼洼的村道修成了水泥路，还安装了路灯；村民们的房屋也越盖越漂亮，过去的那些土墙破屋再也看不到了，取而代之的是砖瓦房、小洋楼，以前脏乱差的村容村貌也发生了彻底

180

的改变，农村像城里一样干净规整。

　　然而，当我漫步在村落外围的小道上，却找不到一株野菊花的身影，路旁都栽上了城里的行道树，一列列整齐利落。我的心中一阵惆怅和迷茫。回家后问母亲那些野菊花怎么都没了，母亲正忙着做饭，她大概没想到我会问这个，头也没抬地答道："啊，啥野菊花，那些野花烂草都被铲干净了！"我没看到母亲说这话时的表情，但能感到她说得咬牙切齿。在母亲眼里，那是野花烂草，是庄稼人一辈子都在铲除的东西，可对于常年漂泊在外的游子，那却是他最美好的故乡记忆。那些天，我几乎走遍了乡间的田野，才终于找到了一丛野菊花，我如获至宝，赶快把它移栽到家里的后院。

　　失去了才知道可贵，曾经那么司空见惯的野草，忽然就成了梦中的空影，无边的感伤一下子涌上心头。野菊花，你去了哪里？

　　在这个世界上，除了我们人类自己，还有无数种动物和我们朝夕相处，是的，自古以来，人类一直处于生物链的最顶端，人类为了更好地生存就要吃肉，但对待生命，我们应该心存敬畏，切不可仅仅为了猎奇尝鲜，就随意剥夺一个幼小动物的生命，无所顾忌地野蛮杀戮。近些年，我们人类几乎到了无所不吃的程度，吃知了，吃青蛙，吃麻雀，吃各种昆虫，哪怕它的肉只够塞个牙缝。试想一下，没有蛙鸣，没有蝉噪，没有麻雀叽叽喳喳，乡村便如失去了灵魂一般死寂，这样的乡村还是乡村吗？我们为什么就不能做这些小生灵的不请之友？

　　近些年，随着生态环境破坏的日益严重，世界上的很多生物正在面临危机，看到一些全球生物资源分析报告，讲到近一百年来已有超过1000种动物、植物灭绝，目前约有3.4万种植物和5200多种动物濒临灭绝，这是多么触目惊心的数字啊。看来，先辈们把"打碗花"告诫为"采了打碗花，要打吃饭碗"真的不是危言耸听，用如此普通的野草来警醒我们也可见他们的良苦用心。

　　对待无言的花草，再普通常见我们也不要去肆意地践踏；对待任何一个和我们朝夕相处的可爱生灵，都要多一些爱心和呵护。守住自己的底线，只有敬畏自然，才会少一些悔恨哭泣。

夜　来　香

　　我最早认识的花是"夜来香"，这样叫了它几十年，现在才知道它的本名叫"紫茉莉"，但我还是习惯叫它"夜来香"。

　　记得上小学一二年级时，初春的一天下午，老师带我们平整教室门前的一小块空地，笑着对我们说："同学们，你们谁家有花种子，明天给大家带来，种在这块空地上，把它装扮成一个美丽的花园。"大家纷纷举手，我家有！我家有！

　　第二天早上，很多同学都带来了花种，最多的是一种长相奇特的种子：颜色黑黑的，摸在手里疙里疙瘩的，像个很小很小的"地雷"，特别是上面还有着很美的花纹，那是我见过的最美的种子，美得像一件艺术品。大家都叫它"夜来香"，又叫它"地雷花"。

　　老师带着我们把那些花种种在平整好的花园里，浇上水，也在我们每个人的心田里播种下了希望。我们一天三次地跑去围着花园看，看种子发芽了没有。几天后，一棵棵嫩芽便争相从泥土里钻出来，一天天地焕发出生机和活力。叶子一天天长大，一天天增多，枝干也变得粗壮。我最喜欢的就是夜来香，觉得它长得最美，怎么个美法，又形容不出来。盼望着，盼望着，夜来香开花了，小喇叭一样的花朵，红色的，黄色的，还有红里夹杂着一丝一丝黄，黄里又带有很多红斑点，真是太漂亮太神奇了。只是它白天不开花，非要等到我们下午放学后傍晚时分才开，好几次，为了等待花开，我甚至都等到同学们快走光了，才恋恋不舍地与争相绽放的小花朵挥手告别。

那年秋天，我采了好些夜来香的花种，珍藏在一个小盒里。第二年初春，我刚看到柳树枝条吐出一点儿嫩芽，便迫不及待地把花种种在了我家院子的一个角落里。每天早上，我一从床上爬起来，第一件事就是跑到院子里，在我埋下种子的地方睁大眼睛仔细地看，看那一小块地面有没有起什么变化。终于，地面开始裂缝，从缝隙里我看到了一个小生命的诞生，它是在我的爱心呵护下诞生的，那种"成就感"令我欣喜不已。

小芽一个接一个从泥土里探出头来，像是刚睡醒的样子，蒙蒙眬眬地睁开双眼，伸展着身子。刚长出来的两片半圆形的叶子由黄变绿，由小变大，向两边伸展开来，像一个小力士伸开双臂，傻乎乎的样子。等上了初中，学习了生物，我才知道，那两片"叶子"名字叫"子叶"，它还不是真正的叶子，它是为还没有长出叶子可以进行光合作用的幼苗提供能量的。接着，两片嫩绿的"真叶"露出头来，它们先是紧贴在一起，像合十的手掌逐渐分开。这两片叶子的形状完全不同于那两片"子叶"，它的叶梢尖尖的、细细的，叶子越长越大，摸在手里光光的、滑滑的，它的形状很美丽，现在知道，应该用"俊俏""秀丽""端庄"来形容它的美。很快，又一对新叶长出来。长出几对叶子后，主枝两边也开始长出一对对叶子，叶子越长越多，茎枝越长越粗壮。一个多月后，顶端就开始长出一簇花骨朵来，颜色越来越深，像一个个小小的火炬。

终于在一个傍晚时分，那"火炬"的花瓣卷裹在一起的花苞逐渐松散展开、展开，盛开成一朵五角星一样的小喇叭花，平平展展的，没有一丝皱纹。想想花朵真是神奇，那一圈花瓣不知怎样卷裹成花苞的，又是怎样展开的，仿佛有一双巧手在作弄，一丝不乱。夜来香花儿开得最繁盛的时候，一棵花树可以开上几十朵，在暮色的映衬下，眼前一大片花的海洋，那种梦幻般的美景和无与伦比的幸福感深深地印在了我的脑海里。天越来越黑，先是整个花和枝叶还能看到，渐渐只能看到花儿了，最后花儿也消失不见了，空气中只弥散着淡淡的花香，脑海里只留下一张张花儿的笑脸。夜来香的花期很短，就只开一夜，第二天早上太阳一出来，它的花瓣就开始收缩枯萎。

那片盛开的夜来香花朵也吸引来了母亲的目光，她常会在傍晚时分走过来和我一块儿观赏那片夜来香花儿盛开的美景。

"妈，夜来香为什么白天不开花，非要等到太阳落了才开呢?"我问母亲。母亲想了想，却回答不上来，她看着我，忽然就由花联想到了我这个她最爱和了解的儿子，她笑着说，它不喜欢太阳照射，像你一样，也"害羞"吧。我就是个害羞的男孩，这源于我的自卑，总觉得各方面不如别人，自惭形秽。

我越发地喜欢上了夜来香，我们惺惺相惜、心灵相通。

我一天天地长大了，通过不断的努力，我的天地逐渐变得开阔，也越来越自信起来，学会了昂首挺胸。可夜来香依然在黑夜里绽放它的美丽。其实想想，它比我们要自信得多，它美丽的花朵就是开放给黑夜的，我们看不见，但黑夜看得见。

大学毕业那年，我离开家乡来到遥远的新疆吐鲁番参加工作，后来成了家，在城里买了楼房。楼房虽然干净，可钢筋水泥包裹的牢笼里却嗅不到泥土的芬芳，城里人真是可怜，寸土寸金，我只好像别人一样，也买了几个花盆，买上几包营养土，在狭小的阳台上种上几盆花儿算是亲近自然。我种的花儿就是夜来香，我的脑海中时时浮现出小时候老家院子里那一大片夜来香夜幕下盛开的美景。

在吐鲁番，盛夏的午后，高温的炙烤下，阳台上的温度常常可以达到45℃以上，花盆又大，不方便移到室内，夜来香的叶子全都萎蔫了，连茎枝也完全变软，整个身子都耷拉了下来，伏在了花盆上，摸一下它的枝叶，都烫手。这么热的天气，人都受不了，我们待在屋子里关紧门窗，打开空调，在现代文明的调控下，神清气爽，可花儿只能默默地在酷热中煎熬。终于熬到傍晚，只需给它浇上一杯水，萎蔫的叶子又慢慢缓过神来，伸展开来，茎枝又开始挺立起来，它们还想着夜晚要给人们带来馨香，我一下子就想到了"花坚强"这个词。

在最热的时候，花苞长出一两天就开放，很多花儿还没来得及开放就被暴晒得枯萎脱落了。为了能让夜来香在封闭的阳台上透口气，我尽量把它们的枝叶往外面牵拉，让花儿也开在阳台外，让路人看见。

而城里的夜晚却不像农村，这里喧嚣、嘈杂，特别是我那楼下就是商铺，傍晚一到，门前就成了夜市，大声喧哗，喝酒吵闹，耍酒疯，他们根本不顾及上面住户的感受。我家就在三楼，经常是半夜三更一声"狼嚎"把人吵醒。

那天下午，一位朋友带着孩子来家里玩，我们大人们在一起聊天，两个小孩也高兴地玩在了一起。我们正聊得尽兴，突然，"啪"的一声巨响，客厅阳台上的玻璃破了个大洞，两个小孩吓得抱着脑袋跑进来，我也吓坏了，跑到阳台一看，玻璃渣子、啤酒瓶渣子、啤酒沫子飞溅了一地，再往下一看，下面那些无所顾忌的食客却还正吃喝得尽兴，好像什么事都没发生一样。只有其中一个醉汉抬起头来，怒视着我。原来是两个孩子不知什么时候玩起了小水枪，朝着楼下面射水，没想到惹恼了那个醉鬼，他直接拿起一个啤酒瓶朝孩子砸来，多亏孩子跑得及时，只砸破了窗户玻璃。我气得拨打

110，没想到警察来了，说是我有错在先，没有管好孩子。

夜来香依然要在这种环境下开放，它只能辨别白天和黑夜，却无法逃避人为的吵闹，我能从它开放的花朵里看出它的厌恶和无奈，这些人都不是赏花的人，花儿给他们开放真是"对牛弹琴"了。

好多个傍晚时分，我搬把椅子坐在阳台上，静看着夜来香花儿绽放，却又不得不忍受楼下的聒噪。一天傍晚，几十朵花儿灿然开放，美得醉人。忽然，楼下一个声音在说，哎，你们看，那花开得多好！我伸出脖子向下望去，大家都抬起头来，向上望来，我和他们相视一笑。奇怪的是，喧闹声渐渐小了，没想到，无声的花儿竟然感化了他们。

我更没想到，我叫了几十年听起来有点俗气的"夜来香"竟然有一个很优雅的名字叫"紫茉莉"，而真正的"夜来香"却另有其物，它是生长在我国华南地区山坡灌木丛中的藤状灌木，枝叶、花朵和草本植物的"紫茉莉"差别还是很大的。我和很多人把它的名字张冠李戴给了"紫茉莉"。不过，我还是继续把"紫茉莉"称为"夜来香"吧，那个真正的夜来香我还没有见过，而这个"夜来香"更加普通和大众化。

又是一个夜来香花开的傍晚，我还是坐在阳台上，欣赏着它们的美，静看着它们灿然盛开，最后消失在茫茫黑夜里……

冬天的原野

大地的舞者

北方的冬天，总是最能让人感受到冬的滋味的。天寒地冻，水瘦山寒。特别是北方的树，一进入秋天，秋风一起，黄灿灿的树叶便哗哗地飘落。这是冬的前奏，给人一种大难临头各奔东西的感觉。可树的枝干却别无选择，只有迎风而立，挑战即将到来的严寒。

城市里那些给人们带来绿荫的行道树，整日面对着繁华的街景，街道上车水马龙、人流如织，那林立的高楼，也抵挡住了寒冷的风，很多树上直到第二年春天还挂着一些枯叶。城里的人们只能感受到淡淡的秋的萧瑟滋味，直到冬去春来，才恍然感叹，又过了一个寒冬。

而在乡间旷野，喜庆的秋收过后，一下子便沉静了下来。一棵棵树上那一片片秋叶静挂在枝头，只要秋风的号角吹响，万千片秋叶便呼啦啦地飞离枝头在秋风中盘旋飞舞，那是多么壮观的景象啊！可壮观过后便是凄凉，一阵秋风一阵寒，几阵秋风过后，大大小小的树就只剩下光秃秃的枝干。丰子恺先生曾把秋天梧桐叶落的光景描写得很凄惨："好像曾经娶妻生子而今家破人亡了的光棍，样子怪

188

可怜的。"我觉得曾经绚丽多彩的乡野间一下子站满了老老少少的光棍汉，让人叹息又颇感滑稽。一阵寒风吹来，树上的枝枝丫丫相互碰撞拍打，发出噼噼啪啪的声响，回荡在天地之间。

在有些高高的大树枝杈上，还可以看到鸟做的巢，不知是否还有鸟儿在巢里过冬。夏日里这些鸟窝隐藏在密密匝匝的树叶里，树叶为鸟儿们遮风挡雨，也让它们躲避了天敌的捕获。小时候，总觉得鸟儿们长着一双翅膀，可以在天空中自由自在地飞翔，它们是那么的机警，要想抓住它们真是难于上青天。那时的我们，要是在旷野里看到这些鸟窝，一定会欣喜若狂，再高也要想办法爬上去抓一只小鸟或者捡几个鸟蛋。可人到中年的我，在寒冷的冬天看到这些鸟儿们筑在高高的树杈上已经暴露无遗、摇摇欲坠的巢窝，却对还待在窝里瑟瑟发抖的鸟儿们充满了怜悯和担心，担心它们会被冻死或者被贪婪的人看到。寒冷的冬天，唯一可以看到还在室外觅食的鸟儿好像就是麻雀了。过去，麻雀是最常见的鸟儿，也是最不讨人喜欢的，灰不溜秋的，整天都听到它们叽叽喳喳地叫。冬天里，能飞走的鸟儿都飞到南方去了，在乡村，似乎只有麻雀坚守着，它们时而飞到农家小院里啄食，时而又飞上墙头、飞到屋檐下，或者飞到院内院外那些低矮的树枝上，头缩进身子里打盹。它们的反应变得迟钝，只有感到生命受到威胁时，才扑棱棱地飞离。

冬日的清晨，总是寒霜遍野、雾气弥漫，田野里偶尔也会遇到几位大叔大爷，他们沿着田间小路散步，看四下里没人时，便会舒活舒活筋骨，甚至还会打上几招从电视上学来的太极拳法。在城里，每天早晨，那些悠闲的老头老太太来到公园广场里打拳、练剑、跳广场舞；在农村，广阔的田野便是老农们健身的场地。红彤彤的太阳升起来了，那一枝枝光秃秃的枝干枝条，忽然也像一双双在晨光中挥动的手臂，又像一丛丛燃烧的火焰，它们是大地的舞者，迎接

189

着新的一天的到来。

飘向故乡的雪花

冬天的乡村是最寂静的，冬闲了，大地万物都失去了光彩，忙碌了大半年的人们都待进了暖融融的屋子里，享受着天伦之乐。要不是每家每户屋顶飘起的炊烟，真可以用"死寂"来形容村子的静。

雪花是冬天的精灵。天气阴沉沉的，厚厚的云层，那种云很高远、很凝重，密不透风，让人的心情也沉重起来。没有闪电，没有惊雷，不知不觉中就看到星星点点的白色絮状物在空中飘飞，有时就是小小的白色颗粒溅落在地上，比米粒还小，那应该是最细小的冰雹了。呀，下雪了！冬天的雪总是来得悄无声息，似乎怕惊扰了冬日里的这份宁静祥和的氛围。

不多久，便可看到漫天的雪花在飞。站在飞舞的雪花中，伸开双臂，一片片雪花飘落在你的手上、脸上、睫毛上、嘴唇上，毛茸茸的，像柳絮，又倏尔化为一颗小小的水滴，一丝冰凉便沁入心田。漫天飘飞的雪花，仿佛天女散花一般，虽然这种"花"没有五彩的颜色，也就那么小小的一片，但那无数片洁白素雅的雪花从浩渺的天空中源源不断洋洋洒洒地飘飞下来，那种场面也绝对令你震撼。每片雪花都像一个轻盈的舞女，整个天地都成了雪花的舞台。她们在天空中尽情施展着自己曼妙的舞姿，你可以想象，她们该是多么的快乐啊，也许是苍天觉得冬天里人间太单调寂寥，于是派遣雪花这个精灵下凡，为人间增添一点儿生气。你仔细观察，可以发现每片雪花都是一幅极其精美的图案，它们穷尽心思把自己装扮得美妙绝伦降临人间，在这个冷萧的冬日里让人们也获得美的愉悦和享受。

乡村的雪总是下得最有情致、最欢乐、最喜庆，那一片片洁白的雪花，虽然无声无息，却像一个个远离家乡的游子载歌载舞地飘向故乡的怀抱。长大后，离开家乡来到城里，虽然也经历了无数个大雪纷飞的场景，可我再也感受不到小时候在故乡感受到的那种下雪天气的温馨氛围。城市里太繁华、太喧嚣，这种情景和雪花好静的性格格格不入；城市里的人都太繁忙，生活得太紧张，整天都焦虑不安、行色匆匆，对上天派来的这个精灵的天使也显不出多少热情来。那一片片小小的雪花是那样的孤独，似乎也有着什么心事，它们不知该飘向何处。

　　乡村的雪夜是最恬静的，各家各户的灯都熄了，人们都进入了梦乡，村子里的大狗、小狗、大小花猫也都安卧入眠，深夜里一切声音都消失了，夜幕下只有雪花在纷纷扬扬地飘落，静得可以听到它飘舞的声息。洁白的雪把漆黑的夜映出朦朦胧胧的亮光，就像梦境中一样。每当我回忆起做过的那一个又一个梦，梦境里都是那种朦朦胧胧的亮。雪越积越厚，整个大地像被一床厚厚的雪被覆盖，一片片雪花一边飘落一边轻声地对大地上的万物轻语：睡吧，睡吧，保准让你们暖和。

　　一夜的雪常会在天亮时就停了下来，"呀，雪下了这么厚！"每个早起打开屋门的人都会惊喜地喊，白亮的雪晃得人睁不开眼睛，一阵寒气扑面而来，空气清新润湿了许多，人们说话的声音也变得清脆悦耳。"各扫门前雪"是每户主人早起首先要做的一件事，只要在院子里需要走动的地方扫出几条道来，把院门外的雪再扫一扫就行了。乡村不像城市，人流量大，车流量大，一遇到下雪天气，马上就要清扫街道，大街小巷到处都是扫雪大军在紧张忙碌地清雪，洁白的雪最后被人们清扫堆积在城市的行道树身下。雪洁净了城市，自己却变得脏污不堪。可乡村是雪的故乡，有了皑皑白雪的映衬，暮气沉沉的冬日乡村一下子便焕发了生气，在白雪的映衬下，朴拙的乡村变成了一幅最美的图画，洁白的底色上，是屋舍、矮墙、柴垛、秃树，每个景物有了白雪的点缀和包裹，都生动了起来，可爱了起来，那种景象，真像是来到了童话世界。"瑞雪兆丰年"，每一场大雪，农人们总会喜上眉梢。冬天要是没有落雪，就像老屋里年迈的父母没有盼到远方的游子归来，一个冬天都变得郁郁寡欢、索然无味。

雪天里，孩子们总是最高兴的，滚雪球、堆雪人、打雪仗，在雪地里嬉闹着，欢叫着，村子里欢腾起来了，虽然冰天雪地，孩子们小手冻得通红，可他们却玩得兴高采烈……孩子们最喜爱的玩乐项目当然是堆雪人了。我忽然就想，这个"堆雪人"又起源于什么时候呢？查了查资料，我国古人堆雪人的历史可以追溯到宋代，不过，那时候的古人，堆的并不是雪人，而是雪狮子，直到清朝末期，才逐渐开始出现了堆雪人。

狮子在我国的传统习俗中有祈福平安等吉祥寓意，古代那些官府衙门和大户人家的门前，常会看到蹲着两个石狮子，以镇宅护院驱邪避祟。可老百姓们不可能在自家门前也雕刻一个石狮子，于是，下雪天在门前堆个"雪"狮子，聊以自慰，哪怕天晴了它就"雪融狮消"。狮子是威武的象征，古代的贫苦老百姓常常受到权贵恶霸的欺凌却有理无处讲，有冤无处申，他们弱小而卑微，就连看到官府门前那两尊张牙舞爪的石狮子，也会望而生畏。于是，老百姓们在雪天堆个雪狮子，这或许也是想倾吐一下自己心中的怨怼，让雪狮子为自己壮胆，为自己伸张正义！

渐渐地，石狮子少了，雪人便出现了。堆雪人也比堆雪狮子好堆多了，没有多少技术含量，人人都会。堆一个雪堆做人的身子，滚一个雪球做人的头。眼睛、鼻子、嘴巴更好做，找个石子塞上都能很形象，还可以给它戴个帽子、围条围巾，惟妙惟肖。

雪渐渐地融化了，带着人们的美好祝愿和期盼，渗入故乡的泥土里，滋润着大地上的一草一木，预兆着又一个丰年的来临。

寒冷的记忆

在北方，最难过的季节就是冬天。特别是生长在农村的孩子，对寒冷的记忆尤为深刻。

人们常常用"寒窗苦读"来形容读书的艰辛，想起年少时的求学岁月，冬天真的是最难熬的。

冬天的早上是最不愿起床的，从热乎乎的被窝里探出身子穿上冷冰冰的棉衣棉裤，寒冷的一天便开始了。推开屋门，一股寒气袭来，禁不住打个冷战，外面还是满天的星星，隐隐约约有一丝亮光，看不清路，但却可以放心大胆地走，不用担心踩在泥水里，这个时候路已冻得硬邦邦的，穿着母亲一针一线纳的厚底棉鞋，脚也硌得生疼。

来到学校，进了教室，并不比外面暖和多少，同学们大声地读书，不时地搓搓手、跺跺脚，教室里人声鼎沸。

冬天的早上，坐在教室里上课，是最难熬的。手冻僵了，握不住笔，脚也冻得麻木，老师讲着什么，根本听不进去，我们只盼着快点下课。只要下课铃声一响，老师宣布下课，教室里一下子便炸了锅，呼啦一声都向教室外面冲去，女生是打沙包、踢毽子，我们男生都挤在墙根"挤暖暖"，靠在教室向阳的外墙下站成一排，两边的同学同时用力向中间挤，被挤出来的又从两边挤，每个人都挤得

194

快乐无比。

现在随着生活水平的提高，人们对穿是越来越讲究，可那些年，冬天就是母亲用棉花缝的棉衣棉裤，有时也会对母亲抱怨，说这件衣服穿着太难看了，母亲便说，有啥难看的，只要暖和就行了。记得上高中时，班里有一位同学的家境比较优越，他穿了一层又一层的毛衣绒衣，脚穿大头皮鞋，常常昂着头在我们一群穿着厚重臃肿的棉衣棉裤的同学面前炫耀，有一种鹤立鸡群的感觉。

冬天的"天"总是很短，一天的时光，太阳好像只是在天边缓缓地划了一道弧线便坠落了。冬天的夜晚家里是最温馨、最温暖的，在北方，蜂窝煤炉子是最常见的取暖工具，一家人围着小小的火炉，火苗从煤孔里飘舞出来，欢快地舔着手指，给人一种被亲情抚摩的温暖感受。在火炉上烤几个红薯，红薯那特有的香甜味飘散出来，一家人谈笑着，等待着，我觉得那是最幸福的时刻。

看电影是我脑海里最美好的记忆。小时候，没有电视，没有手机，我们唯一盼望的就是晚上能看场电影。当然，我们农村的孩子只能露天看电影，那时候，镇上的电影放映队每年会在各个村里放映几场电影，谁家要是有老人过世，一般也会请来几场电影。冬天，天寒地冻，在寒冷的夜晚站在户外看电影那种滋味可真的不好受。电影场里，每个人都冻得瑟瑟发抖，特别是脚冻得生疼，需要不停地跺脚，可脖子却伸得很长，眼睛片刻也不愿离开银幕。夜越来越深了，天气也越来越寒冷，大人们陆陆续续回家去了，离开时都再三喊着他们的孩子回家，可我们孩子的意志这个时候都很坚定，家里的热炕哪能比得上电影的诱惑。直到银幕上打出"再见"二字，我们才呼啦啦地奔向家里。

每到寒冷的冬季，我们小孩子最盼望的就是下雪。大雪纷飞、冰天雪地是寒冬里最有情味的景致。只要看一眼那白茫茫一片的素洁天地，一丝冰凉便沁入心田。可我们小孩子却不怕冷，雪地里堆雪人、打雪仗、滚雪球是我们最快乐的游戏，雪花飘落在脸上，毛茸茸的，凉丝丝的，我们在雪地里奔跑着，欢叫着，甚至在雪地里打个滚，虽然冰天雪地，我们孩子却玩得热火朝天……

可有一年冬天在雪地里拉煤的经历却给我留下了刻骨铭心的寒冷记忆。

那年的寒冬腊月，眼看就要过年了，家里的蜂窝煤也快要烧完了，可雪却下个不停，越下越大。那天早上，父亲让哥哥和他一同去镇上买些蜂窝煤回来，说再过几天就过年了，再不买怕就买不上了。我一听，忙对父亲说，我和哥哥去买吧？父亲身体不好，哥哥上高中，我也上初三了，我们弟兄俩拉一车煤应该没问题，哥哥也说，让父亲不要去了，让我和他去买。父亲看了看哥哥，又看了看我，想了想，同意了。父亲把钱交给哥哥，让他装好，说一块蜂窝煤一毛钱，可以买上一百多块，剩下的钱我们在镇上饭馆吃个饭。母亲给我和哥哥找出了最暖和的棉衣让我们穿上，叮嘱我们注意安全，哥哥和我拉上架子车出发了。

到了镇上买好了煤，哥哥问我，饿不饿？我说不饿，他说，那就算了，我们不吃饭了吧，赶快回家，我说行。路过一个饭馆，哥哥还是买了一个烧饼，撕给我一大半，我们边吃边拉着半车蜂窝煤往家赶。雪越下越大，飘落在眼睛上，眼睛几乎都睁不开，路上的雪越积越厚，哥哥在前面拉，我在后面推，行进得越来越艰难。不料在一条狭窄的小路上，车子剧烈地晃了一下，瞬间，车子和半车蜂窝煤翻倒进了路旁的沟渠里，我和哥哥也随着栽倒下去。万幸的是，我们都只是擦破了点皮。顾不上疼痛，我们慌忙站起来，先把架子车拉上路，然后下去把掉落的蜂窝煤一块块捡拾上来，摆放在车上。我的手都冻僵了，终于，都捡了上来。可哥哥一数，少了一块，到处找了找，没有呀，我对哥哥说，算了不找了，我们赶快回家吧，可哥哥却说，再找找吧，就算受点冻可一块煤可以烧大半天呢。我和哥哥又仔仔细细地找，几乎把那一大片雪地翻了个遍，终于，在一个雪窝里，找到了那块蜂窝煤……

回到家里，母亲赶忙抓起我冻僵的双手一边焐热，一边听我讲这次买煤的经过，听到我们弟兄俩在雪地里找到了最后一块蜂窝煤时，她心疼地流下了眼泪："傻孩子，一块煤找不到就算了，还非要在雪地里刨出那块煤来……"

初春的野菜记忆

一眨眼工夫，年又快过完了，其实对我这样居住在城里的农村人，过年一点儿意思都没有，城市里大街小巷挂再多的大红灯笼，商场里再喜庆热烈的购物场景，也烘托不起残留在心底的年味来。

小时候那么喜欢过年，一过初一，就想着不要那么快就到初五；过了初五，又想慢点到初十吧；一晃就过了十五，就再没有年的念想了。不过，随着天气的渐渐转暖，我们的心又飞向了田野：碧青的麦苗、嫩绿的树叶、哗哗的流水、清脆的鸟鸣。生活就是这样，又给我们展现出一幅春光明媚生机盎然的美丽画卷。

初春时节，提个小筐去田野里挖野菜是最快乐的时光。

麦田里最常见的是一种叫"茵陈蒿"的野草，叶片丝状，是一幅很精美的图案，这种野草小时候根本没把它当成野菜吃，可现在据说这种野草身价倍增，不仅是一种很美味的野菜，还是一种中药，富含维生素 C 和维生素 B，并含有人体所需的多种微量元素和二十余种氨基酸，具有很好的保健功能。

荠菜是人们最喜欢采的野菜，上学时就学过张洁老师的《挖荠菜》。母亲把它洗干净，和上一点儿面粉，蒸熟了，再调上辣子和醋，我们叫"菜馍"，那种美味，现在想起仍在舌尖上萦绕。记得一年初春时节，父亲带着我去看望他的一位同事，中午时分，他们家就蒸的"菜馍"，他们在西安上医科大学的女儿希望我们赶快走，可父亲没带我走，当那个姐姐很不好意思地把"菜馍"端上桌时，我吃得津津有味。

除了麦田里的野菜，苜蓿也是我小时候常吃的野菜。那时，农村还是集体经济，我们生产队里种了大片的苜蓿，有专人看管，那是给生产队里养的牛吃的。可没菜吃的村民却经常偷来吃。母亲常回忆起在我小的时候，初春时节，青黄不接，晚上，她们几名妇女相约去地里偷苜蓿，母亲把我哄睡着，然后她们借着夜色悄然出门了，可心里又总怕我醒来哭，让别人听到，人家就知道她们又去偷苜蓿了。

印象最深的还有一种叫"灰条"的野菜。这种野菜炒着很好吃，长大后再没吃过。前年回到老家，在久无人住的老屋的前后院子，长满了这种草，快有一人高了，我掐了一大筐嫩尖，在锅里煮了一下，家里什么调料都没有了，我大口地吃着，真像吃草一样，眼里只有泪。

一只不会说话的羊

羊是我最熟悉的有灵性有情感的动物，小时候，家里一直养的家畜就是一只母羊。

羊吃草，最好喂养，那时，放羊、割草便是我力所能及的家务活。放羊只需把羊牵到田地里，找一块草多的地方，用石块把拴羊绳一头连着的木桩楔子砸进地里，羊便可以在羊绳可及的范围内吃草；割草也很轻松，手握一把镰刀，胳膊上挎个笼（用竹篾编成的可提可挎的盛物农具），边往地里走，边在路旁割。羊什么草都吃，田地里也到处都是草，一会儿工夫，一笼草便割满了。可羊除了吃青草，还要夹伴着给喂一些饲料，不然的话，营养跟不上，羊的体质就差。而我们家的羊就只能吃一点儿麦麸。每次磨面，母亲总是磨了又磨，最后就剩下一点儿麦麸，那应该是麦子最粗糙最没有营养的部分了。那些年，人都吃不饱，用麦麸喂羊都觉得可惜，每次给羊喂的，都是吃过饭最后的洗锅水。

母亲把一盆水端到羊跟前，再把一小碗麦麸交到我手里，让我看着羊喝完，然后忙她的去了。羊喝上几口，便抬头向我手里的小碗望去，我知道那点麦麸不是让羊吃的，是哄着它把水喝完的。可一盆洗锅水已没有多少饭食残渣，羊越来越难哄，你撒一点，它喝一口，半碗麦麸快撒完了，水还没喝多少。有时羊还会趁我不注意

200

把盆子顶起，倒出一些水来，甚至一生气，把盆子顶翻，以示抗议。后来我"灵机一动"，也趁它不注意，从地上抓一把土来，它不喝了，我便撒一点儿，羊被我蒙蔽了。我还扬扬得意地把这说给母亲听，母亲责备我，怎么能这样对待羊？后来我还几次故技重演，可羊也识破了我的把戏，开始拒绝喝了。

羊除了不会说话，那双眼睛什么都懂。我最早就是在羊的身上看到了动物的母爱情感。

母羊一般产羔是在每年的初春季。它的肚子一天天大了起来，变得行动迟缓，终于，开始生羊羔了。刚生出的羊羔浑身湿漉漉的，还带着血污，羊妈妈细心地把羊宝宝浑身的羊水和血污都舔干净，眼里是满满的爱怜。这个时候的羊羔，四只腿还没有一点儿力气，根本站不起来，但在母爱的温暖鼓励下，要不了半天时间，就可以勉强站起身来，开始寻找奶吃，"羊羔羔吃奶眼望着妈"，"羊羔跪乳"，这是最温馨的母子亲情画面。羊羔一天天长大，整天无忧无虑地欢蹦乱跳，这是羊一生中最快乐的童年时光。

羊每次产羔都要产两三只，一般家庭只能养一两只羊，多了养不过来，于是，那些公羊羔就只能卖掉，卖了还可以换点钱来补贴家用。

每年的农历四月初八，家乡镇上的庙会便开始了，赶着羊羔上庙会是最美好的记忆。可要从老羊身边带走羊羔，总是让人于心不忍，想起那个场景，我就像看到一个婴儿被人从母亲怀里抢走时母亲的伤心欲绝，那对羊母子悲愤和稚嫩的"咩咩"的颤音让人的心也跟着震颤。母子就这样不停地呼唤着、哭喊着，声音传出去很远。我那时还不知道小羊被卖后的结局，只想着卖了钱，可以在庙会上给我买好吃的、买新衣服。现在想来，小羊们都成了被宰的羔羊，被烹成了"羊羔肉"。在被宰杀的时候，羊羔们该是多么恐惧和无助啊，听说羊会给人下跪，眼里也会流出眼泪，可再通人性的动物此刻又怎能打动屠户那坚硬如石的心。现在，一听别人说吃什么"羊羔肉"，我就如鲠在喉。

羊是弱小温顺的动物，但再温顺的动物也有发怒的时候。我曾见到过我家那只羊发怒的场景。

那是一个夏日的午后，我又去放羊，老羊和它的两个羊羔。我选了一块水草丰美的地方把羊安顿好，自己一边玩去了，玩得高兴，竟忘了过一会儿要给羊换个地方吃草。等我想起时，赶忙跑过去，却发现老羊小羊都不见了。正在我焦急地寻找时，忽然听到有人在大声喊着："这是谁家的羊跑到我的地里来了！"循声找去，就是我家的羊跑到了人家地里，只见那个乡邻一只脚狠劲地向我家老羊的身上踢去，踢了几脚，老羊都默默地忍受着，默默地往地外走，似乎也知道不该来到庄稼地里吃草。可那人还不解气，又朝着小羊踢去，只见这时，老羊也愤怒了，竟冲向那人，狠狠地顶了他一头，我第一次看到我家羊发那么大的火。

老屋门前的那口水库

我常常想起家乡的老屋和门前的那口水库。

又有一年多没有回过老家了。去年的初秋时节，老家的哥哥打来电话，说父亲病重住院，让我回家看看父亲。我赶忙请假回到老家，在医院里照看了几天父亲，我想回村里再看一眼已经久无人住的老屋。自从母亲去世后，腿脚不便的父亲也被哥哥接到了城里，老家就只剩下一座空空的老屋……

在村口下了车，沿着一条水泥村道前行，村道两旁各家各户门前都是一簇簇竞相绽放的鲜花，这几年，村子里的美丽乡村建设进行得如火如荼，以前坑坑洼洼的村道修成了水泥路，路边装上了路灯；村民们的房屋也越盖越漂亮，过去的土墙再也看不见了，都是砖瓦房、小洋楼，以前脏乱差的村容村貌已发生了彻底的改变，农村像城里一样漂亮。快到家门口了，忽然看到一台推土机正在不远处推土施工，我快步走上前去，发现竟是在填平家门前不远处的那口早已干涸的水库。

那口水库给我留下了太多太多美好的童年记忆。

那是一口位于村子最南端的水库，长方形，有两三个篮球场那么大，有三四米深。从我记事起，我家门前就有这口水库，因为太熟悉，我竟从来没有探究过它的来历。现在想来，这口水库一定是

203

很久以前开挖出来的。过去，没有现代的挖掘设备，全靠人力一铁锹一铁锹挖掘出这口水库，我想当时的劳动场面一定很宏大、很壮观。遗憾的是，我从来没有想到问问母亲过去修建水库时曾发生的故事，母亲也没有给我讲过，也许她也不知道这口水库的历史。现在，母亲走了，水库也要被填平了，一切都成了尘封的记忆。

我又想起了那些年关于水的故事。现在家家户户都通上了自来水，要用水，拧开水管，清凉洁净的水便哗哗地流出，我们大概已经淡忘了过去吃水的艰难。为了吃水，人们打水井、挖水窖，甚至要走上十几里崎岖的山路去挑一担水，直到今天，有些山区的人们吃水依然很困难。在我们村，过去村民的生活用水主要就源自那口水库。

记得那时，每天，一个接一个的村民欢笑着来到水库岸边挑水、拉水，村子里最常见到的风景就是那些青壮男女挑着一担水一闪而过。每当上游给水库里放满水，水面上波光粼粼，一只只水鸟在水面上一掠而过，村里更像过年一样热闹，村民们挑着水桶、拉着水车络绎不绝地赶来，水库岸边欢笑声不绝于耳，村民们都想着趁着刚放的新水把家里的水缸打满。要是没有这口水库，真不知村民的吃水又是何等的艰难。几年前的一个夏天，村子里因为要维修自来水管道，停了十几天的水，一下子就闹起了水荒，村民们怨声载道，市里的电视台都进行了报道。

老屋里现在还保留着一根扁担，它不知是用什么木材做的，已经磨得光亮，扁担两头用铁丝缠绕了几圈。从我记事起，母亲就用那根扁担挑水。小时候，父亲在外工作，家里地里的活儿都是母亲一个人操劳。

虽然水库离我家最近，可每次挑水母亲都是等到水库岸边没人挑了再去挑，总是在黄昏的时候去挑水，这个时候，路面上洒满了

204

水，很滑，稍不留意就会摔倒。母亲挑水，我常会跟在后面，看着她走近岸边，放下扁担，提着水桶走下岸边的台阶，手提桶环慢慢灌水，灌上大半桶，提上台阶，接着又用舀子把水桶舀满，提上岸边。看着母亲用瘦弱的肩膀挑着一担水，颤颤巍巍地走回家，年幼的我也一阵心疼。等我十五六岁的时候，在我的一再要求下，我也挑了第一担水，虽然水桶只盛了大半桶水，却压得我的肩膀生疼生疼，几百米路，我放下担子歇了两三回。

虽然门口就是水库，可我却不敢下水，记得一年夏天的一天，我在几个大孩子的引诱下，也下到水里玩，母亲看到我浑身湿漉漉地跑回家，责问我是不是下水了，我只好承认，母亲抓起地上的扫把对我屁股就是一顿抽打，边抽打边责问我，还下不下水?! 我哭着说，再也不下了。很多年前，水库里曾淹死过一个人。母亲不让我下水，不仅是怕我在水里发生危险，还是因为那是全村人的生命之水。

水库的另一个用途便是养鱼，那时，经常可以看到有人在水库边钓鱼或者用网抓鱼，甚至有些人还用雷管炸鱼，把一束雷管点燃，迅速地抛入水中，只听"咚"的一声巨响，水面上蹿起冲天的水柱，便可看到许许多多大大小小的鱼儿翻着肚白漂浮在水面上，不知他们看到那么多小小的鱼儿被炸死良心是否会安? ……记得有一次，水库里的水快要抽干了，泥沼里满是活蹦乱跳的鱼儿，男女老少的村民都来到泥沼里抓鱼，我也跑回家里端来家里的脸盆下到水库里。其实，这个时候，不需要抓了，只要捡就行了，大大小小的鱼儿在那一点点浑水里已经无处可逃，不一会儿，我就捡了一盆鱼儿，其实都是小鱼，大的都被别人捡走了。我兴冲冲地端着一盆鱼跑回家，可母亲看着一盆还在蹦跳的鱼儿，却叹口气，说，这么小的鱼哪能吃呢。在那个生活贫困的年代，一年难得吃上回肉，可母亲不忍心杀掉这些小鱼，她赶忙找来一个大盆，给盆里倒上水，把一盆鱼儿倒进水里。等到第二天，水库里又放了水，又让我把那盆鱼儿放归水库。

水里有鱼，水面上有水鸟飞过，岸边也有水禽栖息，那时的水库，是我们孩子的乐园，我们经常会在水库周边的草丛里、树上的鸟窝里捡到鸟蛋禽蛋，有一次，一个小伙伴竟在水库岸边捉住了一只水鸭，让我们羡慕不已。

后来，村子里家家户户都通上了自来水，再也不用去水库里挑水了，上游便不再给水库补水了，大概水库上游的用水也很紧张。水库一天天地干涸了，干涸后，曾经波光粼粼丰盈的水面成了一个干瘪的大坑，开始长满了荒草，一到冬天，荒草萋萋，这里成了名存实亡的水库。村子的面貌一天天地发生着变化，可水库却在一天天地荒凉，我想，她也一定还在做着再次盛满水的梦，可等待的时间长了，也便渐渐淡忘了她曾经有水的过往。

那年一个冬日的午后，寒风凛冽，我们几个孩子在水库边玩，忽然一个伙伴提议，我们把水库里的荒草点燃烤火吧，大家都说好，于是我跑回家里偷拿出一盒火柴，我们一群孩子跑到库底，点燃一根火柴，只听呼啦一声，火借风势，风助火威，噼噼啪啪，水库里顿时成了一片火海。我们都吓傻了，万幸的是，水库外围没有其他可以燃烧的柴草，最后烈火燃遍了库底便自然地熄灭了，整个库底成了焦黑一片，恐怖得让人窒息。

再后来，水库底便被一户村民种上了庄稼，大概因为下面不通风吧，虽然土壤很肥沃，可庄稼的长势并不好。水库是为人们供水的，让它长庄稼，也勉为其难了。童年关于水的记忆逐渐隐退到了脑海深处……

离开家乡的时候，水库已被掩埋了一大半，我看到村里的义民大叔拄着拐杖站在已经推平的地方，怅然若失的神情。我走过去，大叔给我讲起了这口水库的历史：

"这口水库是在我父亲的带领下修建的，当年，我父亲是村里的党支部书记，他看到村民们吃水的艰难，心里一直想着要改变村民的吃水现状，他决定在村里挖一口水库。刚开始，很多村民都不愿干，说工程量太大了，这要挖到什么时候。父亲就带着族户里几个弟兄和十几名青壮村民开挖，他说愚公都能移山，一个水库还挖不了吗。一队人挖土，一队人拉着架子车往外运土。渐渐地，工地上的村民越来越多，几乎全村的人都来了，号子声、呐喊声、欢笑声此起彼伏、响彻天地。不料，半年后，父亲病了，可谁劝他也不去住院，他说，等把水库挖好后再去。父亲的病一天天加重，几次都晕倒在工地上……眼看水库就挖好了，父亲却彻底病倒了，临死前，他对家人说，他死后，把他埋在水库的边上，他要看着水库里注满水，村民们高高兴兴地来挑水……"

我这才想起，水库边上的一块田地里，有一个小小的坟堆，我和大叔的目光都投向了那个孤零零的坟堆，静默了很久。

听说准备要在这里修建一个公园，供村民休闲娱乐。也许过不了多久，人们就会淡忘这里曾经埋葬了一口水库。我想，我需要把水库曾带给我的美好记忆用文字记录下来，时刻温暖自己。我也觉得，村里应该给这里立块碑，写上：这里曾有一口水库。

枣树盼亲归

一

今天就是起程的日子了，天还没亮，赵渭青就披衣坐在床头，点燃一支烟来，边吸边把这次行程又在脑海中思考计划了一番。他心里装着事，一晚上已醒来了好几次。而他的妻子起得更早，不知什么时候就在厨房里忙活了起来，天刚有了一丝亮光，一桌子丰盛的饭菜已经端上了桌。在很多农村，人们还没有吃早饭的习惯，这么隆重的早餐，肯定不同寻常。这次，他是要出远门，要穿越大半个中国的远门，他的心里既兴奋又紧张。吃过饭，赵渭青又把他那辆轿车的车况仔仔细细地检查了一遍，心里才踏实了许多。太阳刚冒头的时候，同村本家的老老少少也陆陆续续赶到了家里为他送行，平日里大家你过你的日子，他过他的生活，今天大家一下子聚在一起，忽然就觉得原来竟是这么亲热的一家人。每个人手里都大袋小包地提着各种家乡土特产，准备让渭青捎带给远方的亲人。太阳一竿子高的时候，渭青的轿车便在众人"一路平安"的祝福声中驶出了村庄。

赵渭青此次远行是要离开新疆去几千公里外的关中平原寻找已

阻隔了几代的亲人。故事还要从一百多年前说起：

那是一个深秋的夜晚，在新疆天山脚下一个宁静的小牧村里，突然来了一列马队，在一户牧民家门前，他们停了下来。领头的一位黑脸大汉跳下马来，急促地敲开屋门，对主人说，他们是途经此地的商客，现在他们中有一个小伙子身体非常虚弱，急需休养，边说边扶着一名年轻的男子进了屋。

好心的牧民赶快和众人把小伙子安顿好，先熬一碗姜汤让他暖暖身子。看到小伙子气色渐渐红润，黑脸大汉才详细地给牧民讲起了他的来历。几个月前，他们商队在从内地返回新疆的途中遇到了一个倒在路边蓬头垢面已奄奄一息的流浪汉，一行人赶忙下马，给这个流浪汉喂了几口水和干粮，他才清醒了些，一问，原来还是个二十刚出头的孩子。小伙子说他姓赵，是离开家乡陕西关中平原出外谋生的，一路向西，走进了茫茫戈壁，已几天都没吃没喝了。看着这个身体已极度虚弱的孩子，商客们想，如果不带上他，他一定会暴尸荒野的，便把他扶上了马。小伙子问他们要去哪里，商客们说，去西域新疆。啊！新疆，那可是多么遥远的地方啊！可他又能去哪里呢？只好被他们带着一路往西，越行越遥远，越行越荒凉……大汉说他本想也把这个小伙子培养成一个商人，可现在他的身体却日渐虚弱，无法再一同前行。

第二天一早，商客一行人告别牧民，继续赶路，而把这名赵姓小伙子留在了牧民家。

经过牧民一家一段时间的精心调理照料，小伙子的身体逐渐恢复了起来。他头脑灵活又能吃苦耐劳，凭借着勤劳的双手开垦出了一块块荒地，种粮食，种棉花，种瓜果蔬菜，过起了丰衣足食的生活。几年后，还娶了当地一位聪慧的姑娘成了家生了孩子。一年又一年过去，日子过得安稳幸福。可再幸福他也忘不了自己的故乡啊！

每当夜深人静，他便想起他的哥哥，那个老家里唯一的亲人，想起父母的坟头是否已荒草萋萋，他想起故乡的山山水水、一草一木，想着想着便泪流满面……在他的心头，始终想着要回他的陕西老家看看。可回家谈何容易？故乡离他那么遥远，一座座山、一条条河，还有那么大的戈壁荒漠阻隔着，哪能说回就回呢。几次，他下定决心回趟老家，可每次都被家人极力劝阻，刚开始是妻子劝阻他，说你来这里经历了那么长的时间，遭受了那么多的苦难，还差点把命搭上！如今再回去，又不知还会遇到什么艰难险阻。后来，儿女们大了，也开始劝阻他，说你都这么大年纪了，该享享清福了，还要那么遭罪地回老家干什么？可他还是思乡心切，最后一次决定瞒着家人回老家。他备好一大袋干馍和一大壶饮水，在一个初春的清晨，趁着家人还都在熟睡，便牵着家里的那头小毛驴悄然出了门，他想，只要出了门，谁也阻挡不了。在茫茫的戈壁荒漠，他一边努力回忆着来新疆时曾走过的路，一边在温顺的小毛驴的陪伴下，艰难地前行。然而，不幸还是发生了，几天后，一场沙尘暴铺天盖地席卷而来，他和他的小毛驴都躺倒在地上，他抱着小毛驴的头……当一对人马终于寻到他时，他的眼睛里、嘴巴里、耳朵里、鼻子里都灌满了沙子，已经奄奄一息了……

他只能在对故乡和兄长的无尽思念中一天天老去。临终前，他对儿孙们再三叮嘱：你们一定要回故乡陕西看看，实现我的未了心愿。

二

转眼，一百多年过去了，如今，当年那个小伙子的后代已发展成为了几十口人的一大家子，赵渭青，便是他众多玄孙中的一个。

一百多年来，他们祖祖辈辈虽都没有回过陕西老家，但在心里都铭记着自己的故乡在陕西。这些年，日子越过越好，交通日益便捷，终于，他们决定要回老家寻找亲人。他们一致推选出赵渭青代表全家先行出发连接起这条亲情的纽带。赵渭青是他们家族中见过大世面、头脑最灵活的一个人，他开办了一家乡镇企业，资产上千万！这些年，他也曾想过去陕西寻亲，可因为当年的祖太爷一口陕西方言，又不识字，于是，老家的详细地址便在后辈们一代代的口口相传中逐渐变了样，到最后，就只能确定是在关中平原上的"渭水"县。可那么大的一个县，几十上百个村子，在哪里找？还好，这位祖太爷又给后辈们留下了一张手绘的"村图"，尽管"村图"上没写一个字，可他详细地描画出了村子里的大道小巷、村容村貌以及村子周边的一些山水地貌特征，特别是把自己家里的房屋形状，门前院后都细致地描画了出来。赵渭青还听爷爷讲过，祖太爷当年在家乡还有过一段当"刀客"头领的传奇经历！

刀客会是旧社会关中地区下层人民中特有的一种侠义组织。其成员通常携带一种临潼关山镇制造的"关山刀子"，这种刀子形制特别，极为锋利，人们把这些带刀的人称为"刀客"。这些刀客成员多为破产农民、失业手工业工人、其他城市劳动人员和游民，没有固定的组织形式与严密的纪律，分散在潼关以西、西安以东沿渭河两岸活动，他们身上都有一种反抗反动统治阶级的精神，在黑暗的旧社会，打抱不平，拔刀相助。当年的祖太爷，提着一把"关山刀子"，带领着几十名"刀客"兄弟，除暴安良，威震四方！可现在早已进入了安定祥和的新时代，旧社会的那些刀光剑影早已化作历史云烟。靠这些能寻到亲人？赵渭青的心里一点儿底也没有，寻亲的事就一直放着。可放着心里总觉得心头悬着个事，有时竟折磨得他吃不香饭、睡不好觉。这些年祖国各地的面貌都发生了很大的变化，渭青想，再不寻亲，怕那点仅有的信息也消失殆尽，就永远找不到亲人了，再说，现在交通越来越方便，别说去国内任何一个地方，整个地球都变成一个村子了！

赵渭青下定决心，去一趟陕西，代表他们赵家的老老小小，寻找血脉相连的亲人。他本打算坐飞机去，可又一想，坐飞机在天上飞两三个小时就到了，虽然快，可飞在天上地上的什么也看不到，他想真真切切地看一看当年祖太爷走过的山山水水、所经历的曲折艰辛……于是决定还是自己驾车去。

赵渭青写了一份寻亲启事，把那张祖传的"村图"附在后面，复印了厚厚一沓，又买了一本详细的公路行车地图，出发了。

一路向东。出新疆，穿甘肃，进陕西，戈壁荒漠、雪山峻岭、如画绿洲、一马秦川，他真真切切地感受到了祖国西部的神奇与壮美！当然路上也经历了数不尽的艰难险阻，但每当遇到困难时，他就会想到当年祖太爷离家时所经受的艰辛，心想现在这点困难又算得了什么。

三

赵渭青的车终于开进了渭水城。虽然这只是一个小县城，却也繁华时尚，商铺林立，熙熙攘攘。此时正是阳春三月，在新疆，很多地方的冰雪还未完全融化，可这里已是一派春意融融的景象，暖暖的风，醉人的景，真的令他熏熏然了。可他知道，他不是来这里欣赏美景的，顾不上一路的劳顿，他先找了家饭馆简单吃了碗面，便立即开始在县城的大街小巷张贴他的"寻亲启事"，他想县城里毕竟人多人杂，肯定会有人能给他提供线索。做完了这一切，才找了家宾馆住下，准备好好休息一晚，第二天再去各乡各村打听寻找亲人。

　　寻亲启事很快在县城里引起波澜，越来越多的人们开始关注起这件事来，第二天一早，便相继有人给他打来电话，给他提供寻亲的线索，或者直接告诉他所要找的村庄的名字，赵渭青详细地询问着一些细节，一一记下这些信息，然后马不停蹄，一一实地察看、调查了解。谁知，风尘仆仆地跑了几天，询问了上百号人，依然一无所获。他寻亲的热情在一天天下降，甚至后悔起这次的寻亲之旅来。第五天的午后，赵渭青又按照一位老乡提供的信息来到了渭北平原上一个叫"柳园"的村庄，站在村口，环顾四周，他猛然发现这里和村图上的描画还真有几分相像：远处，是起伏的山丘，那起伏的形态都几乎和图中的一模一样；眼前，一条小溪从村旁流过，这不正是祖太爷在村图上画的那条蜿蜒的曲线！他赶忙找到村委会寻求帮助，一位敦实的中午汉子接待了他，他便是村主任。

　　听赵渭青说明来意，这位村主任赶忙找来了几位上了岁数的老人，一同来解读这张"村图"。几位老人围坐在桌前，一边审视着"村图"，一边在脑海中搜寻回忆着村子过去的模样。可因为年代太过久远，村子里房屋拆拆建建，道路修弃更迭，老人们对村子曾经的模样早已记忆模糊，也只能通过村子周边的一些大的环境判断应该就是这里。

　　这时，村主任大腿一拍，说村子里正好有一户赵家，老老少少也有几十号人了。"那就是这里了！"赵渭青心想，这户赵家应该就是他要找的亲戚，八九不离十了，忙让村主任带他去找。

　　赵七叔在赵家年纪最长又德高望重，村主任想，他老人家应该对家族的历史了解最多，两人便风风火火地直奔赵七叔家。一进院门，看到赵七叔正坐个小板凳在院中晒太阳，村主任便大声报喜："七叔，你有个亲人从新疆回家认亲来了！"看赵七叔没反应过来，又重复了一遍。听到说有个亲人从新疆回来认亲，赵七叔一下子便愣住了，他慢腾腾地站起身，疑惑地问："你说……我们有个亲人？在新疆？"村主任便说，"已经一百多年前的事了，大概七叔你也不知道吧。"赵七叔越发糊涂了，刚想细细地问个究竟，赵渭青也进了院门，他望着赵七叔，赵七叔也睁大了眼睛望着他，两个人就这么尴尬地互望着，不知该说什么好。这时，回娘家看望父亲正在厨房做饭的七叔的大女儿翠英听见了村主任的话，在屋子里便大嗓门笑着说："主任，你说我们有新疆的亲人？我怎么没听说过！该不会是骗子吧，现在什么骗子都有！"边说边往院中走，走进院子，真看到村主任带着一个陌生的男人，忙用手捂住嘴巴，她感到自己话说得太冒失。赵渭青站在那里，听到这句话，心中也有了一丝不快，心想，我几千里回来寻亲，你们不知道新疆有个亲人也就罢了，却把我当成了骗子！村主任一边生气地责怪翠英："人家从那么远的新疆回来认亲，怎么能是骗子呢？再说你们家有多少钱好骗的！"一边给渭青赔着笑脸："这个女娃不懂事，别生气。"翠英羞愧地低下了头，是呀，村子里那么多有钱人，自己家有什么好骗的。母亲在她很小的时候就离世了，留下了父亲和一大堆孩子——她和几个妹妹加上一个最小的弟弟。父亲既当爹又当妈千辛万苦地把她们姊妹抚养成人，相继出嫁，如今，家里就剩下父亲和她那个最小的弟弟赵宝。赵宝是七叔四十多岁时才有的孩子，因在家里排行最小，从小便被娇生惯养，快三十的人了还游手好闲，整天无所事事，不着家，谈了几个对象都没谈几天就被发现原来是个好吃懒做的家伙，人家女孩不愿意再继续交往下去。

赵七叔忙迎上去拉住赵渭青的手，问："你是从新疆回来的吧？快进屋，快进屋！"此刻，渭青的眼泪哗的一下流了出来，一路的艰辛终于到家，终于见到了亲人，激动得说不出话来。这时，一旁的村主任对七叔说："他叫渭青。"又对赵渭青说："刚见面，还不知道怎样称呼，你就先叫'七叔'吧，到屋子里你们再把关系好好捋一捋。"赵渭青便喊了声"七叔"，一同走进了屋子。

四

"七叔家来了个新疆的亲人！"这个消息像长了翅膀似的不一会儿便飞到了赵家老老少少的耳朵里，"我们家族还有个新疆的亲戚？"这是他们每个人听到这个消息的第一反应，他们中还没有一个人去过新疆，这突然冒出一个新疆的亲戚来，让他们大感意外！他们纷纷来到七叔家，想看看这位新疆的"亲人"到底长什么样，左邻右舍也纷纷跑来看热闹。一下子，狭小的屋子里挤得水泄不通！屋子外面，一群毛孩子围着赵渭青的小轿车叽叽喳喳，几个胆大的还想着怎样爬进车里。那些年，虽然人们的日子过得一天比一天好，但小轿车在农村还是个稀罕物，难怪孩子们都没见过。一屋子的人，对于赵渭青来寻亲这件事，都表现得很是惊奇，他们谁也不会想到，在新疆，还有他们一大家子亲人！一屋子的人围着赵渭青说笑喧闹、问这问那，但赵渭青的心里却感到了一丝丝的悲凉，也隐隐对这一家亲人产生了一点儿怀疑。

那天晚上，七叔把渭青叫到他的炕头，他要和渭青细细叙说过去的一切。"我的爷爷和奶奶都去世得早，我父亲在九岁的时候就成了孤儿，他对过去的一切也都记不清楚，更没给我讲过过去的事情。"七叔先这样开了腔，他怕渭青在心里埋怨：虽然都过去了几代人，可他们在新疆一直记得老家有亲人，可老家的人却都忘记了新疆的亲人？赵渭青便给七叔讲起了他的祖太爷的故事："我爷爷的爷爷是上个世纪初的哪一年离开家乡的，当时的清政府腐败无能，加

215

上又连年天灾，关中各地兵荒马乱、民不聊生，我那祖太爷的父亲和母亲都贫病而死，家里就剩下他和哥哥弟兄俩，他当时只有十八岁，哥哥也就二十岁刚出头。"赵渭青像是经历过这一切一样，话语里透出一种凄凉。

听到这里，赵七叔便掐指算来，"这样说来，家里的哥哥应该就是我的爷爷。"赵渭青想了想，便惊喜地叫道，"啊，那我应该叫您'七爷'。"关系一捋清，亲情一下子便拉近了许多，渭青往七爷身边靠了靠，继续讲道，"兄弟俩家徒四壁，地里的庄稼也因天灾几乎颗粒无收，日子过得很是清贫，整天就靠吃野菜充饥。眼看着这样下去只能饿死，怎么办？那年初春，我的祖太爷便对哥哥说，他要出去参加'刀客会'。一听说弟弟要做刀客，哥哥坚决不同意，说就是饿死也不能去做刀客，整天砍砍杀杀提心吊胆过活。然而我的祖太爷做刀客的决心已定，一天清晨，他没有向哥哥道别便悄然一身提了一把'关山刀子'投奔当地的一个刀客会。

"到了刀客会，拜见了头领，可头领却嫌他身体太单薄，不愿意收留。于是，十八岁的祖太爷便抽出身上的刀子，朝着自己的大腿狠戳一刀，顿时鲜血直流……头领一看，这个小伙子虽然瘦小，可身上却有一股子狠劲，收了！祖太爷终于成了一名刀客。"

赵七叔在小时候也常听村里的老辈们讲刀客的故事，对刀客很是崇拜，现在听说他的二爷也是一名刀客，一种荣耀感便在心中升腾起来。

渭青继续讲着，"那时，祖太爷虽然年纪小，但却不畏强暴，侠义冲天，很快便做了刀客的头领，他们四处活动，威震四方。后来他们还加入了民军，每次打仗前先喝酒，冲锋时脱得只剩下大裤衩，精脚片，剃掉长辫子的光头泛着青光，犹如矫健的猎犬，异常勇猛。

"可不料，他们的刀客会遭到清地方当局的精锐马队数次围攻，

216

死伤惨重，无奈之下，祖太爷便带领着十余名刀客避走甘肃，他把这些弟兄一个个妥善安顿在了沿途的乡亲们家里，便一个人一路流浪乞讨，后来竟随着一列商队穿越茫茫戈壁沙漠来到天山脚下一个小牧村里落了脚……"

七叔仔细地听着渭青的讲述，也心潮澎湃、思绪万千，他想不到他的二爷还有着这样一番慷慨悲壮的人生经历！可又转念一想，这么英勇无畏的人物，为什么却从没有一个人给他提起呢？就算爷爷去世早，村里也应该有老辈人知道一点儿这段往事。正想着，赵渭青便打开了祖太爷描画的那张"村图"，放在七爷眼前。七叔戴上老花镜，他在灯下仔仔细细地端详着这张早已泛黄、线条也已模糊不清的村图，脑海中努力搜索回忆着童年对家园、村庄及其周边环境的零星记忆，七叔凝视着村图，渭青审视着他的脸，希望从他的脸上捕捉到一点儿异样的信息，可七爷除了苦苦思索，什么表情也没有。渭青挪了挪身子，坐在了七爷身旁，他努力回忆着父亲和爷爷讲给他的关于这张图上隐藏着的点点滴滴的故事，一边回忆，一边指着图讲给七爷，讲祖太爷小时候喜欢游泳，门前就有个小池塘，可七爷也只是木然地回应一下，因为在他的记忆里，门前从没有过什么池塘；讲老屋的前院有一棵枣树，结的枣儿又大又甜，这时七爷才注意到图上老屋的后面画了一棵树，可在他的记忆里，屋子前院后院从没有种过一棵枣树……

赵渭青仍在滔滔不绝地讲着，讲着这些年他们过的幸福生活，讲着他们想回故乡看看的热切期盼，赵七叔仔细地听着听着，尴尬得不知该说什么才好，但他心中的疑惑却越来越多。夜已经很深了，赵渭青看到七爷开始犯困了，便说："七爷，你睡吧。"

"你也累了，睡吧。"七叔应道，话音刚落，渭青便倒头而睡，一会儿便传来了雷鸣般的鼾声。赵七叔睡不着了，他躺在那儿，越想越觉得不对劲……

可即使心存疑虑，赵七叔仍把赵渭青当亲侄孙看待，不顾年老体衰，每天陪着他走亲串户。

五

转眼，几天就过去了，赵渭青把该走的亲戚都走了一遍，又要准备返回新疆了，他对七爷说，现在他已回来认了亲，以后，他会和新疆的一大家亲戚常回家来看看的，也盼望七爷和老家的亲人们去新疆，看看美丽的新疆。可赵七叔的心里却像压着一块石头，渭青从那么远的新疆回来，怎么能就这样糊里糊涂地和他认了亲？他思来想去，便托人把他的儿子赵宝喊回家里。

赵宝听说家里来了一位新疆的大款亲戚，可是高兴坏了，他骑着摩托车兴冲冲地赶回了家。一进家门，看到老爹正和一位陌生男子看电视，赵宝想，这个人肯定就是那位新疆来的亲戚了，可当赵宝和赵渭青四目相对的那一刻，两个人都愣住了。原来，可真是巧，几天前，赵渭青刚来的时候，曾在路上遇到过赵宝，还曾向他问过路，可谁知，赵宝一看是个开小轿车的，有着"仇富"心理的他当时故意说了相反的方向，害得赵渭青枉跑了不少路。赵宝懊悔不已又羞愧难当，他红着脸尴尬地问候赵渭青："大哥——"刚想解释，这时七叔对赵渭青介绍道："渭青，这是我的儿子赵宝。"赵渭青站起身，大方地伸出手来，笑着说："原来是小叔呀。"七叔忙摆摆手，说："他还没你年龄大，就叫他赵宝吧。"

三个人边看电视边聊着天，聊着聊着便聊到赵宝身上，一提起这个儿子，七叔便是摇头叹息，数落他不争气。赵宝却不乐意了，那你让我干啥？家里那几亩地有啥种的？赵渭青沉思了片刻，便试

218

探着问:"那你想不想去新疆,跟着我干?"并说这些年新疆变化很大,城市里,一栋栋楼房拔地而起;乡村里,现代化的农业生机盎然,再说,现在交通事业也发展迅速,新疆再也不是内地人眼中那个荒凉遥远的地方了!对于早就厌倦了家乡生活的赵宝来说,这可是个天大的喜讯,他兴奋得一下子从凳子上蹦起来,满口答应。

赵宝正在憧憬着他的美好未来,七叔却趁机把儿子叫出屋子,小声对他说:"宝儿呀,我总觉得我们不是渭青的亲人。"接着便把赵渭青来认亲的前前后后简单地讲给赵宝听,说出了自己的疑惑,并说也许他的亲人就在附近几个村庄里,想让儿子去转转看看,问问周围有没有了解这段往事的老人,还说他看到渭青带的那张图上老屋的院中有一棵枣树,看看有没有谁家院里长着一棵很老很老的枣树。赵宝一听,便笑起老爹的迂来,说都过了一百多年了,那些陈谷子烂芝麻的事谁还能说清楚?一百年,人们把山都能削平,能把江河给它截断,一棵枣树,还能活到现在?!就算我们不是他要找的亲人,但五百年前大家都是一家,认个有钱的亲戚有什么不好?还说他找不到对象就是因为家里太穷!赵七叔严肃地说,"就算沧海桑田,亲情也不能改变!时隔这么多年,人家又这么老远地跑来认亲,我们怎么能糊弄人家呢,要是他的亲人真不是我们,那他那一大家子真正的亲人一定也在盼望着亲人相认的那一刻……"

六

听了父亲这一番话,赵宝便嬉笑着满口答应:"行,行,我这就去找。"赵宝便又骑上摩托车出发了,他在心中暗笑:我才不问呢!他也根本没想到会找到那棵枣树,只是想借着父亲交代他的任务又出去游逛罢了。而这次游逛,赵宝的心情显得格外高兴,更感到心安理得，似乎还有一种使命在身。初春时节，明媚的阳光，和煦的春风，骑上摩托车风驰电掣，那种感觉真是快活极了！赵宝骑着摩托车一个接着一个村子地乱窜，他的目标只希望能看到哪家漂亮的姑娘，他心想，如今攀上了一位有钱的亲戚，还怕你们看不上我？现在哪有你们挑我的份儿！想着想着，赵宝的心里便乐开了花，做起了他的白日梦来。

　　不知在一个又一个村子里游荡了多久，太阳快落山的时候，在一个村巷里赵宝忽然看到一户破败不堪的房屋院落：两边都是高大的青砖二层小楼，夹击得它深陷在一个大坑里，低矮的土墙瓦房，摇摇欲坠的样子，和村子里一排排整齐洋气的房屋建筑很不协调，房屋的前院有一棵高大的枣树，树和屋的比例也很不协调。别的树这个时候都已是满树的绿叶，而这棵枣树却还是光秃秃黑黢黢的枝干。这幅凄凉的景象和这个生机盎然的春天形成了强烈的反差，特别是枣树上那一根根枝丫伸向空中，赵宝忽然觉得那就像无数双手在向他召唤。

　　赵宝的心中似乎有了种预感，这种预感驱使他停下摩托车，走到老屋门前敲了敲门，很久，屋门"吱呀"一声缓缓地打开，接着一个瘦骨嶙峋的老人幽幽地探出头来，赵宝禁不住打了个寒战，倒退两步，他战战兢兢地问老人："大爷，你一个人在这儿住吗？"老人看了看赵宝，他的回答有些古怪："我和我家的枣树住在这儿。"赵宝觉得有点好笑，便说："你家院中那棵枣树不是死了吗？还不把它挖掉！"一听说要挖掉枣树，老人大声说："枣树没有死。"从老人的话语里，赵宝可以感受到一定有很多人问过老人这个问题。话音刚落，老人便拉住赵宝的手，要带他到后院看看。跟随着老人来到院中，那棵粗壮高大的枣树一下子便矗立在眼前。赵宝惊奇地喊道："我还从来没看到过这么大这么老的枣树！"老人说："这棵枣

220

树有一百多年了。"赵宝"啊"了一声，他似乎也料到了这棵树的年纪。随即，老人的目光便望向了远方，默默地，陷入了沉思。赵宝怀着敬畏的心情走近那棵粗壮高大的枣树，只见它粗糙的树皮龟裂出一道道沟壑，他伸出双手，环抱树身，竟还抱不拢这棵树。他抬起头来，真的看到有零星的枣芽从黑黢黢的枝干里挤出来，像一个即将走向生命尽头的老人在拼尽最后一丝气力做着生命的期待与挣扎。赵宝的心中隐隐有了一丝感动。这时，老人对赵宝说："小伙子，你想知道这棵枣树的故事吗？"赵宝睁着一双好奇的眼睛瞅着老人，老人的目光转向了这棵枣树，他的面容变得凝重而悲戚，"在我很小的时候，爷爷就常给我讲起那段心酸悲戚的往事……"

老人刚提到他的二爷，赵宝便眨巴着眼睛问："您的二爷是不是做了一名'刀客'？后来又离开了家？""啊，你是怎么知道的？后来怎样了？"他想不到眼前这个孩子竟也知道"刀客"的历史，眼里闪出一道亮光来，他瞪大了眼睛盯着赵宝问，赵宝一下子感到说漏了嘴，忙随口说是听别人说的，后来怎样了他也不知道。沉默了很久，老人继续讲道，"二爷离家后，爷爷常常呆坐在屋门口向外张望，他多么希望弟弟能回家啊，可过了一天又一天，一年又一年，始终没有盼到弟弟的身影，连一点儿音信也没有，他不知道弟弟是生是死。在对二爷的思念中爷爷的身体一年不如一年、一天不如一天，后来，在一年秋季，年久失修的老屋也在一场连绵阴雨中倒塌了，屋毁了，屋里的一切物什都毁了，万幸的是家人都逃了出来。过后，一家人东拼西凑开始重建房子。房子简单修好了，还要有几件必需的家具，我父亲在房前屋后转来转去，他的眼光落在了这棵枣树上，决定砍掉这棵枣树，做家具。可当时刚到初夏，枣树才长出嫩叶，一家人商量，还是等到秋季枣儿成熟的时候再砍伐。

"不知是枣树得到了充沛的雨水滋养，还是枣树希望主人'刀下留情'，那年秋季，这棵枣树结的枣儿特别大、特别多。当家人把一碗蒸熟的红枣端到身患重病的爷爷的床前时，爷爷伤心地说，房子已经倒塌了，现在这棵枣树是老屋唯一的印记……终于，这棵枣树存活了下来。

"爷爷终没有等到二爷回家，他在惆怅和悲凉中永远地闭上了双眼。爷爷临终前，告诉我的父亲，说那棵枣树千万不要砍掉，要给二弟留个念想。

"渐渐地，这棵枣树的境况也一年不如一年，就像垂暮之年的老人，生命力日渐消退，反应越来越迟缓，每年它发芽的时间越来越晚，枣儿也越结越小，越结越少，少得家人不忍心再吃它。每到深秋，满树只剩下枯黄的叶子，秋风一起便哗哗地飘落，偶尔还会听到'啪'的一声，那是熟透的枣儿从枝头跌落的声音……

"枣树越来越老了，我也一天天地变老了，儿孙们都说把这棵枣树砍掉吧，别再空等了，几代人都过去了，可我坚持要等下去；村里的一个个干部、村民也开始不停地劝说我，让我把枣树砍掉，把老屋平掉，盖上新房，说影响村容村貌，我说就让我再等几年吧。后来，我的子孙们一个个都在别处盖了新房，就只剩下我一个孤老头子守在这里了……唉，这棵老枣树一直在等着它的亲人回家，等着亲人的手最后的抚摩呀……"

老人断断续续、吃力地讲完了这一切。

听着眼前这位耄耋老人的诉说，赵宝几次都忍不住想对他说"大爷，您的亲人回来了"，可话到嘴边又咽了回去。天快黑的时候，赵宝默默地告别了老人。回家的路上，他的心情久久不能平静，也做着激烈的思想斗争：如果回去把这一切告诉老爹，他的美好的未来可能将化为泡影；可要是不说出来，又觉得于心难安。想了很久，赵宝还是决定先向老爹隐瞒真相。

晚上躺在床上，赵宝辗转反侧，难以入眠，明天就是他跟着赵渭青去新疆的日子了，可他却没有心思憧憬这一切，他的耳旁总在回响着那位老人忧伤的话语，眼前总也挥不去那棵枣树沧桑的树影。

第二天一早，老老少少的亲戚乡邻都来为赵渭青和赵宝送行，诉不尽的亲情乡愁，道不完的平安祝福。只有赵宝低着头，心事重重的样子。人们都以为赵宝舍不得离开家乡，纷纷劝他，让他去了就好好干，不要再像以前那个样子了，并说现在交通也方便，想回来了坐火车、坐飞机就回来了，甚至开玩笑说，下次回来一定要带个漂亮的新疆媳妇回来！赵宝的老爹赵七叔此刻已是老泪纵横，自己这个儿子虽然不争气，可他要去新疆那么远的地方，心中还是舍不得，不知道儿子这一去他们父子还能不能再见上面。但他还是叮嘱儿子，让他不要想家，要为他们赵家争光。赵宝始终低垂着头，一言不发。该出发了，赵渭青和送行的每个人一一握手，最后向人群挥了挥手，说声"再见"，便喊赵宝上车。不料赵宝猛然扑倒在车前，每个人都惊愕不已，他们都以为赵宝是在以这种方式向亲人和乡邻告别，想不到平日里嘻嘻哈哈的赵宝竟也如此重情。赵渭青走下车，他动情地拍了拍赵宝的肩膀，拉起他，赵宝抬起头来，几乎要哭出声来，他哽咽着说："大哥，对不起，我们不是你要找的亲人……"

"啊?!"赵渭青吃了一惊，随即每个送亲者脸上的笑容都僵在了那里，现场鸦雀无声。漫长的寂静和尴尬过后，赵渭青急切地问赵宝："那你是不是找到了我的亲人?"赵宝点点头，说我这就带你去……

后来，老人们才记起，赵渭青带的那张村图上村外的那条河流曾在半个世纪前改过道。

当老家空留一座老屋

又有一年多没有回老家了，家里不知都荒凉成了什么样子。母亲一走，腿脚不便的父亲也被哥哥接到了城里，于是，老屋里的一切都被尘封了起来，变得死寂而冰冷，一天天地荒芜。我觉得我一下子成了没有老家的人，成了无根的浮萍，没有了精神的源头，心里空荡荡的。

离开家乡已二十多年了，在外漂泊的这些年，每当心中有了回家的计划，我就开始天天计算着日子，谋划着回家的行程。老家是最温暖的港湾，对于一个身处异乡的游子，就算他在异乡娶妻生子有了新家，而他最期盼的还是回到自己的老家。跨越千山万水回到自己最亲切的故乡，见到自己日思夜想的父母亲人，那是多么激动人心的时刻啊。一年辛辛苦苦在外打拼，就盼着回到故乡和父母家人团聚。

可现在，一想到老家，心里便陷入无尽的惆怅和悲凉。

上一次回老家已是前年的深秋时节。坐在飞驰的列车上，我木然地望着窗外的风景，没有了丝毫的兴奋之情，车厢里喧闹嘈杂，每个人的脸上都写满了愉悦和快乐，唯有我，与这个气氛格格不入。邻座的一位大哥问我，兄弟，你在哪儿下，我说，西安。他又问，是回老家吗？我说是。大哥看我这个神情，便关切地问我，家里没什么事吧？我说，没事，就是老家没了母亲，已经成了一座空屋了。大哥叹了口气，说，我的老家也早就成了一座空屋了，我都好多年没回去了，房子也许都塌了……说完他也陷入了沉思。车厢里渐渐地安静了下来，似乎每个人都陷入了沉思。下了火车，来到城里哥哥家，他把我带去父亲那儿——父亲只在哥哥那儿住了不到半年，就再也不愿意住了，说闷得慌，哥哥只好把他送到一家离家不远的敬老院里，那里人多。父亲住在一间狭小的房子里，房子里摆了两张单人床。看到我回来，父亲显得很高兴，他说，我回来了就睡在另一张床上，陪着他。我心想，这间小房子就是我回来的家了。照看了几天父亲，我对他说："爸，我想回家里看看。"父亲难过地说："好吧，你回去看看老屋吧，但看了就回来，家里都一年多没人住了……"我说，我想在家里待上一晚，明天再过来。父亲哭了，说那家里咋住呀，但看拗不过我，只好答应了，说没法住就过来吧，你哥家也有地方住，我点了点头。我是想在老屋里再住上一晚，再体味体味老屋里残存的那点温度，那种凄凉的滋味。

我坐在去乡间的班车上，望着窗外熟悉的乡景，呆呆地没有任何思绪，我心如止水。家越来越近了，眼泪却不由得流了下来……到了村口，虽然眼前的一草一木还是我再熟悉不过的情景，可我的心理变了，我一下子感到自己成了故乡的客人，走在曾留下我无数脚印的村道上，我觉得自己的脚步再也不像以前那么理直气壮，家里都没有人了，我还有什么理由回到这里。路上碰到乡邻，虽然他们比以往更显出了亲热，可我感到那亲热里却透出了几分客气。

老屋终于到了，我的泪水又一次涌出了眼眶……往常回家，到家门口喊一声："妈，我回来了！"总能看到母亲欢欢喜喜地从屋子里迎出来，可这一刻，那扇已锈迹斑斑的铁皮家门表明它已久久没有打开过。我把钥匙插进锁孔，鼓弄了半天，才打开了屋门——我曾一次次地想象过家里凄清的情景，可眼前的景象仍是我没想到的荒凉：院子里荒草萋萋，那荒草，竟有一人多高，甚至长成了一棵棵小树，胡乱地倒伏着，院子中间那条砖铺的小道，野草也从砖缝里钻出来，都找不到下脚的地方了。母亲在的时候，她哪能让草长成这样子呀，无尽的凄凉之感一下子涌上心头……

走进屋里，地面上已蒙上了一层灰尘，脚踩上去，都可以踩出清晰的脚印，屋子里唯一的声音只是屋梁上几只麻雀的叫声和它们扑棱棱地飞来飞去的响动。啊，我的老屋怎么成了这幅场景？在我的心底，我一直把这里当成我永恒的家啊，这个世界上什么都可以改变，唯有它是我永恒的港湾。自从离开老家来到新疆参加工作，我搬过一次又一次家，每次搬家，有用的东西装箱打包，没用的便抛弃处理……转眼就人去楼空、家徒四壁。在异乡里的一个个居所，只是我人生路途中的一个个驿站，我从没有把它们当成真正的家。搬完了所有东西，我只是在慌乱中对旧居投去匆匆一瞥，便又满心欢喜地奔向新的住处，心里只充满了对未来生活的美好憧憬。从此，那里再与自己无缘……可老家啊，这里是祖祖辈辈日出而作、日落而息的地方，是我来到这个世界上睁开眼睛第一眼看到的地方。我一天天地长大，天地逐渐变得开阔，也有了远近的概念，那个远近都是以我的那个家为出发点，走出了村子我就觉得走了很远。小时候，父母常告诫我："离家三步远，另是一重天。""在家千日好，离家一时难。"家是我的避风港，是我的安乐窝，那里贮满了我最温暖的记忆。一个人，十八岁之前生长的地方，才是他深入骨髓的家啊。

我决不允许荒草侵占我的家园，我在屋子里找来一把斧子，我要把这一棵棵恣意生长的野草砍除干净。一斧子一斧子砍下去，一棵棵"小树"猝不及防纷纷应声扑倒下来，它们没有任何反抗，似乎还没有回过神来，就被我砍倒了一大片。我也砍得大汗淋漓，斧子都砍卷了刃。终于，野草意识到了我的杀戮，开始了它们的反抗，一斧子砍下去，它们只是抖抖身子，几斧子也砍不倒一棵来，它们像是在嘲笑我，又像是在质问我："这里已没人住了，为什么还不让我们生长?"我的手被震得生疼，磨破了皮，流了血。没想到看似弱小的野草竟也可以变得如此强大，但这里是我的家园，没有人住也不能让这里成为荒草园。

所有的野草都被我砍倒，它们的"尸体"横七竖八地躺在地上，我把它们堆积起来，竟堆成了一座小山，我毫不犹豫地把它们引燃，看着它们变成了一堆灰烬。我看着重新变得清整的庭院，舒了一口气。可只是一瞬间，一种悲伤的情绪又涌上心头，明年的春天，又会有更多的野草滋生出来，长满院子……

我又累又渴又饿，走进厨房，家里我最熟悉的地方。小时候，母亲站在锅灶旁炒菜煮饭，我坐在下面帮母亲烧火，厨房里飘散着饭菜的香味，我期盼着母亲的那一声令下："饭好了，吃饭吧。"长大后，离家了，每次回到家，厨房更是能品味出家的味道的地方，母亲总是在厨房里变着花样给我做着我最爱吃的饭菜，可此刻，厨房里的一切都尘封了起来，没有了一丝温度。看着眼前熟悉却又冰冷的一切，我的眼泪又流了下来，我本想在厨房里做一顿饭，给这个冷清了许久的家带来些许暖意，可我只是无比凄凉地在那里站了许久，这里油盐酱醋什么都没有了，我不想只做一两顿饭又去买这个买那个；我怕我拿起的每一个餐盘碗碟都勾起我对曾经一家人其乐融融的回忆，让我越发地伤感，我怕我唤醒了厨房里的瓶瓶罐罐，让它们以为主人终于回来了，可短暂的欣喜过后，又将是漫长的等待和长眠。正当我在厨房里静默的时候，一位邻居大姐来到了家里，亲热地喊我到她家吃饭，我婉言谢绝了大姐，我不愿在自己的家里，却被人当作客人。

忽然，我听到门外有叫卖声，仔细一听，是卖面皮的。现在农村人也不愿整天围着锅台转，于是，每天村子里都会传来一些小吃的叫卖声。我赶忙走出家门，喊住那位骑着自行车叫卖的大姐，可一看，只有干干的一点儿面皮，没有调料汁，这怎么吃呀，我不想买了，可那位大姐却动作麻利地把所剩的面皮都给我装进小袋里，说就剩这么多了，你在家里自己调点料汁就行了。我说这么多我吃不完呀，再说我家里什么调料都没有了。大姐有点不耐烦了，说怎么能什么都没有呢，你看着给几块钱吧，卖完了我还要赶快回家呢。

没有了妈妈就没有了家，我忽然想起那首儿歌《世上只有妈妈好》里的歌词："世上只有妈妈好，没妈的孩子像根草……"以前回到老家，我总是待不住，找这个朋友玩，找那个朋友玩，母亲总是带着心疼的语气责怪我："你那么远回来就待这几天也待不住，你是回来看我的还是看你那些朋友……"唉，以前总觉得母亲陪我的时日还长，就算偶尔想过母亲哪天走了，这个家将会变成什么样子？可那个可怕的念头只是在脑海中停留了片刻，我便立即阻断了它，不会的，母亲是不会走的，我真的不敢面对那个残酷的现实。可谁又能想到，现实就真的这么残酷，这么快就再没有机会陪伴母亲了，老家变成了几间空屋。我迈着沉重的脚步在老屋里缓缓地走着，看着眼前每一个熟悉得不能再熟悉的物件，回味着发生在老屋里的那些已经永远消逝在岁月长河里的点点滴滴。在老屋里，我是个永远也长不大的孩子，我早已习惯了听父母的责骂和唠叨，可此刻，我成了这里唯一的主人，我感到了自己的茫然无措和孤独无助。

太阳快要落山了，我突然想起应该趁着最后的余晖晒晒被子，家里一年多没有住人了，被子肯定已发潮发霉。——以前，每次回家，母亲都会早早为我晒好被褥，铺好床铺。

我站在院子里，眼看着太阳一点一点向西方坠去、坠去，我从没有对夕阳如此留恋过，天渐渐地黑了下来，黑夜终于还是来了。母亲在的时候，每天一到晚上，是一家人在一起最温馨的时刻，特别是冬日的夜晚，一家人围着小火炉，一边吃着晚饭，一边看着电视，那时的时光多么幸福美好啊。可今晚，只有这个空荡荡的屋子陪伴着我。

　　我心里想，今夜将是最难熬的了，我并不是害怕，这么熟悉的自己的家里有什么害怕的，我只是在这个寂静的夜里难以忍受心底里无边的孤寂和悲凉。我把家里所有的灯都打开，老屋里亮如白昼，家里好像从来没有那么明亮过，可那惨白的灯光却瘆得人心里发慌。我找出家里的收音机，插上电源，把声音开得很大，放的是秦腔。以前母亲最爱听的就是秦腔，可我对那一点儿兴趣也没有，只要听着那敲敲打打、扯着嗓子吼唱的声音，我便觉得头皮都被震得生疼，所以听了几十年秦腔，却只记住了一两句。可在这个孤独的夜晚，我听着却觉得是那样的亲切，那饱含深情的唱腔一字一句声声入耳，撞击着我的心扉。突然，停电了，屋子里一下子漆黑一片，寂然无声，无边的恐惧一下子涌上心头。小时候，我在外面遭了惊吓吃了苦头受了委屈，我会立即想着奔回家里。家是给我安慰为我疗伤的地方，可现在，我只想逃离这里，奔向旷野。不知是屋子里太寂静，还是我真的太思念母亲了，我对着空空的屋子喊了一声"妈"，我那声音轻飘飘的，打着颤，没有了一丝底气，耳边传来了母亲虚幻的应答。

　　慌乱中我赶忙摸到床边，钻进了被窝，我躺在床上辗转难眠，从前老屋里一家人在一起的欢声笑语和温馨的亲情画面像过电影般地在脑海中回现，泪水一次次打湿了枕巾……故乡的夜啊，总是那样的宁静，以前，每次我回到故乡，在老屋里总是睡得很踏实很香甜，远处的狗吠，清晨的鸡鸣，听起来都是那样的熟悉和亲切。可那晚，我却睡得胆战心惊，我想，有过和我相同经历的人一定会对杜甫的诗句"感时花溅泪，恨别鸟惊心"有更深切的体会。

刺眼的阳光把我从睡梦中惊醒，我睁开眼睛，早晨的阳光已照在我的床头。以前母亲在的时候，回到家里，每天清晨都是母亲早起忙前忙后的脚步声把我唤醒……

该和老屋分别了，也许是永别。我把老屋里的每一个物件翻看抚摩了一遍又一遍，我觉得它们也是我的亲人，不会说话的亲人，它们静静地待在那里，也许还在等待着主人的使唤。现在，老屋里没人住了，可我也不想把它们送给别人，老屋虽然已没有了一点儿生气，但我也不愿让她四分五裂，就算消亡也要让她完完整整。

我在老屋的前前后后、角角落落走了最后一遍，仔仔细细地看了老屋里每个角落最后一眼，算是和它们告别，也许下次回来，老屋已不复存在，以后我再也没有理由回到这里。

夕阳西下的时候，我锁好了屋门，迈着沉重的步子走到村口，回过头来再看一眼傍晚的村庄，一缕缕炊烟从一户户屋顶袅袅升起，一切是那么的宁静祥和，种种细碎和温暖的记忆再次涌上心头，我恍然看到母亲在向我招手唤我回家，我又忽然想起我长大后要离开家乡去远方工作，母亲一直把我送到村口，一路上母亲叮嘱我这个叮嘱我那个，一百个放心不下，我便笑着安慰母亲，说我又不是小孩子了，能照顾好自己的，再说现在交通又这么发达，想回家就回来了。当和母亲分别时，她忍不住哭出了声，对我说："儿呀，在外面实在待不下去了就回来……"

那个时候，自己在外面再落魄，父母也盼着我回家，可现在，我成了一个断了线的风筝，似乎自由了，可我却不敢有丝毫的懈怠，我唯有努力地飞得高些，再高些，让故乡看得见我，不会淡忘了我……

你的"籍贯"是哪里

　　前些天，在外地读大学的儿子忽然给我发来微信，说学校让填一个学生电子信息表，他只知道籍贯一栏填陕西省渭南市，但现在要求填到县一级，他发来一个截图，渭南下面有好多县（市、区），他不知道该选哪个。户口本上，籍贯一栏，填的只是陕西渭南，再具体一些，应该是渭南市临渭区。以前只是给孩子简单地说渭南，我想，通过这次填写，他对自己的籍贯应该会有更深刻的记忆。

　　我是大学毕业后一个人离开老家来到新疆参加工作的。人，都是离开了家乡，才知道家乡的好，"故乡"这个词才会在心中深深扎根。工作二十多年来不知填了多少个人信息表，几乎每个表格都会填到"籍贯"，我一直是没有丝毫犹豫地填写"陕西渭南"。一直以来，我对"籍贯"只是简单地认为是指我来自哪里。后来，在异乡成家，有了儿子，在户口的"籍贯"一栏我也是给他那样填写，我只是想加深对老家的那份情感。这次，是儿子长大后第一次自己填写他的籍贯，我又郑重地在网上查了一下"籍贯"的准确定义：籍贯，本人出生时祖父的居住地，登记填至县级行政区划。不能确定祖父居住地的，随父亲籍贯；不能确定父亲籍贯的，登记本人的出生地。原来我给孩子填的没错，我还为我和孩子都有了更久远的归属而欣喜。

儿子只是在老家出生，长到一百天就回了新疆，十几年间也只回了几次老家，当然对老家没有多少记忆。从小到大，我也一直培养他对故乡的情感，令我感动的是，每到星期天，妻子也都会笑着对孩子说，来，给你奶奶打电话。虽然孩子只是叫声："奶奶好！"或者我们教他和他奶奶说几句话，但母亲很满足，经常给我们说，她这个孙子离得这么远，还知道经常给她打电话。

　　孩子十岁以前，我和妻子都在托克逊县一所乡村中学任教，一家人住在学校里一个家属小院里。十几年前，我们都调离了那里，可孩子却几次让我们带他回那里看看，他认为那里就是他的故乡。可我们一直都没能满足他的心愿，渐渐地，便也不再提了，他对"故乡"的热望逐渐被我们的淡漠浇灭。后来，那里的房子都被推倒了，更没有必要过去看了。我常常想，孩子这一代，已经没有多少故乡的概念了，虽说有一个陕西的籍贯，却不会说陕西方言，不懂得陕西的风俗习惯，他已经没有了陕西人的一切标签；而他心目中的"故乡"，却又不被父母认可，不被父母认可的故乡能是故乡吗？那里只是我们人生的一个驿站罢了。

　　几年前，母亲去世了，我觉得自己一下子成了故乡的客人。在故乡，我总觉得母亲陪我的时日还长，就算偶尔想过母亲哪天走了，那个家将变成什么样子，可这个念头只是在脑海里停留片刻，我便立即阻断了它，不会的，母亲是不会走的。我真的不敢面对那个残酷的现实。可谁能想到，这么快就再没有机会陪母亲了，老家就变成了几间空屋。回了几次家，一次比一次凄凉，老家的屋子长期不住人，回家也不能再住了，在故乡我成了一个流浪者。可与故乡之间有着割舍不断的亲情，仍然会常常想起她。猛然想起故乡，首先浮现在脑海里的，还是她过去的影像；想了好一会儿，才显现出她现在的风貌，那都是长大离开家乡后，偶尔回去看到的她的新变化。

中国人讲求叶落归根，来自哪里还要回到那里。尽管离退休还有漫长难熬的岁月，但我已经开始计划退休后的生活——回到故乡，住在老屋里，院子里种上几种最普通的蔬菜，再种上一亩地，把小时候跟着母亲种过的庄稼都种上，日出而作，日落而息。可转念一想，等到我退休，老家的房子不知还在不在？在故乡还能否找到从前的一点点印迹？

现在，经常在表格中填写的籍贯已经没有什么实际意义，更多的是记录一种家族历史的迁移，只是一种纪念意义了。想到这些，心中不免怅然。可有时又一想，近代以来，多少仁人志士、热血男儿，为了救民族于危亡之时，救人民于水火之中，他们离别家乡，奔走呼号，甚至马革裹尸、战死疆场，永远长眠在了异国他乡。他们不思念故乡吗？他们不想念亲人吗？但为了祖国和民族的前途和命运，他们都是把对故乡的思念深藏在心底，也许还常常感到无颜面对故乡和亲人。和他们比较起来，我们是多么渺小，又多么幸福。

感恩生活，真情写作（后记）

转眼，我已步入不惑之年，在写作的道路上也已艰难跋涉了二十多个年头。回首往事，心潮澎湃，思绪万千……

二十多年来，我认真生活，勤奋写作，陆续发表了上百万字的文学作品，这些作品大多与我的人生经历有关，作品里存留着我成长的脚印，也包含着我的所思所感。仍然清晰地记得当年大学毕业，和几位同学怀揣着青春梦想告别关中平原，来到新疆吐鲁番这片热土的一幅幅画面。在我的想象里，吐鲁番是一个美丽如神话般的地方，谁知到了这里却满眼戈壁只刮风不下雨。不久，同行的伙伴相继离开这里回了老家。我也曾失落过，彷徨过，抱怨过。但我终于清醒地认识到：命运掌握在自己手里，只有接受现实，奋争崛起，才能创造美好的未来。

既然来了，就一定要干出一番事业，再苦再难也不怕！我决心到吐鲁番最艰苦的地方当一名人民教师，我准备把自己的青春年华奉献在西部大漠的教育事业上。

经过不懈的努力，我终于当上了一名初中语文老师，在指导学生作文的同时我自己也走上了写作之路。我本以为，在那样一个偏僻荒凉的小村庄，孩子们的生活一定是单调和苦难的，但我却从孩子们的作文里发现了他们生活的丰富多彩和幸福快乐！我学会了思

234

考，我开始懂得了感恩生活，在教学之余，我常拿起笔来，把我的经历和感悟写下来，我的第一篇散文《西部情，教师梦》发表在家乡的《渭南日报》上，一下子给了我莫大的信心和动力，于是，《我辜负了那个冬天》《一棵长在悬崖上的树》《接受痛苦》等一篇篇作品相继发表，并有好多篇文章一经发表即被《读者》《青年文摘》《青年博览》等文摘刊物转载，还被收入了《感动你一生的杂文全集》《中国微型小说百年经典》《最适合中学生阅读的美文年选》《50则进入中考高考的微型小说》等丛书和中小学生课外读本，我在欣喜的同时，也更加坚定了走写作这条路的信心和决心。

我常会把那些发表在报刊上的作品给老家的母亲寄回去，母亲总是嘱咐我，一定要把工作干好，把生活搞好，她还说"懂得了生活，自然懂得了写作"。我没想到不识几个字的母亲竟然说出这么深刻的道理。

2013年我的第一部散文集《梧桐花开》在湖南人民出版社出版发行，这是我的第一部作品集，是我的成长集，也是我的感恩集。

梧桐树是我的家乡关中平原上生长最快的一种树木，高直的树干，粗犷的枝丫，硕大的树叶。春天是梧桐树最绚烂最辉煌的时节，满树满枝的花儿，开得高，开得繁盛，开得生机勃勃，像一个雍容大气的歌者，用饱满的热情歌唱春天……母亲说，她就喜欢梧桐树。

如今，我再也不是以前那个垂头丧气、失魂落魄的我，我已成为母亲心中的那棵梧桐树，在茁壮成长，奋力绽放！

二十余年的写作，是我的人生成长最丰富最充实的时段，也在我的生命历程中留下了难以磨灭的印记。我写的每篇文章，都包含着我的生命体验和真情实感，我感恩生养哺育我的家乡陕西关中平原和教育陪伴我进步成长的第二故乡吐鲁番，它们赠予我最宝贵的经历和财富。我曾经认为，远离故乡从"八百里秦川"的关中平原流落到环境气候迥异的"火洲"盆地吐鲁番是我人生的苦难，但我越来越感恩这一段经历，感恩每一天的生活以及生活中的每一个人、每一件事。

创作源于生活，只有热爱生活的人，才能看见生活的丰富多彩。我觉得一个人只有学会感恩生活，才会热爱生活，生活中的一切也都会变得美好，甚至那些死寂无生命的东西也会变得生动有趣。我想，一个作家，如果没有感恩之心，他也一定不会用温情的眼光观察体悟周围的事物，也一定不会创作出真善美的东西来。

写作是一种非常艰辛的脑力劳动，但既然走上了这条路，我就无怨无悔。我常常为了文章中的情节安排或者一句话一个词的选用而思考半天，有时甚至彻夜难眠，但我也同样享受到了写作的快乐，特别是听到读者夸赞我写的某一篇文章某一句话，我的心里真像吃了蜜一样甜。

也许还有人羡慕我取得的那一点点成绩，但我要说，我的天性其实很愚钝，为了写好一篇作品，我必须付出数倍于别人的辛勤和汗水。鲁迅先生说过："哪里有天才，我是把别人喝咖啡的工夫都用在工作上的。"和先生比起来，我真是太渺小，但我会时刻警醒自己，不断努力进取。

写作需要力戒浮躁，有人这样说：写作是心灵与心灵的对话。我把写作比作酿酒，美酒是用粮食经过一定时间的发酵酿造而成；而写作，也是通过长期的生活积累，用心灵去浓缩、沉淀、创造的过程。现在有很多作者，他们为了文章能够发表而写作，东拼西凑，写出的文章没有自己的真情实感，连自己也感动不了，很难想象这样的文章怎么能打动读者。一篇文章至少要有三处亮点，这三处亮点都得是自己的原创，读者只有读到这样的文字才会眼前一亮，才会和作者产生心灵的共鸣。

我知道，我的思想和文字还很浅显和粗糙，但我相信，只要我每天在感恩中用真情面对生活，我的文字一定会打动越来越多的读者朋友。我时时告诫自己：不要用没有价值的文字浪费大家宝贵的时间。我将严格把关我写的每一篇文章，也敬请各位老师和文友批评指正。

图书在版编目（CIP）数据

每个人都可以从容 / 刘奔海著. -- 北京：中国文
史出版社，2023.1

（跨度新美文书系）

ISBN 978-7-5205-3911-1

Ⅰ. ①每… Ⅱ. ①刘… Ⅲ. ①散文集-中国-当代

Ⅳ. ①I267

中国版本图书馆 CIP 数据核字（2022）第 205189 号

责任编辑：薛媛媛

出版发行：**中国文史出版社**

社　　址：北京市海淀区西八里庄路 69 号院　　邮编：100142

电　　话：010-81136606　81136602　81136603（发行部）

传　　真：010-81136655

印　　装：廊坊市海涛印刷有限公司

经　　销：全国新华书店

开　　本：720×1020　1/16

印　　张：15.75　　　字数：178 千字

版　　次：2023 年 1 月第 1 版

印　　次：2023 年 1 月第 1 次印刷

定　　价：57.80 元